最初的太阳纪·局部

冥音录

江湖一盏灯

Chant of the Styx · A Lamp in Jianghu

莫娜（Mona） 著/绘

云南出版集团
雲南人民出版社

图书在版编目（CIP）数据

冥音录·江湖一盏灯 / 莫娜著 . -- 昆明 : 云南人民出版社 , 2018.7
(2021.1重印)

ISBN 978-7-222-17331-6

Ⅰ . ①冥… Ⅱ . ①莫… Ⅲ . ①长篇小说 – 中国 – 当代 Ⅳ . ① I247.5

中国版本图书馆CIP数据核字(2018)第154507号

冥音录·江湖一盏灯

莫　娜◎著 / 绘

Chant of the Styx · A Lamp n Jianghu

责任编辑：熊　凌　责任校对：杜佳颖

装帧设计：莫　娜　责任印制：马文杰

出版	云南出版集团 云南人民出版社	开本	787 × 1092　1/16
发行	云南人民出版社	印张	18.5
地址	昆明市环城西路609号	字数	280千
邮编	650034	版次	2018年7月第1版
网址	www.ynpph.com.cn	印次	2021年1月第2次印刷
E-mail	ynrms@sina.com	印刷	云南宏乾印刷有限公司
		书号	978-7-222-17331-6
		定价	98.00元

如有图书质量及相关问题请与我社联系。审校部电话：0871-64164626　印制科电话：0871-64191534

序言

六年前的某个深夜。

我站在烟火缭绕的巷口，吃着早已忘记了牌子的雪糕，看向遥不可及的明天。突然，灵感的荒漠里涌出一眼泉，心中就有了写小说的冲动。

依稀记得，当时小伙伴们脸上充满了不可置信。而我，也确实不知道自己的文字之旅能够走到今天。

《冥音录·江湖一盏灯》的诞生是一个美丽的意外，一场突发奇想的邂逅，一句坚守了五年的告白……每一次的字斟句酌，都能发现新的可能；每一幅画作的诞生，都给了我重新审视自己的机会。

不管你承不承认，逝去的终将逝去，时间在流淌，生命是河底的沙砾。于是我决定做些什么，用一个故事、一段文字、一幅色彩来荡涤深夜的空虚。

这是通往新世界的引言，用来纪念那些终将逝去的青春。

2017.8.13 于昆明

目录

Contents

目录

Contents

一章 长梦，最初的太阳纪

我做了一个梦，一个很长的梦。

那是很久很久以前，在《摩诃婆罗多》还没写成之前，在上古核战争还没有爆发之前，在黄帝与蚩尤还没有逐鹿厮杀之前，在没有我们存在的上一个文明里。

这是一个盛夏，何川走在山野间，他已经七天没有进食，靠的是那半壶清水和心中满腔的信念。和陈祎一样，他们都信仰一种叫“佛”的本质。不同的是，这两个人存在于不同的太阳纪，后者注定功成名就，前者始终碌碌无为。

荒凉的原野杂草丛生，破败的黑色瓦砾间有一棵孤单的树，它泛白的枝干上坠满了金色的果实，果实沉甸饱满，压得老树低眉顺目。何川与老树对望，谁也没有开口。没有野兽胆敢啄食落满地面的金色果子，这棵树曾经是一个人，现在则是一株挂满怨念的有毒植物。

一阵风吹过，何川瘦削的身体站立不稳。他从袖中拿出降魔杵，将尖锐的一端压进泥土，在他低沉的吟唱声中，这棵高大的老树燃烧起来。何川转身继续向前，身后透出妖异的火光，那棵树的尖叫声在旷野中持续了很久……

不知什么时候有了这个世界，也不知什么时候，像他这样的出家人开始了寻寻觅觅的生活。何川曾无数次地问自己，这所有的一切是否都是一场梦？当他闭眼，世界消失，你不是你，我也不是我。

眼前这片赭石的大地发出了垂死的尖叫，何川的疑问淹没在有水果香味和金色火焰的大风里。

诸如此类的景象，曾无数次地上演，何川曾走过无数荒废的城镇。之前的居民们因为误饮了有毒的泉水，纷纷成了一棵棵变异的植物，脱缰的怨念在他们死去的躯干上蔓延纠结，继而扩散到下一个城镇，下一个村庄，下一条河流。

从出关到现在，何川整整走了二十三年。穿过千山万水，他不停地寻觅，不放过任何一条与《根达亚预言书》有关的线索。其实，谁也没见过这本书，就连尚师都没有见过。但是尚师的尚师在圆寂前曾说，他的老师有幸见过预言书里描述的末世景象，以及最后幸存者们施展的非凡能力。那位老师还说，只有找到《根达亚预言书》，才能挽救并净化这个被妖魔和怨念不断侵蚀的世界。于是，这个临终遗言就成了何川和师兄弟们活下去的信念。

天边一抹斜阳，何川不由得加快了脚步。

山涧转角出现一条岔路，他正在犹豫该走哪一条之际，林中显现出一个女子的身影，来人眉如远山黛，肤若粉桃花，袅袅婷婷就走到了近前。女子轻施一礼，继而讨要食物，说的无非都是那些天不开眼、民不聊生、孤苦无依的套话。何川站定不作应答，只是淡淡地看着她，倘若再早个二三十年，他定要被眼前这只化作美丽人形的狐狸所迷惑。

晚风拂过，幽深的山涧里沙沙作响，妖怪眨着眼，楚楚可怜地回望，过了良久，何川也就没有了降妖除魔的心思。他在心中暗叹：也罢，这年头谁都不易，索性度她一度。于是，他解下自己腰间的水袋，递到狐狸手中，说了声：“既得无妄。”遂昂首远去。

野风·局部

狐狸知道自己的身份已被对方识破，但她没有惊慌，也没想逃走，因为空气中有一股淡淡的檀香味，这味道拨动了她记忆深处的弦，从心中最柔软的地方传来了刺痛。

狐狸赶忙低下头，她望着那半壶清水，努力不让眼泪流下来。她想，这人大概是云游得太久了吧，鹿皮水袋已经磨得很薄，和这个世界一样陈旧。她想，自己始终是有佛缘的，对方把如此宝贵的干净水给了自己，而且他还是个和尚。她又想，现在可不是哀怨的时候，腹内空空，世道艰险，再有佛性，现如今也抵不过一口热血来得实在。

狐狸猛地转身，有一瞬间她几乎已经扑了上去，可是不知怎么的，手中那半空的水袋竟然像一个实实的秤砣拉扯着她的衣袖，让她的心平静舒缓下来。

“师父，请留步。”狐狸决定开口。

怀里的降魔杵越来越热，何川听见狐狸在喊他。世道本就乱，纵然上天有好生之德，如今她若再执迷不悟，他也一定不会手下留情。心中默念定心咒，何川慢慢地回头。

就在这一刹那，狐狸看见和尚头顶泛出一抹淡黄的微光，紧接着她的胸中扬起暖意，嘴角便有了弧度。狐狸缓步靠近，将鹿皮水袋递还给眼前这个好看的男人。微风又至，粉色纱裙扬得更高，与此同时，和尚闻见一股淡淡的香味，这大概是某种秋天的水果，他想着。

“师父，前面的路走不得，那镇上已经没有活人了。”狐狸靠得更近，眼角眉梢话里有话。

何川揣摩她意思的同时，降魔杵已经滑到了掌心，正犹豫着要不要先下手之际，突然间山风大作，飞禽四散，远处的密林中传来一声低沉的嘶吼。狐狸闻听，脸色一变，丢下水袋没了踪影。

狐狸没有说假话，血腥味裹着山风灌过来，和尚也感觉到了危险。思虑再三，他觉得没有必要去前面的镇子，比起降妖除魔来说，找到预言书更为重要。

转身欲走，低头，水袋在手里变得沉甸甸的，打开一看，竟又装满了干净的泉水，一片青竹不偏不倚落入壶中，和尚会心地笑了起来……

《摩诃婆罗多》：印度史诗，写作年代公元前四世纪至公元四世纪，书中有关于古代核战争的描述。

陈祎：玄奘的俗家本名。

太阳纪：玛雅预言、阿兹特克神话、各类奇幻文学中都有提及，各说不一。简单介绍如下——第一纪，根达亚文明（超能力文明），也有人说是洪水文明，可以联想到诺亚一家人；第二纪，米索不达亚文明（饮食文明），好逸恶劳，贪图享乐，终将灭亡；第三纪，穆里亚文明（生物能文明），也是上文中和尚存在的文明。相传，生活在第三纪的人寿命都很长，一般在几百年左右，罗布泊那些神秘的植物也许就是从这里留传下来的；第四纪，亚特兰蒂斯文明（光文明），这一纪的人并非土生土长，他们是乘坐 UFO 从猎户座来的；第五纪，就是我们现在的地球文明（情感文明），好好生活吧！

江湖

二章 何川

一个残梦，时至今日我依稀记得那淡淡的青竹香味，它们残留在我的身体里，混合着冰凉的夜雾挥散不出。梦醒，恍若隔世，坐起身，我花了很长时间来区分，自己究竟是庄周，还是蝴蝶。

记忆的碎片开始凝集，汇流成河，它们淌过我身后一个叫作吹箫巷的地方，惊醒了失意的我。爬起来，我发现自己躺在马老倌家的门口，开始记起老街里的人，记起以前的事，记起6栋7单元808室——我的新住处，但我始终“记不得我”。

是时候做自我介绍了。大家好，我叫何川，一个做得不多，说得不少，不想就范，拒绝改变，却又害怕从这个世界消失的失败者。

就在梦醒的那一刻，我身上发生了一件离奇的事情——我失忆了。这么说吧，我除了知道自己是何川，刚搬到吹箫巷不久，目前待业，大学学的和现在想干的没啥关系之外，在2007年至2012年，这五年间我的记忆出现了断层，竟然想不起来在这些年里都做了什么，见过谁，甚至去过哪里。

做长梦的第二天我去了医院，然而外科、内科、精神科的医生都给不了任何实质性的说法。于是，在接下来的半年里，我看过中医，催过眠，用过偏方，打过针，亲朋好友都问遍，无有一人能解忧。

前天打了个电话给家里老头，几年没见最后以他一句“别他妈滚回来！”而告终。看了看通话记录，十秒钟都没到。对此，我已经习以为常，和老头子不对付也不是一两年的事了，他是我心中的蚊子血，我是他墙头的朱砂痣。

腹中传来饥饿感，觅食的本能催促我踱到楼下，滑进吹箫巷，来到马老倌的烧烤摊前，坐在我长期以来固定的位置上，我们相视，无话。其实，我和这些老街坊相处得挺好，“中老年杀手”这个称号也绝非浪得虚名。自从搬到这里之后发生了不少的故事，哥这些年也为大家鞍前马后出了不少力，按理来说马老倌不能够对我那么冷淡，但是他被我这些日子的苦苦纠缠搞得心怀忌惮。这段时间，他用背对着我的次数明显增多。

我也知道，无论再怎么询问，马老倌也不能对我那丢失了的五年给出任何交代。这本就是我的事，和别人没有半毛钱的关系。

坐在椅子上，我神经质地前后摇晃，双手放在膝头不停地揉搓，这时的客人就只有我一个，马老倌用他微驼的背和我有一搭没一搭地“聊着”。老旧泛油光的木条凳被摇得吱呀作响，我眼神有些弥散，想找个专注的点，忽瞥见躺在铁架里的小牛肉们因为浴火而冒出了红光。

烧烤的白色烟雾伴随肉的香味弥漫开来，我看见它们颤颤巍巍地扑向马老倌满是皱纹的脸，继而哆哆嗦嗦地划过他身后那堵千年的老墙，紧接着便哀哀怨怨地附着到百年的老槐枝杈上。其他多余的烟恰巧遮住了路灯的光，四周变得白雾茫茫。

头顶一盏写有“江湖”二字的破旧红灯笼正在无风自晃。忽听得胡同远处梆子声响，三长两短，伴随打更人的声声呓语。此刻的吹箫巷多出一丝仙气，像极了一幅上好的白描工笔画。我不由得再次神游起来，思绪漫无边际。

长久以来我一直在思考：马老倌家的门板是不是平行世界的入口？为什么他们叫我“何川”，但梦中的我却有着另一个名字？是不是我一闭眼，吹箫巷和老街就都不存在？抑或，我们只是存在于某人的梦中，当他醒来，世界再次反复，你已不是你，而我还是我。

我选择留在老街，找寻丢失的记忆。而其他人，则裹搅着这样那样的过去，被吸入翻滚的轮回里。失去让存在变得卑微，想要记起又不由得伤感起来，黑夜让人太焦虑。死了的人收脚迹，没过去的人找回忆。于是不死心地，我拖着我的躯壳，反复出现在老街的巷子里，看着这些来来往往的人，看着他们，我也感觉到了自己。

就这样过了很久，我的“病情”有了些许好转。虽然只能记起零星的事件，而且这些事件的发生大多没有明确的先后顺序，但即便如此，这也是证明我理智犹存的最好证据。

就在入冬的那天，我决定将记起的这些人和事写进我的故事里。这样，无论下一秒醒在哪里，我都不会孤独。

不知什么时候，出现了一位厉害的刀客。

牛烘烘的人总会遇到不服气的对手。

于是，宿敌出现了。

刀客逢人就问
什么是江湖?
……
答案很多。
吃老子一铲铲!
有种脱了头盔再打!

然而，他并不满意。
如果你问我：什么是江湖？
咔！
你们可不可以
自然一点？
我只能对你说——请接着看正文。

三章 吹箫巷二三事

不知什么时候有了名叫“吹箫巷”的老街。青石板散发出久远的霉味，让你的灵魂出不去也进不来。午夜，巷子里会挂起一盏红灯，即使是在大雾天，这抹光亮也能穿透任何阻挡，引领着每一个想来吹箫巷的人。

如果你问，吹箫巷到底是个什么地方？

我可以简单地告诉你：吹箫巷是一条垂直距离不足一千米的破旧老街，然而它的四周有纵深交错的迷宫小巷，其中不乏年代久远的特色建筑，很有一种“现实边境”的感觉。

吹箫巷也是风水学上的阴阳交汇之地，是个充满“魔力”的地方。置身其中，你能隐约感觉周围有一道无形的“场”。在这里，时间和空间偶尔会重叠，四季的概念也是模糊的，活人和死人都可以从这里过，彼此得见却相安无事。时间久了，大家也就见怪不怪了。

由于其特殊性，这条老街沦落成无论是天上、地下，还是人间，都选择性忽略的“三不管”地界。也正是因为这一特殊性，吹箫巷里虽鱼龙混杂，实则井然有序，住在这里的人们安分在各自的“圈”内，从不过界。

不过，牛烘烘的履历再多，吹箫巷也只是一条陈旧的小巷，江湖一盏灯在巷口摇了数百载，被现代人问津也不过是十几年的事情。白天的吹箫巷少有人问津，一旦临近午夜，巷口就会挂起一盏写有“江湖”二字的红灯，接着你会发现有人抬灶生火，而后就会有浓郁的烤肉香和甘醇厚重的酒味飘散出来。

午夜一过，马老倌、麻园一枝花，还有瞎子老李就开始做起不一般的“生意”。当然，用肉眼凡胎看去，做的还是那些不起眼的小买卖——本地烧烤、特色酒水、时令小吃和算命。

就是在这样一条歪歪斜斜的胡同里，马马虎虎的店面下，不咸不淡的服务中，他们的生意却好得出奇。虽然总有羡慕嫉妒恨的同行质疑这里的肉源，也有人老拿封建迷信和三无酒水说事，但江湖一盏灯就挂在那里，任你去或不去，它不悲不喜。我喜欢这种氛围，不俗不雅，谈不上多干净，但至少不矫情。

既然谈到了生意，就不得不认真介绍一下做生意的人：马老倌、麻园一枝花和瞎子老李是吹箫巷的标志性人物，他们都是有些法术的“引路人”，大约和投胎超度有关的事情他们都管。这仨是人是鬼我也说不清，只知道马老倌和麻园一枝花是活了很久很久的“特异功能人士”，大约有好几百岁。瞎子老李是后入行的，也快八十了。

你问我为什么知道？因为这已经是一个街知巷闻的公开秘密。

麻园一枝花卖酒，马老倌卖肉。老太的酒叫“彼岸花”，老头的肉汁唤作“孟婆汤”。买酒的不能吃肉，买肉的不能喝酒，这是规矩，吹箫巷的规矩。从前有个人，又想喝酒又要吃肉，结果他死了。所以，你也别问为什么。

当然，你可以在马老倌那里点个蔬菜双拼，烤盘小牛肉，然后来碗一枝花的木瓜水或者酸梅汤，这样就可以不用死了。

传闻，马老倌和一枝花从上上辈子就开始剪不断理还乱，男的从丝路到马帮，女的从苗岭到麻园，命运始终让他们纠缠在一起。这俩货的性子都很刚烈，谁也不服软，都认为是对方先追的自己，都等着对方跟自己表白。没想到，这一拖就是几百年，年华老去，青丝换白头，等不到的承诺终于变成冷漠，互相不待见，却偏偏还要待在一起，在一起吧，又勾起伤心事。于是这两人你看我我看你，看着看着鬼火起。他们吵架的声音时不时就会回荡在吹箫巷的夜里，反复摩擦着老街的墙面，周而复始。

瞎子老李是个学究，研究《周易》的，也算是一个有灵性的“半仙之体”。早年的时候被陷害，险些挂了，被灵异界人士解救之后，入了行。他在吹箫巷给人相面占卜，断吉凶。如果你问准不准？我只能这样总结，活的没有一个笑，死了听后再不哭！其实，瞎子确实有两把刷子，但就是不好好给活着的人算。不知道这是不是一种对社会的变相报复。

上面说过，吹箫巷是阴阳交汇之地。换一种说法就是，这个城市的鬼鬼魂魂都要从吹箫巷经过。三只老鬼成天晚上挤在巷口，看似在练摊，实则是在点灯引路，他们要站好阴阳交替的最后一班岗，并为即将“各奔前程”的鬼魂们提供免费的心理咨询和最后的晚餐。

下头选他们做“代表”，没有工资，但赋予续命之大能，要求只有一个——

维护这一带的正义与和平。但在我看来，实在没什么好维护的，大家忙着投胎，都挺自觉，他们仨的工作清闲，成天练摊看报，生活都要淡出鸟来了。

“自从你搬到吹箫巷，我们的生活变得有意义了。”某日瞎子对我这样说。

我当时觉得特别荣幸，倍儿有面子，还以为自己终于是一个“粗尾巴狼”了，后来得知真相的我眼泪掉下来。

据知情人士爆料，哥搬到吹箫巷不久，三只老鬼组织地下那些新人小鬼开了一个内部大会。会议是以哥作为反面教材，针对哥这种类型的好逸恶劳青年，展开了忆苦思甜的动员会。在这次会议中，三只老鬼竟然告诫那些即将“分流”的小鬼，当他们家庭不如意，事业不顺心，生活没自信的时候，就想想何川这个三无盲流，对比之后，保证让他们对自己的“鬼生”重拾信心。

我不怪他们，真的，其实有时候我自己都觉得自己过得挺混的。梦想遥不可及，却偏偏还有傲气。午夜梦回空虚迷惘，失恋外加待业，我逃一样地离开大城市，蜗居在吹箫巷这个不足四十平方米的老旧单元房里，舔舐着那些莫须有的伤……

说着说着竟然跑题了。

总之，这三只陈年老鬼是这里的地方特色。没了他们，吹箫巷就不再神秘了，没有了他们的“重视”，我想自己也就没有那么“特别”了。其实，我很希望在某个寒冷的夜晚，当人们谈起吹箫巷的时候，还有人能记得我的名字。

江湖一盏灯
她比烟花寂寞

四章 她比烟花寂寞

某些天的早晨，马老倌家门口就会躺着几只胸罩。而后，住在对街的小桃——它们的主人，就会跑来，捡起，然后淡淡地离开。

其实，我要说的是——我爱恋着小桃。

是的，我的内心从不避讳。我不知道自己的单相思是从什么时候开始的。也许是她搬到吹箫巷的第一天，也许是某一次不经意的擦肩，也许是她阳台上那些怒放的野花，也许是因为我们几乎没有讲过话，再不然，就要怪午夜那一杯淡淡的大麦茶。

我记得，那是个秋天，一个叫阮桃的女人搬到了吹箫巷。

她有时会下楼，到烧烤摊前坐坐，不吃肉也不喝酒，唯独爱喝一枝花的酸梅汤。偶尔遇到，我总见她在灯下写写画画，炭火将她的脸映得绯红，我喜欢她双腿微曲搭在木条凳上的样子，有腔调，但不小资。

小桃那天穿了一件雅致的羊毛开衫，这件米色的外套含蓄而柔软，绣有合欢花图案的咖啡色棉质长裙衬托她变得理智，撩拨我变得感性。

只要她在，我就会去一枝花摊前坐坐，远远的，不靠近。爱美之心，人皆有之。我不是柳下惠，也不是飞蛾，更不是好奇她那本写满秘密册子的怪哥哥。事实上，连我当时也搞不清楚，自己这样做究竟是为了什么。

关于小桃的传闻，我听过很多个版本。流传最为广泛的当数“被原配追杀”这一段。话说她本是前途无量的知识女青年，不知怎么的苦恋一个有头有脸的已婚男人，原配得知后雇人追杀她，无奈之下这只“狐狸精”只能躲到了吹箫巷，从此隐姓埋名……

这是莫须有的罪名，我当然知道。对街的婆娘们之所以杜撰这些桥段，部分原因来自空虚寂寞的生活，更多的则是对青年才俊的妒忌。然而这些事情在吹箫巷里掀不起任何波澜，那些所谓的“丑闻”过不了多久都会挥发在古老的巷子里。

我还记得小桃被江湖一盏灯映红的侧影，她消瘦苍白的手倔强而有力。她一杯接一杯地喝，那酸甜的杨梅汤毫不怜惜地发酵着她的青春。人生当然不可能只有“酸”和“甜”这两种味道，但是她选择忽略过去。

“其实大麦茶也挺不错。”我望着刀客，话却是对小桃讲的。

她消瘦的肩膀动了一下，继而转过身来。于是小桃开口，对我说了三年来的第一句话。就在这时，远处升腾的花火灼烧黑夜，也吞没了她的声音。小桃说的什么我一句也没听见，只觉得，她比烟花寂寞。

东风夜放花千树，更吹落，星如雨。

宝马雕车香满路。

凤箫声动，玉壶光转，一夜鱼龙舞。

蛾儿雪柳黄金缕，笑语盈盈暗香去……

我轻啜着那杯大麦茶，目送她的背影渐渐远去，也许这就是我单相思的开始，有着青苔和向日葵的香气。

五章 老庄

我已待业多年，却仍有积蓄。就在百思而不得其解之时，我突然想起了一个很重要的人，我曾经以为我会把他忘记，但我又怎么能把他忘记。

那是很久以前，在小桃还没出现之前，在我搬到吹箫巷后不久。

他是一个精瘦的老头，总是戴着一副可笑的中古圆边厚底眼镜，所剩不多的灰白头发梳得一丝不苟，身上穿着一件褪了色的藏青色中山装，脚上一双满是补丁的军绿色帆布球鞋。他的手里总是拿着一个很旧的罗盘，目不转睛地凝望着老街深处。

我想，这个怪异的老头可能是道听途说的风水学爱好者，他也许想从吹箫巷里找到些什么，但他总是来错时段，所以我建议他午夜过后再来试试。于是，又出现了一些小状况——午夜时分，他依旧看不清吹箫巷里发生的一切。奇怪，我为什么要说“又”呢？

我还记得，他走到我面前望着我，人没开口，话已经传入了我的脑中。他说他来自猎户座大星云，α星团STNGC752小行星带。他们检测到这里有大量的光子源场运动，于是就过来看看。

我看着他，又转头看看热闹的老巷子。在这个阴阳交汇之地，发生任何事情哥都不会吃惊。我皱眉，欲言又止，我怎么跟一个没有“慧根”的外星人解释呢？思来想去，最后只有告诉他，吹箫巷只引有缘人，强大如他们也无法窥探，还是趁早从哪里来回哪里去吧。

这个“外星人”挺友好的，他自称“老庄”，还问我愿不愿意抽半天时间去参观他的星槎，我欣然同意了。

我们一路说笑。当我看到他那艘隐藏在废弃工厂的，呈巨大柚子形状的红色星槎时，朕的脸上没有一丝波澜，但内心早已是颠鸾倒凤不知天地为何物。我听见脑海中一万只羊驼呼啸而过的轰鸣，有一个我在惊叫，在狂喜：“原来这一切都是真的！啾耶，外星老乡，朕可盼着你了。带我走，快带我走，快带我走吧……”乘一万遍！

奇怪的是，这本该是一段惊世骇俗的谈资，但当我的双脚重新踏回地面时，之前的记忆就像海浪一样退潮了。我想，大部分男人都有类似的经历吧，但我既带不走云彩，也留不住记忆。之前到底发生了什么？我去过哪里，做过什么？这和我丢失的那几年记忆是否有关系？

现在想来，当时一定是被老庄催眠了，我只能依稀记得他那和蔼的镜片下充满深意的目光。对了，还有他手中那个泛着光的金色罗盘。

消失了一段时间的我，在马老倌家门口醒来，又回到了吹箫巷。头发全白了，但我并没有感到不安。照了照镜子，发色银白均匀，不仅帅气了不少，还莫名地透出一丝潮流之感。至于账户上多出的那笔可观的存款，我对谁都没讲。

自此之后，我发觉自己的身体有了微妙的变化，周身不再乏力，感觉敏锐，行动敏捷，内心也更为敏感，三只老鬼看我的眼神也和原先有些不一样了。不管怎么说，塞翁失马，焉知非福，我真不应该忘记老庄，甚至要感谢他，让我在一段时间内不必为生计而四处奔忙。

看着那些火急火燎、风吹日晒，吃的是草、挤的是奶的上班族，哥心底的优越感总会禁不住地喷涌而出，洋溢在年轻的脸上。自此以后，我能毫无顾忌地过我想过的乌托邦生活，追寻着我那些遥不可及的梦想。

是的，哥也有梦想，有很多梦想，最想的就是能像徐霞客一样，四处冒险，写下属于自己的篇章。

星槎：中国古代对不明飞行物的称呼。

源场能量：简而言之就是创世之神留下的神秘粒子，组成万事万物的能量之源。

六章 长梦，黄昏里

我也不是每天都想去吹箫巷。

要知道，人总是有惰性的，躺在床上无意义地扭动，胡思乱想，眼神炯炯，却什么也看不穿。对街依旧有犬吠，红姑仍然摇动着她的蒲扇。冬夜的风吹远阁楼的打骂声，却迎来了路人甲的哭喊：“小燕啊，我错了，是她先勾引我的，我根本不爱她！”

我趴在床上一动不动，忽听得窗外梆子声响，三长两短，意识随着引路人走得很远。恍惚间我又做起了那个长梦，是了，那不只是一个开头。一片青竹不偏不倚落入壶中，我会心地笑了起来……

视线回到那尚有一丝佛性的狐狸身上，当她听到那声低沉的嘶吼，继而闻到一股熟悉的恶臭时就什么也不顾了。她丢下身旁诧异的和尚，变作一只有着雪白毛皮的小兽，而后在林间飞奔起来。

狐狸追随那股臭味而至，到了三十里外的一个村庄。她站定，隐没在篱笆墙外。头顶一轮朦胧月，忽听得村里传出“咯咯嘎嘎”的怪响，这声音她到死都不会忘，它们每每都会在她的梦中回响，久久挥之不散。狐狸凝视着不远处的村子，胃部开始绞痛、痉挛，直至她不能自已地全身颤抖起来。

月光很冷，狐狸的眼睛里泛起水雾。

那是很久以前，那时的她还是一只年幼的小兽，母亲命丧兽夹，饥肠辘辘的她被一户前来山中求仙的徐姓人家收养。徐家有三个姐妹，个个都貌美善良。大姑娘尤其喜爱狐狸，她可怜狐狸幼小，因此像母亲一样对她百般呵护。徐家人和常年笼罩在不安气氛中的人们不一样，面对这个妖怪横行、瘟疫肆虐的世界，他们表现得从容而坦然。

徐家大小姐好比一面镜子，一面狐狸窥探人类情感的镜子，小兽沾了人气，日渐有了灵性。她经常盘卧在徐老太太的蒲团里，远看像是熟睡，实则是在假寐。她喜欢眯缝着一只眼偷看徐老太太诵经的表情，缥缈的香缭绕在她银白的发丝之上，狐狸能看到她纯良的灵魂，就悬在天灵盖之上大约三尺的地方。

她不明白徐老太太日复一日地在念叨什么，只觉得那声音悠悠缓缓，听过后浑身舒畅。狐狸沉浸在虔诚与关爱中，她以为这些就是生命的全部，她以为这些就是永远，她以为能和这一家善良的男男女女一直无忧无虑地生活下去……

直到某日的下午，狐狸照旧蜷在蒲团之中，这次竟是真的睡着了。醒来时已近黄昏，那是一天中最黑的时候，她的“天”也跟着塌了。

一只成了气候的青熊精不知从哪里冒了出来，它闯进院子里，祸害徐家老小二十一人，最终没有留下一个活口。青熊精将徐家人纯良的灵魂一一吞噬后，就变得越来越大，它饭饱神虚，竟然挺着肚子在庭院中沉沉睡去。这年头一旦入了妖怪的肚子，就再没有投生的可能，这是最坏的下场，绝顶的不幸，狐狸比谁都明白。

徐大小姐，半拉身子横在门廊上，她当时可能还想往佛堂里跑，结果到最后都没能爬到。狐狸望着她的眼睛，又看了看那头睡意正酣的畜生，她悲痛、伤心、绝望，她走到近前，用脑袋蹭了蹭徐大小姐的额头，有红色的液体从圆睁的眼里流了出来。狐狸悲伤得整个胃都在绞痛，但她不敢叫喊。

最后，她舔干了女主人的眼泪，逃进了漆黑的山林……

现在报仇还不是时候，她明白，青熊精一定是吃了根达亚花的根茎，因此变得异常魁梧凶悍。她记下了青熊精的长相，记下了它的臭味。狐狸决定要去修行，她知道一个地方，待到成形的那天，她必会回来索了这个畜生的命！

就这样过了四百年，狐狸不再用四肢着地。又过了六百年，狐狸退去柔软的毛皮，用徐家大小姐的样貌存在了下来。接着她又用两百年的时间去寻找青熊精的踪迹。终于，她找到了，在山涧那个起风的黄昏，在这个物是人非的世界里。

眼前的畜生在千年的时间里一定没有闲着，被它祸害的人想必不计其数，因为它的身体相较之前又大了不止一圈。由于杀业太重，青熊精无法幻化成人形，因此依旧丑陋不堪。

狐狸收回思绪，看着周围横七竖八的尸体，大部分是青熊兽精所为。也许有一些是自己干的？记不太清楚了，对此，她也不以为意。

狐狸杀的第一个人，是金色麦田里的农夫，他当时正在追打偷跑回娘家的媳妇。就在撕开农夫喉咙的时候，满脸青肿的农妇不知为何又折返回来，她用割麦的镰刀从背后砍进狐狸的肩头……不管怎么说，这对夫妇与她无冤无仇，但她从不因自己的所作所为而感到羞耻，她也是一只成了精的妖兽，杀个把人，喝几口血有何不可？

青熊精吃饱后，躺在宰牛的巨大案板上闭目养神。狐狸晃动金莲，移步向前，坐在了它的对面。见青熊精睁开眼，她问青熊精还记不记得她，青熊精眯起了半瞎的眼，上下打量："没印象。"然后饶有兴致地舔着嘴边的黑血，而后极其猥琐地说，"我一般都是先杀后奸，不过今天可以换个顺序。"

青熊精的头颅在地上滚动着，它的瞳孔终于在几秒后得以定焦，暴突的眼珠子不可思议地瞪着远处自己那扇冒着血的腔子。畜生的脑袋百思不得其解，它不明白自己是怎么死的，只记得它看着眼前这个美得不真实的女人，看着看着四肢就不受控制了，它眼睁睁地看着她走上前来，拿起掉在地上的开山刀，一刀刀地砍在自己的脖子上。

青熊精心里还数着数——整整二十一刀！

是了！在意识涣散之际，它忽然回光返照。是的，那是很久很久以前，一户姓徐的人家、三个漂亮的女人，还有那只黄昏后出现的白狐……

小桃
江湖
一盏灯

七章 我见证的爱情

梦醒，我坐起身来，凌晨零点三十七分，只睡了半个小时。我摸了摸自己僵硬的脖子，很疼，落枕了。喉咙有些干涩，我歪歪斜斜地爬起来，给自己倒了一杯水。方才梦中的景象历历在目，想着青熊精硕大的脑袋，想着狐狸流泪挥刀的表情，还有那扇被垛得血肉模糊的腔子，我又喝了一大口水，把从医生那儿开的安神药全灌了下去。

靠在阳台上，冷风吹过，心情怪怪的。睡意全消的我摆弄着活动范围仅有 15 度的脖子，斜睨窗外，天边是一轮下弦月，旁边一颗亮度很高的星星在一闪一闪。我不由得心生感叹，这耀眼的光辉在人类出现之前就有了吧，即便如此，它也没有我刚才的梦境古老。我想只有一种解释，那就是——我的脑壳收到了来自不同世界不同维度的频率，因此我才得以窥探这些人的某个人生阶段。

勉强低头远眺，我看到了刀客。刀客是我在吹箫巷里的好“基友”之一，此刻的他正坐在一枝花的摊位前，向我招手。刀客是个奇怪的小子，无论是言谈还是举止。这样说并不代表我讨厌他，相反，我是有些羡慕的，正所谓“精神病人思维广，弱智青年欢乐多”，这两点我哪一点都不沾，因此我不广阔，也不快乐。我是应该介绍一下刀客的，但是该从哪里说起呢？那应该是大佬包场的一个夜里：

每个月的十五号，是大佬的包场时间，他包下马老倌的摊位，没有人会对此产生异议，因为这也是个规矩——吹箫巷的规矩。据我所知，大佬和马老倌他们不同，他是个实实在在的人，曾经也有人试图挑战大佬的权威，结果那人“消失”了。所以，你也别问为什么。

还是老样子，大佬坐在马老倌的摊位上，两只猪手一盘鸭舌，一口没动二话不说。他的手下从不跟进来，只是扎堆儿在巷口。大佬包场，我换“阵地”，坐在一枝花的摊位前继续观察着对面这个男人。观察别人是我的业余爱好，对于一个丢失了过去的人来说，看着这些在吹箫巷来来往往的人，看着他们我也感觉到了自己。

大佬大部分时间都是正襟危坐，他的头不高不低，虽不知他看的究竟是哪一个方向，但他隐藏在漆黑蛤镜之下的双眼还是时不时反射出高深莫测的光。大佬偶尔也会转头，看向麻园一枝花热闹的摊位，继而再看看自己坐的这个冷寂的地方。有那么一瞬间我在想，他是否也在观察，观察坐在对面的人们，这里包含的人生百态，和他熟悉的那个“江湖”一样，有些时候也是需要置身事外的。

大佬看到前几天刚来吹箫巷那个自称“刀客”的新人在问一枝花：“什么是江湖？”这小子逢人就问这个问题，祥林嫂一样地没完没了，把对方逼急了还会干上一场。刀客不在乎别人咒骂和鄙夷的目光，也不怕没来由地拳脚相向，在他看来，答案比输赢更为重要。骚年拿着他那柄生锈的长刀，不经意地用刀口在一枝花的酒坛边沿来回游走，刺耳的摩擦声发出危险的信号。我在心里为这个青年捏了一把冷汗，这年头的后生无知无畏，傻缺又冲动，不过他敢于挑战权威的精神还是让我肃然起敬。

“真以为拿了调羹就可以吞食天地？你们瞧他那身非主流的行头，穿件病号服还戴个潜水头盔，真不知道他在 cos 哪个人的 play ！”长年混迹文艺圈，自称“横店小王子”的粥懂搂着两个不认识的妹子在一旁瞎起哄。

刀客初来乍到，不清楚吹箫巷是个什么地方，更不明了一枝花是个怎样的狠角色。我等知情人本以为又可以看一场好戏，怎料想老太太今天的心情似乎不错，她没有将数百斤的酒缸砸进刀客的面门里，也没有当场扎他的小纸人，给他下降头。麻园一枝花只是瞥了刀客一眼，将叼着的旱烟杆从左边抿到了嘴的右边，接着意味深长地将肺里的空气尽数吐到刀客的头盔之上，随之而出的还有一句“滚一边儿去！”刀客咳嗽了一声，没入烟雾的身躯上下抖动。这一次，他仍然没有得到答案，小伙像个丢失了玩具的孩子，落寞地转身，继而看向我坐的地方。

就在此时，瞎子抱着他的二胡颤颤巍巍地走进了吹箫巷，他的孙女瞳灵小心翼翼地跟在后面，两人来到摊前，女孩将蒲团放好，接着帮爷爷摆好竹签。瞎子坐定，等着让夜更深。有那么一瞬间，大家都不说话，静静地注视着这爷孙二人。夜风微凉，瞎子将自己的薄外套摸索着披到孙女的肩上，瞳灵瞪着水灵灵的眸子，浓密的睫毛感激地眨动着，她依偎在爷爷身边，瞎子则用干枯的老手轻轻拍着她的肩膀。

不知不觉我竟看得出了神，在粥懂打出一个响亮的喷嚏之后，思绪方才归了位。四下打量，食客早已走了大半。大佬还在，刀客站在离他不远的地方。我注意到，刀客在看瞳灵，瞳灵在看刀客，大佬在看我，我在考虑是不是应该礼貌地回望。“什么是江湖？”刀客鼓起勇气问瞳灵。很显然他得不到答案。这倒不是因为瞳灵只是一个灵媒，没有任何社会经验，而是瞳灵从出生到现在就没有发出过任何声音。骚年的询问过后，是久久的沉寂。我忍不住偏头，看到的是女孩腮边一片绯红，还有眼角眉梢那一抹淡淡的春情。斜身，又见刀客臊眉耷眼的头盔下，一双炙热动情的眼睛。我的心“咯噔”了一下，从瞳灵十二岁到十八岁，我见证她的成长。如今我的小妹妹已长大，朕的老脸红了起来，又害臊又欣喜。

我挺喜欢瞳灵的，倒不是男女的那种喜欢，实际上是一种怜惜。有人失恋，在还没有走出阴影的过渡期，遇到了同病相怜的人。她或者他，对你有意无意地安慰，让你们彼此都会产生错觉，你会瞬间以为自己找到了真爱，心中暗叹，早些相见该多好啊，险些就被上一手给毁了，我能告诉你这是多傻缺的一件事吗？！很多人把空窗期得到的同情错误会意，认为那就是爱，并且牵强附会地当成了婚姻的筹码，结果大多万劫不复。

跑题了。总之，我挺怜惜瞳灵的。只有年长的人才知道，瞳灵是引路人在打更路上捡到的，抱到吹箫巷的时候，婴孩早已奄奄一息，瞎子见她可怜，硬是闯了一趟鬼门关，把孩子要了回来。这人为的干预导致瞳灵忘不了身前身后事，竟然有了通灵的大能，代价是可以听，但终身不能言。

打更人也十分喜爱瞳灵，所以他每晚打更的时候，都会在瞎子摊前逗留一会儿，一来是给瞎子介绍生意，二来是为了看瞳灵一眼。瞎子对瞳灵也真是费尽心力，为救她，折了大半生的功力。多年来，爷孙两人相互依靠，让人感动而暖心。我吃着小牛肉，食之无味，想起自己和家里的老头，一天二地仇，三江四海恨，不由得悲从中来。

见证刀客与瞳灵懵懂爱情的不止我一人，大佬的蛤镜之下流露出一丝笑意，将这一切尽收眼底后，他心满意足地留下了几张钞票，钻进等候多时的豪车中，飘然远去。今夜来的人，明朝未必会出现，既然有缘相聚，何不多加珍惜。相比之下，刀客是幸运的，至少他的爱恋得到了回应。

夜风穿过巷子，三只老鬼不约而同地端起了酒盅。举杯邀明月，对影成三人。

引路的人到了。
鳴
江湖一盏灯
如是·我见

八章 瞎子老李

朋友给我寄了包印度香料，我一早拿了些给马老倌，心想，放在肉汤里，味道应该不错。老马难得开心，破天荒地留我吃了午饭，饭后他在灶边调制高汤，我则坐在种有橘树的小院里和他聊起来。

他不太说他自己，但聊起一枝花的时候，眼里溢满温情。我们聊天气，聊物价，聊老街里的人，感叹时光飞逝，白驹过隙。我也在他的口中得知了瞎子老李的过去：

话说，瞎子三岁的时候生了场重病，发了一个星期的高烧，救活的时候他就能看见死人了。不仅能看见死人，还能知道活人什么时候死。小时候，他经常对着空气说话、笑，还经常跟他爹他妈讲他看见去世多年的某人坐在某处，或者正在做某事。

在瞎子五岁那年，他们一家人坐长途车回老家探亲。山路颠簸，转弯也很多，行到傍晚时，瞎子突然挣脱他妈的怀抱，冲到司机旁边，用手指着前方某处，对司机大喊："前面有好多死人，你看！"司机一下就毛了，一脚刹车，整车人差点儿从半山腰给扔下去。

紧接着，瞎子一家就被撵下了车，这还算是客气的。瞎子他妈知道他有这毛病，没多说话，他爹老李一向都烦他的一惊一乍，于是就把他往死里揍了一顿。没法子，路还是要赶的，好在不远处就有个镇子，他们打算先找个地方过夜第二天重新转车。于是，老李一家子，小的哭大的骂，推推搡搡转过一个山涧的大弯。

你猜怎么着？刚才他们被撵下来的那辆车就停在不远处，不动了。所有人都下来站在路边。路，就只有一条，怎么都要过啊。这一家三口硬着头皮臊眉耷眼地往前。靠近之后，瞎子他爹傻眼了，他娘也吓尿了——只见路边大榕树上挂着四个人，像是一家子自杀来着。这榕树得有二十多米高，也不知他们是怎么爬上去的，好像才刚刚死透。

这件事是一个导火索。三年之后，瞎子就被他的亲生父母抛弃了。但他的生命像野草一样旺盛，风一吹就见长。不知不觉间瞎子成年了，成了一个摆脱了低级趣味的民俗研究员，业余时间还钻研《周易》。

成年的瞎子有了更多的能耐，值得欣慰的是，天赋异禀的他依旧乐观，也有一副热心肠。他经常跟人说人家将要倒霉的事情，还主动教别人怎样躲过灾祸。虽然出发点是好的，但是那个年头弄这些，完全就是在挑战社会认知和道德底线。终于，瞎子被人给检举了，扭送到农村扫牛棚，这一扫就是八年。

这八年里瞎子阅尽天下愁苦。

在小黑屋里待了三天三夜之后，他悟出了些道理，同时也感到了前所未有的身心俱疲。被抛弃不可怕，多年的践踏和否定却实在叫人心寒，于是瞎子把心一横，想着要不就在这牛棚里自我了结吧。也不知他是怎么想的，上吊之前竟还把自己的眼珠子给抠了出来。

很久之后，他才向一枝花袒露缘由——他当时就想，眼睛是心灵的窗户，他害怕自己死了之后还睁着眼睛，这样会吓坏牛棚里的牛，他不忍心，因为这牛是他八年来忠实的朋友。

就在老李把脖子放到草编的麻绳上准备归西之际，他被前来镇子寻找降头材料的一枝花的大姐“一枝梅”给发现了。一枝梅救了他，并给他指了一条明路，在一番并不是太有耐心的劝导下，瞎子放弃了轻生的念头。

就这样，他跟着一枝梅离开了那个伤心地，来到了吹箫巷。而他的两只眼珠，也就顺理成章地成了药引，被一枝梅保管着。

江湖
一盏灯
吹箫巷

九章 稳重的大叔

虽然我经常往烧烤摊跑，但并不都是冲着食物去的，和什么样的人聊，聊什么样的人，才是逛夜摊的关键。美酒、烧烤和肉汤，我真谈不上多喜欢，有圣贤说过，吃多肉，松果体会萎缩，泥丸宫就会关闭，这个想法与我不谋而合。温润的过桥米线和爽滑的小锅卤饵丝才是我的爱。

说到这两样美食，就不得不说说开在对面街的“煮品店”。这家煮品店不能算是真正意义上的“店”，那其实是一个巨型的煮品贩卖机，店名叫“稳重的大叔”。“稳重的大叔”价格公道，小碗八元，大碗十元，不提供外送，但提供打包盒。怪是怪了点儿，但味道出奇地好。没有人知道这个巨型贩卖机是怎么来的，似乎某天的深夜就已经杵在街角。时常会有小朋友无故踢打这只巨型铁盒，像对待仇敌一般。后来我才知道，如果不断击打，铁盒招架不住，就会有一定概率吐出炸洋芋来。前来挑战的人很多，得到的却寥寥无几，我试过一次，无奈贩卖机外壳太硬，我最终没有成功。

光顾“稳重的大叔”当然不只是为了那盒“典藏版”的炸洋芋，还有一个原因是，我对这个贩卖机的内部构造充满了好奇。“稳重的大叔”的出现就像蒂姆·波顿的电影，有它的现实意义，画面明明不真实，你却固执地坚信它们的合理性，突兀的存在能把你暂时带离这个世界，在此期间你会发现，原来你也可以有纯真的一面。

某天晚上，在我踢打贩卖机快要精疲力竭的时候，这个铁盒子的侧面开了一道小门，一位长得很“稳重”的大叔，从“稳重的大叔”煮品贩卖机里爬了出来。他穿着藏青色的褂子，留着寸头，脸上还有一条刀疤。叔叔满头大汗地坐在路牙子上，点了支烟，幽幽地说：“兄弟，别打了。我今天没买洋芋，所以也炸不出来。”

两个男人对望，带着不同的思绪，它们飘散到吹箫巷光怪陆离的氛围中。我俩竟然都笑了起来，他笑得豪迈，我笑得苦涩。我好羡慕他，他的人生似乎有着不一样的境界和追求，而我的生活则充满迷惑。时不我与，我就像一只趴在玻璃窗上的苍蝇，前途光明，却寻不到出口。好孤独。

十章 妈宝记

凭直觉而论，小桃不应该是我喜欢的类型，她太孤僻，也太文艺。我虽是爱好艺术的青年，但终归摆脱不了庸俗之气。理论上来讲，我们是两条离得很近却没有交集的线。但事实证明，我终究还是摆脱了维度的限制，义无反顾地沦陷了。像是逃不出引力的光线，我迫不及待地加速坠落，彻彻底底又无声无息。

城市的轰鸣从深深浅浅的巷道里挤进来，浮华的喧闹经由老墙的传递，变得软弱无力。我路过对街的单元楼，小桃阳台上棉质的衣裙汲取太阳的光，风一吹就散发出向日葵的味道。在这古老的巷子里，小桃和她的阳台无疑是一道充满异域风情的光线，它们把老街照亮，蒸腾出我身上的霉味，也让吹箫巷变得更加富有感情。

这是个难得的日子，我破天荒地早起。某户人家的窗户里飘出了久违的早间新闻报道："下面插播一条简讯，本市所有应急警用灯一夜之间全被毁坏，这是一起有组织、有预谋的破坏行动。有关部门对此种危害人民人身财产安全的行径表示强烈的谴责……"看样子我并不是唯一一个有这样龌龊想法的人，对此我并不避讳。"砸碎警灯"这个计划曾经在哥的心头酝酿了很久，之所以没有付诸行动，正表明了哥还有一丝理智尚存。

走了几步，瞥见小桃家单元楼下堵着辆豪车，充满铜臭味的土豪金车漆晃得我险些背过气去。隐约听到一个男人的哭泣："我对不起你……"一大早就听见号丧，真是晦气！拐过转角，一堆白花花的东西就朝我的面门直直地扑过来，好在哥敏捷，闪避后抬头就想骂娘，却看见那堆东西实实地砸在了一旁的小桃身上。她也不躲，任由那些纸片从身上滑落，迷蒙的双眼则冷冷地看着前方。"臭不要脸的，骗钱骗到老娘头上了！"四月中的吹箫巷惊现一个身穿厚重貂皮大衣的中年妇女，她正朝小桃歇斯底里地吼叫着。

"会写几个字就狂了，你以为你是谁？还想挑拨我们母子的关系。我们阿杰怎么可能会看上你？！我告诉你，我就搞臭你，你写多少我就能让他们退多少。不仅退稿，我还当着你的面给你烧了。信不信？"老妇扭曲的脸涨成了猪肝色，我感觉她马上就要膨化，继而变身。“妈，您别说了。”跪地流泪的男人弱弱地插了一句。接着他就被他妈揪着耳朵推搡起来：“今天就必须跟她说清楚，你能不能别丢老娘的脸，你这是要死啊，哭个锤子！”

哥是丈二和尚摸不着头脑，看得眼睛都直了，这两个人是要闹哪样？倒地的妈宝不敢正视小桃，他咽了咽口水道：“小桃，我对不起你，我看，咱俩就算了吧。”小桃就像没听见似的跨过眼前这团物体，弯腰捡她的手稿。老妇见状，顿感没面子，被人忽视令她血压升高。她终于膨化了，抡圆了膀子，上前就是一个耳光。小桃被打得一个趔趄，直起身来也“啪”地回敬了对方一巴掌。我还没来得及称快，妈宝立刻变身为“孝子”，紧跟着就怒了，他像窜天猴一样把自己发射得老高，气急败坏地吼道：“没大没小的，她是我妈！”说罢就给了小桃一巴掌。

这一切发生得太快，小桃被打得愣住，眼中充满了不可思议，她继而摇摇头，嘴角勾起轻蔑的笑。孝子心虚起来，作势又要再打。此时哥早已忍无可忍，反身助跑扯开腿，一个箭步就踢了出去，哥这一击力度惊人，我的人字拖掉在地上，妈宝也飞了出去。“龟儿子，你的破车挡了爷爷的道，爷爷替交警管管你！”我吼道，心里还寻思着，戏别太过，不能让小桃尴尬。

妈宝滚翻在地，瞬间小便失禁，哥乘胜追击上前薅起妈宝的脖领子，左右开弓就是一顿猛抽，心想着，哥还不用拳头，哥就扇你，看你还要脸不要脸，让你大清早就跑来吹箫巷哼哼唧唧。哥抽得酣畅淋漓，一旁的虎妈唱戏一般地在喊：“哎呀，杀人了，瘪三杀人了！你知不知道我是谁？还不放开我儿子，老娘上头有人……”听着这杀猪般的号叫，哥的心头更为焦躁，不由得手上加重了力道。见我没有停手的意思，虎妈就用她的爪子在我身上不停地挠，不干不净的词语支配了她的整个小脑。但无论如何哥还是要尊老爱幼的，于是，妈宝的脸拜他妈所赐，流出了更多的鼻血。

就在这时，从巷子深处传来一阵呼啸声，一只铸铁的潜水头盔不偏不倚正中母大虫的胸口，虎妈还没来得及号一声，就已昏死过去。接着，麻园一枝花从巷子深处走了出来，她瞅了瞅倒在地上的两个身体，吐出一个烟圈，对我说道：“何川，这里没你的事了。”一枝花很少管闲事，既然她老人家发了话，我也就没有了继续的理由。远处又传来噼里啪啦的声响，刀客屁颠屁颠地跑了过来，捡起掉在地上的头盔，拍了两下，戴起来，汇报道：“花娘，那破车我给砸了。”

我这才想起小桃来，转过身，见她站在楼梯口，抱着她的稿子一言不发。良久，她朝我们微微欠了欠身子，而后，消失在街道口。

事后小桃自己去派出所报了案，尽管她一再重申这事跟其他人没有关系，但我和刀客还是被警察叔叔邀请到派出所里，参加了“思想品德重修豪华班”。奇怪的是，对方竟然一改之前蛮横的态度，表示既往不咎，再加上我们认错诚恳，态度积极，没到一天，我俩就被提前释放了。

当天晚上是马老倌去派出所领的小桃，她没受苦，就是有些憔悴。刀客没有存款还敢砸别人的车，于是我取了钱让一枝花转交给小桃。老太太一边抽烟一边斜睨着我，她让我别多管闲事，还说钱的事情她有办法。这一次又想用障眼法吗？老这样也不是个办法。钞票不是大风吹来的，这年头谁都不容易，都怪我太冲动，当下心里过意不去。临走时我把装钱的纸袋压在一枝花的酒缸下，可这纸袋第二天又回到了我的外套口袋里。至此，“小三苦傍大款，‘原配’千里追‘凶’”就成了小桃“黑历史”中最被人津津乐道的一笔。

不久后，我听马老倌说起了个中缘由，是他去领人的时候民警叔叔跟他讲的：妈宝和小桃是大学同学，他追了小桃很多年，小桃没看上，给他发了张好人卡。毕业后妈宝主动联系小桃，他效仿“古人”变着方儿地给小桃写信，于是两人有了几次书信来往。妈宝也不知是哪根筋不对，他觉得有书信就代表有回应，有回应就是男女朋友，于是经常送小桃东西，结果都被婉拒，通信也就断了。妈宝觉得问题出在礼物的价格上，于是妈宝偷了他妈的金卡，刷了一块很贵的表准备送给小桃，结果当天事情就败露了。

虎妈追问，妈宝㞞了，推说是小桃让买的表，还拿出了以前的信件以兹证明。虎妈震怒，觉得脸上挂不住，她认为老实忠厚的儿子受到了蒙骗。她认定是小桃这个“烂货”带坏了她的儿子，而小桃写信则是为了挑拨他们母子之间的关系。次日，虎妈携子开着家里的豪车，杀到了小桃所在的出版社。出版社当天就把小桃给辞退了，娘俩还不解恨，第二天又杀到小桃家，于是就上演了之前的这一出，好不惊天动地。

令人欣慰的是，警察叔叔大多都是心系百姓、明察秋毫的。令人欣喜的是，这对极品母子再没出现过，听闻一枝花给他们下了很重的蛊。人在做，天在看，天若不睁眼，一枝花就会管！

江湖
盏灯
花与梦

十一章 长梦，如善

梆子声响，三长两短。

我梦见自己走在满是青苔的石板路上，夜色深沉，对面来了个赶路人，他轻而易举地穿过了我的身体，四目相交，我看到那个与自己相隔好几个时空，又有着相同名字的男人。是了，我想起来，就在青熊精的意识涣散之际，它忽然间回光返照，它看见很久很久以前，一户徐姓的人家、三个漂亮的女人，还有那只在黄昏后出现的白狐。

何川在午夜时分才赶到，显然是为时已晚。不大的村子里到处都是血迹，小卖部门口，宰牛的案板上横着一具熊尸，没有头。一块写着“鸣雨河”的牌子在村口的老树上吊着，看上去是唯一没有溅到血的地方，冰冷的降魔杵压在胸口，何川的心在灼烧。

时间回到三天前的下午，那个有竹叶飘落的山间，那一壶被装满的清水里。何川饮着干净的水，这是在乱世中难得的稀罕物。不知从什么时候开始，山里的泉水不能轻易喝了。无论是人还是妖，如果不慎误食有毒的泉水，轻则毙命，重则身体变异，继而成为一株株怨念丛生，无知无觉，也无法轮回转世的有毒植物。在何川看来，这些失去自由和尊严的“人生”当属绝顶的不幸。

继续饮着泉水，喝着喝着舌尖就涌出了苦涩的味道，何川竟然控制不住地流下了眼泪，因为他从水中尝到了另一个人的记忆……他抬手，端详手中的鹿皮水袋，这个袋子虽然和自己的很像，却不属于自己。他在壶底的皮垫子里看到了一个熟悉的名字——如善，那是他师兄生前的法号。

自从水源被污染之后，由怨念形成的绿地面积不断增加，敢进林子的人已经寥寥无几。上层结构开始瓦解，有信仰的人们陆续集结起来，组成了唯一有能力的力量集体，这些人当中也不乏异能者。四百年前，最高尚师发动了空前的“寻根”运动，数以万计的弟子开始走向世界各地，试图追溯，重现逝去的文明。

传说，《根达亚预言书》中蕴藏着治愈和复苏的力量，说不定能净化河流。

因此，找到它是所有修行之人最崇高的目的。可是先后出去的数万弟子大多都杳无音讯，能取得实质性线索的更是寥寥无几。

如善，是一个平凡得不能再平凡的人，除了跟这个世界的其他生物一样，也可以活几百年之外，他并没有什么过人的能力。但他却带回了很多珍贵的资料线索和古籍。如善是何川的良师，是益友，是兄弟，是他在江边发现了被遗弃的何川，并把这个婴儿带回到了圣地……

何川抚摸师兄的遗物，心里感叹时间流逝真如白驹过隙，距上次一别竟然已过了数十载。他将剩下的泉水淋在自己的百会穴上，这样就能依稀看到如善死前的情形。没错，这是何川的特殊能力，只要触碰物件并集中精神冥想，就能看到最近发生在其上的事件片断，但只有影像，没有声音。

大约是在几年前的初春，如善似乎遭遇了某种猛兽的袭击，他无处可逃，奄奄一息。不知何时，一只幻化成人形的狐狸出现在如善身旁，她静静地等了半天，发现和尚一直没能死去，狐狸等不及，便凑上前去想要拿走水袋。

这时，如善对她笑，狐狸见状，反而不拿了。她扶起如善，喂他喝水，给他顺气，如善没喝进多少水，反而吐出更多血来。他在对狐狸说话，出气多进气少。听罢，狐狸犹豫片刻，就俯身开始饮他伤口处淌出的血，直至断气，如善都没有挣扎一下。事后，狐狸拿走了鹿皮水袋，也许是出于尊重，狐狸把他的尸体拖到了一棵菩提树下，那树旁有一条蜿蜒的小溪。

天上是一轮毛月亮，夜风卷起村子里的腥气，何川将四十九具尸骸放在村头，为他们念经超度。临走时，他用火折子引燃篱笆和村口的老树，这是唯一的办法，为了不让变异的植物再糟蹋一遍他们的身体。

世界上少了一个叫如善的男人，也再没有一个叫作鸣雨河的地方。何川握紧了师兄的遗物，思虑良久，才发现自己不该追赶过来。既然决定出关并离开圣地，那他们就已将生死置之度外，此行的目的与复仇无关，大可不必浪费寻找预言书的时间。

看样子，狐狸没有在鸣雨河逗留。其实何川也并不期待与狐狸的相遇，他问自己为什么？答案是——他怕到时候做出连自己都会后悔的事情。

江湖
一盏灯

冬日交响

十二章 不再安全的吹箫巷

午夜长梦，昙花现。不知不觉，又一年。

我在除夕夜的钟声里醒转过来，掐指一算，竟然足足睡了两天。还没来得及琢磨刚才那个梦，胃部就传来一阵饥饿的绞痛，我急忙裹了件衣服，下楼觅食。

老鬼们是不过春节的，除夕夜的吹箫巷照常营业。今年比往年热闹，各家熊孩子都等着敲钟的那一刻，火急火燎地将手里的烟花送上西天。

今天夜里来了一个戴红帽子的小女孩，她拎了一个小竹篮，一见马老倌摊前挂的狗头就哭，哭得一塌糊涂。而后伤心地吃下一大碗狗肉米线，接着心满意足地离开。

这个“小红帽”留下一篮不知名的野生菌子，但没给米线钱。马老倌不但没有生气，在目送女孩远去的同时，凶恶的老脸上还漫起憨憨的笑颜。不能够啊，想当年蒋二狗子吃霸王餐，撒泼耍横，被马老倌一把杀猪刀就给办了，前后不过三十秒。但凡有人敢赊他的账，都没有一个好下场的。想到此处，我顿时汗毛直竖，心想，这老不正经的该不会有怪癖，专门对“祖国的花朵”释放邪念吧？

就在这时，巷子深处传出断断续续的哀号。我看见身披蓑衣、头戴尖帽沉默寡言的引路人跌跌撞撞地往我们这边跑，他急急上前惊魂未定地喊叫：“老李啊，老李，要解签的人今儿恐怕是来不成了。”

“发生何事？”眼看大半年都没开张，瞎子坐不住了。

引路人缓了好半天，整了整歪斜的衣帽，方才懊丧地说：“我与解签人在来的路上遇到一个戴红帽的女孩，那女孩身后跟着一只狼狗。解签人恐其被恶犬所害，因此多说了几句，怎知那狼狗性情暴虐，竟召唤‘天外飞仙’，将解签人和女孩绑架了。饶是我跑得快，不然早已被‘天外飞仙’里射出的光束吸进去，无缘再见老哥你啦！”众人听罢，皆唏嘘不已，心中默念“阿弥陀佛”，在暗叹世事玄妙之余安慰了引路人几句，就各自散去。

念经当然不管用，这已经超出灵界的管辖范围，我这样想着。

自从老鬼们决定拓宽经营路线之后，吹箫巷鬼没多见，活气却大有逆袭之势。我等贪图房租便宜的小市民和慕名而来的猎奇人士带来了更多不确定因素，吹箫巷没有以前安全了，这一点大家心知肚明。

说实话，瞎子做的这一行太偏了，有些曲高和寡。他的本职工作是给路过的魂魄答疑解惑、指点去留的，但是哥搬到吹箫巷这么久，就没见引路人给他带过几个像样的“客人”。做人要与时俱进，身为“异能界”人士也不能免俗，现如今只能走“曲线救业”这条路了——就在一年前，瞎子老李也终于没能守住，开始给活人相面了。

马老倌和一枝花又何尝不是呢？最早的时候，老头就只卖炖牛肉这一样，老太的酒里也只泡着杨梅和枸杞花。其实我们都明白，是这世界变化快。慢慢地，当单一品种再也无法满足顾客需求，也补贴不了生活之际，狗肉米线、小牛肉、木瓜水和酸梅汤等衍生产品就孕育而生了。

吹箫巷没有以前安全了，这是两个世界不断相容的大势所趋，谁都无可奈何。虽说贞女失节不如老妓从良，当驱魔法术遭遇赤裸现实的瞬间，碰撞出来的是生存本能，掉落的是满地自尊。

“下面插播一则重要新闻，本市东华区所有夜间巡逻警车的警灯均被破坏，车身被涂满了‘办证’字样……”凌晨两点半，那个之前就砸坏过应急警用灯的“人民公敌”，又向这温柔美丽的城市伸出了他的罪恶之手。

上文中“小红帽”的原型来自森林数字艺术工作室2012年短片动画《闪耀》（Glitter），感兴趣的朋友可搜索相关视频。

十三章 秦香兰

春节过后，刀客就再没有出现。今天是十五号，大佬会来，我也打算去一枝花那里坐坐。

方才路过山寨音像店的时候，瞥见店门口贴了张寻人启事，大意是说：本市长坡精神病院有三名重症患者相约出逃，至今下落不明，他们的家人十分着急，请知情人士提供线索并酬谢。启事上印有三张照片，两男一女，照片虽然模糊，但我还是看到了刀客的脸。这年头谁都会有过去，但是出来混，是迟早要还的。

是从什么时候开始，天地变成了江湖？很显然坐在对面的大佬没有思考过这种问题。他点的猪手和鸭舌还是一口未动。我觉得他应该是那种想忘但又害怕忘记的人，牵挂太多，终于沉沦在等待里。我试图分析这个男人，解释他的行为，既然来了，为什么迟迟不动筷？既然不喜欢吃，又为什么要点？既然没有下定决心，又何必要来？最后我发现没有必要，因为彪悍的人生并不需要解释。

大佬今天走得早，临走的时候他与一位温婉的妇人擦肩而过。“请问，您见过这个人吗？”他瞥了一眼女人递过来的画像，摇头，而后目不斜视地走开。来人名叫秦香兰，她迫切地寻找着画中的男子，她来吹箫巷的时间不长，不过我一直都有留意。没有人知道她究竟长什么样，因为她的脸上总是化了浓浓的戏妆，似乎要仰仗这些胭脂水粉来掩盖悲伤的过往。

没错，她是一个心愿未了的鬼魂，如果不是出于自愿，没有人能强迫她转世投胎，即便她已经来到了吹箫巷。陈旧的纸张被她长年累月地紧握着，画中人的脸已经无从辨认，但那身黑色的铠甲却叫人过目不忘。我很庆幸秦香兰没有问我关于他的问题，因为我有些害怕那张画像，它散发出一股久远的执念，那执念里有太多的怨恨与不甘。

遍寻无果，秦香兰就会坐在一枝花摊前哭上一整夜。当我越想看清她的面目时，她整个人就会变得越来越模糊，脸上浓浓的戏妆被泪水浸湿后变得红红黑黑的，虚起眼观瞧，好似一幅新锐的野兽派肖像画。

他生莫作有情痴，人间无地著相思。”有些微醉的秦香兰唱起一段不知名的曲子，这曲子很好听，很伤感。想必她宁愿醉等也不愿遗忘。我不明白，花开不过一季，何不饮下孟婆汤，到来世重新绽放？

大佬的豪车远去，近处的秦香兰在哭泣，他们大概都是想忘又害怕忘记的人吧。走的路虽然不同，但终归还是要沉沦在等待里。

十四章 王老急

红姑是个神出鬼没的老太太，她只跟麻园一枝花说话，而她们聊的都是些神神道道的和下蛊有关的事。我来了这么些年，没见过她几次。

红姑歇下来的时候，就喜欢待在堆满杂物的阳台上，扇着扇子，眺望西北方。老太太还喜欢养猫，她养的猫都很有个性，这些肥肥的、圆圆的毛球从不下地，只待在房顶上，而且只喜欢凝视西北方。老太太并不是一个拮据的人，但她总喜欢捡东西，各种各样别人不要的东西，饼干、报纸、内衣、鞋子、盒子……甚至是小孩子。

传闻，红姑捎了些难得的酿酒材料到一枝花店里，于是我决定去看看一枝花会推出什么新花样。来到摊位前，粥懂早已先到。定睛观瞧，彼岸花、木瓜水、酸梅汤这老三样，一样没多一样不少。新品没见着，倒是黑暗的巷子里无端出现了一筐筐怪异的“人参”。这些人参都长成大头娃娃的模样，它们胸前还贴着写有“福”字的红纸。这些人参肯定是红姑捡来的，问我为何如此肯定？那是因为，这些娃娃的脸都是糊的，让人看不真切，跟红姑的脸一样。

引路人难得不在准点出现，我瞥见他递给瞳灵一样东西，那是条十分有趣的项链，金色的搭扣上有一只小巧精致的潜水头盔。我心下了然，刀客虽然已消失数月，但这小子走得再远，心中依然对瞳灵充满挂念。天空降下了薄薄雨丝，这些透明的水滴让相思变得深重，我仿佛看到了瞳灵心里的忧愁，它们积蓄得太满，差点儿从眼眶中溢了出来……

瞳灵轻抚着那枚小小的信物，眼神迷离。我放下手中的大麦茶，认真地问她：“你和刀客那小子是什么时候开始的？”她抬头，用眼神坚定地告诉我，从上辈子就开始了！

我看向远处，害怕她觉察到我的卑微和无助。我想起自己像她那么大的时候也曾经为了某人茶不思饭不想。虽然时隔不太久，但我已经记不起那女孩的模样，总感觉这是上辈子的事情，遥远又事不关己。江湖一盏灯，照亮人心事，梆子声响几许？引路的人又是在何时远去的呢？

这些日子粥懂来得勤也来得早，酒过三巡菜过五味之后，他就开始大谈后现代裸体艺术与马拉之死的关系，见没人搭理他，他又开始纠缠瞎子。粥懂责怪瞎子老李，说他太自私，非要把瞳灵拴在吹箫巷这个没有前途的地方。如果真的为孙女着想就应该让瞳灵跟了他，他会让瞳灵进军演艺圈吃香喝辣，要啥有啥，等孙女飞黄腾达，他们就在西山脚下买一栋别墅然后把瞎子老李接过去，三个人一起共享天伦之乐……

粥懂就跟打了鸡血似的口沫横飞大言不惭，瞎子早已被他气得满脸青紫，抖如筛。人都差不多散了，粥懂这货却丝毫没有停歇的意思，还在不知死活地讲。瞎子老李也真是有涵养，如果我是他，早就把手里的二胡嵌到粥懂的天灵盖里去了。

瞳灵看着我，眸子里满是幽怨，我转头，避开她的祈求，我能怎么办呢？我并不是那个你理想中能带你远走高飞的人啊。我发觉一枝花在看我，用一种充满暗示的眼神，我勉强对她笑了笑，好奶奶，虽然你今天的民族服饰很特别，但你也不是我的理想目标啊，再说，即便我答应，老马和他的杀猪刀也不会答应的。正想着，马老倌也朝我看过来，那是一种要杀了我的眼神，我瞥了一眼他手里的杀猪刀，清了清喉咙，整了整衣冠，目不斜视大义凛然。哥试图让老头意识到，一枝花以前是他的，现在也是他的，永远都会是他的。

……

不是这个吧！他们怎么还在看？朕一向都是只可远观而不可亵玩的。我刚要发作，却瞥见一枝花用脚抵出摊位下藏着的一只酒瓶子，定睛一看，上面写着“The king Is Always lucky”。我去，这难道就是传说中的新品“王老急”？噢，是我误会了，看样子老鬼们也对粥懂相当不耐烦，碍于还有活人在，他们不便出手，那么，是时候有人出面了。

我朝一枝花点点头，心领神会地走过去拿起地上的“The king Is Always lucky”，转身就向粥懂走去，一边走一边瞧，只见厚实的玻璃瓶中装满浑浊的绿色液体，在光线的折射下隐约可见一只满口獠牙面目狰狞的大头人参娃娃，它在瓶子的中心呼唤爱。

新品在溢出绝美醇香的同时，被推到了粥懂和瞎子的面前。我轻轻挽住瞳灵的腰，手心满是温软的回馈，瞳灵身体一僵，没好意思回头看我，我就越发大胆起来，手搂得更紧了。

“粥懂，这酒是稀世珍品，也是我和瞳灵的定亲酒，请笑纳。”粥懂望向瞳灵的腰际，嘴角抽动，讪讪地笑了。

这个通晓人生哲理的“大师”，久经沙场的“横店小王子”，他当然知道我和瞳灵绝无可能，但他也明了，这是三只老鬼的意思。他看不穿瓶子里的乾坤，而我却能看到他的怯懦和无知。求被潜规则的妹子比比皆是，何必自讨没趣呢？粥懂抵御不住甘甜的酒香，更无法直视朕这朵优秀的男子，就他这面黄肌瘦的身板，打也打不过，比又比不赢，在朕这种“高帅富”面前，只能求得一个“败”字。于是，粥懂心不甘情不愿地抿了一口王老急，勉强笑了笑，表示放手。

小塘花园中，湖心凉亭里。

月光照在瞳灵余怒未消的可爱脸庞上，我安慰她：“哥刚才也是迫于无奈，你这幽怨的样子会让哥脆弱的心灵很受伤。对了，我今天还有一个大发现，起初看不清那些人参娃娃的脸，没想到它们被泡到酒里后就现形了。待我改天往红姑的脸上洒些酒，她的长相就不再是吹箫巷的未解之谜了。”

那晚，我们聊了很多，严格意义上来讲，是我自己跟自己说了很多。我说了我对消失记忆的担忧，说了外星人老庄，说了正在酝酿中的“游记”，说了我正在做的那个断断续续的长梦，当然也讲了不少马老倌的坏话。瞳灵静静地听着，一言不发。

一吐而快之后，我心里舒畅了很多，直到清晨六点瞳灵才在我怀里沉沉睡去。我背起她往老街的方向走，那轻飘绵软的触感将我带到了很久很久以前，那个遥远的太阳纪，一个叫作鸣雨河的地方……

朦胧月
江湖一盏灯
森林出品

十五章 长梦，他们都好孤单

狐狸没有在鸣雨河逗留，何川也没有。我问自己为什么？答案是，和尚其实明白，但他不敢去想。

狐狸大仇得报，但她的灵魂却没有因此而得到解脱。最近，她总是健忘、易怒且没来由地茶不思饭不想。她意识到，这不是苦难的终结，而是长梦的开端，前方还有无数个黑夜在等待着她去度过。有那么一瞬间，狐狸觉得生活失去了意义，虽然她已经拥有了凡人羡慕的能力和容貌，但她还是不知道自己今后该去向何方。

狐狸清瘦的身体外裹着件淡灰色的衣裳，这是一位老者的遗物，助他“解脱”后的报酬。袍子很宽，有一股朽坏的味道，她依在同样朽坏的老榕树之上，眼前是一望无垠的深绿，狐狸的思绪飘到了很远很远的地方。

几年前，有个叫如善的人对她讲了一些话，她到现在才想了起来。狐狸自然不会响应那所谓的“寻根”计划，只有她知道根达亚的真面目——那里除了失望之外，剩下的还是失望。

这些和尚总是太理想化，其实他们心知肚明，第三只眼的消失意味着现在的人没办法再掌控远古的力量，看看这满世界疯长的植物，再看看那些四处作乱的妖魔，这就是他们无法控制的力量。念经也是不管用的，青熊精就是一个例子，当然还有她。她到底算是个什么东西呢？高不成低不就，成不了仙入不了魔，最终还是只能和这个世界一起腐烂下去吗？狐狸想着，摸到了腰际的水袋，她想起几个月前被自己放走的和尚，袋底刻有他的名字——何川。

旅行让人冥想，冥想勾起回忆。

何川在江心的一叶扁舟里，四周皆是苍茫的绿，有暖风吹来，吹干一身的汗。何川是个善于自省的人，他识得自己的心境，也明了，凡所有相，皆是虚妄，这一沙一世界、一叶一如来、一笑一尘缘、一念一清净的道理他是懂得的。

然而，这次出关途中的所见所闻，这尘世间的彷徨迷乱，让他思虑良多：怎么样的“度”才能算作“化”？怎么样的“虔”才能算作“诚”？如若大家都成了佛，那么佛是不是就不存在了？抑或我们只是存在于佛陀的梦中，当他醒来，世界再次反复，你已不是你，我也不是我。何川又想，这世界当真归于一个“空”字吗？如果所有的一切皆是虚妄，又何苦要他们出关去寻找那本只存在于前人旧梦里的预言书？

他又想起往事，想起他的三个老师，想起点满烛火的大殿，想起炊烟缭绕的柴房，想起床头残破的经书，还有那只幻化成人形的狐狸……这些日子，何川刻意不去想她，但她的眼角眉梢却屡屡出现在某个化缘的清晨，某个掬水的瞬间，某条弄花的裙摆和某人不经意的回眸里。

和尚并非只懂得念经，书中自有颜如玉，人间又何处不飞花呢？他想起自己早夭的初恋，那是一个比他大三十二岁的女人。直到现在他也不明白自己究竟喜欢她哪一点。真要追究的话，也许就是她跟狐狸一样，她们都拥有一头栗色的长发，这些发丝在逆光之下会投射出酒红色的光，醇香而又令人心醉。何川摆了摆头，他将想起狐狸的这种情绪定义为一种“恨”，一种想要为如善报仇却又努力克制的后遗症。

收回思绪，他将眼光放在缓行的渡船之上。撑船的人没有迷失方向，老人只是撑得很慢，他在欣赏美景，也让乘客饱了眼福。享受片刻宁静是一件奢侈的事情，对这个世界来说也是尤其珍贵的。何川想，凡事都不必追赶，老人的谦和缓慢才是对大自然最深的敬意，而这一路的美妙风光也回馈了他们这一腔温情。

何川从如善那里得知的信息是：找到根达亚遗迹得往西北方向走，要走八万四千一百三十天。他记不清之前走了多久，只觉得自己的心离目的地越来越近。

突然，前方水流湍急，扁舟开始加速，船身一晃，何川偏头，他看到与自己并排的方向，一处满是紫藤花开的林间，有一只白色的狐狸，狐狸也看见了他。这一人一兽的对视，下一秒里，眼神穿透彼此，犹若不见。江川分流，你向左我向右……

狐狸决定尾随和尚，她有话急着要对他讲，但心里的声音则反复告诉她——不必急于一时。她变成小兽，肆意享受着原始的奔跑和解脱之感。方才与和尚的对视让她的心方寸大乱，因为害怕对方察觉到自己的窘态，她敏捷地一窜，藏到了幽谧的林中。

狐狸有佛性，证明她有善的一面，但这种善念，正被她肆无忌惮地挥霍。有时候她控制不了自己的情绪，她不知道复仇让人失掉本心，忘记了那日夜睡在蒲团中的安宁。她不知道被感染的大地加速了善良的流失，这千年的修行终将毁于一旦。她这个野路子是邪门歪道，总有一天会葬送在“主流”的旋涡之中。

和尚应该知道她跟着他。有时候狐狸会觉察到他一抹不经意的眼神，一丝浅浅的微笑，还有那些被摘下的新鲜水果，它们被放在她能轻易找到的地方。她好喜欢它们的味道，直至这些水果腐烂，直至她将它们埋葬，她都舍不得吃掉。

和尚一定是知道她跟着他的，只是故意视而不见罢了。假正经！狐狸这样想着。一路上，她把发生过的事都尽收眼底，像和尚这般停停走走，今天帮人埋尸超度，明天在崖边打坐冥想，什么时候才能到他要到的地方？她无法理解和尚的种种举动，觉得这些都是道貌岸然。和尚愈是谦卑高尚，她就愈发跃跃欲试，妄图干些坏事来吸引他的注意力。

至于为什么要吸引他，狐狸自己也说不清楚，她只是觉得，觉得和尚跟她一样，他们都好孤单。

十六章 青山遮不住，毕竟东流去

我再一次醒来。

每一个长梦的中断都掺杂了太多的信息，两世的交替让人元气大伤。我努力感知着和尚与狐狸之间的命运走向，我的心惴惴不安。索性不再去想，直奔下楼，投身烟雾缭绕的街巷。

今夜，大佬一个人来的，有人比他先到，秦香兰倚在旧地，自斟自饮。她的妆很浓，依旧看不出本来的面目。大佬坐在她对面，两只猪手，一盘鸭舌，一样没多一样不少。喝酒的不能吃肉，吃肉的不能喝酒，这是规矩，吹箫巷的规矩。他们隔着细长的走道，坚守着各自的阵地。

夜深了，孟婆汤升腾热气，它被摆放在秦香兰的面前，是大佬请的客。江湖一盏灯渐行渐远，梆子声响，三长两短。

秦香兰怔怔地望着大佬远去的背影，这个陪了她四十九夜却未曾说过一句话的男人，他是不是知道她的过去？他是否知道她将在今夜离去？他是否知道她曾经遇见过他死去的兄弟？他们已经收到了他一直在供奉的猪手和鸭舌，在“下面”的时候，兄弟们还经常提起那些年曾经追过的姑娘和一起经历的事情。秦香兰苦笑起来，她回望桌上的汤，直到香气挥发散尽，直到她消散在清晨的雾里。秦香兰始终没有喝下这孟婆汤的勇气，道理她是懂的，只不过牵挂太多，终于沉沦在等待里……

这天清晨，吹箫巷起了大雾，雾里有盏黑灯，掌灯的人黑衣黑铠，异常高大。来人在深幽中唱诵：“醉里挑灯看剑，梦回吹角连营。八百里分麾下炙，五十弦翻塞外声。沙场秋点兵……”这歌声豪迈狂放，摄人心魄。

我在远处看到了他，想起了那个温婉的妇人，我想告诉他，秦香兰一直在找他。虽然莫名地感到害怕，但我还是硬着头皮迎上前去，刚想开口又有些后悔了，因为不管如何努力我还是看不清他的面孔，而且这人浑身上下散发出一种怨毒的死气。和马老倌他们鬼混了那么久，没吃过猪肉也是见过猪跑的，这人一看就是坊间俗称的“厉鬼”，他的心智恐怕早已迷失，游离到茫茫无间中去了。

就在我愣神之际，这黑衣黑铠的男人已然提灯站到了我的近前，他的五官依旧模糊，但我仍然能感到他在用一种恍然大悟的怪异眼神盯着我看。我们的距离如此之近，以至于我能感到他手中那盏黑色的灯火好似要吸了我的魂魄去。紧接着，一种窒息感渗透了四肢百骸，第六感敲起警钟来，转身想跑，才发现我的身体动不了，心中叫苦，我命休矣！

就在这时，有人朗声道："青山遮不住，毕竟东流去！"我转头，看见马老倌坐在自家门口，正磨着他那把杀猪刀。提黑灯的人愣住了，他回味着马老倌方才的一席话，再没有动作。

而后我感到这男人意味深长地望了我一眼，这一眼充斥着万语千言。我也回望，但还没来得及向他传达我的迷惑不解时，这人就随着晨雾消散而去……

我向马老倌拱了拱手表示谢意，马老倌看都没看我，提刀隐入门后。理论上来讲，老马的救命之恩，理当涌泉相报，但我们彼此的心中都有着心照不宣的秘密，所以，这次也就两不相欠了吧。

江湖
一盏灯
遗忘

十七章 秘密

又是个一觉自然醒的中午，我下楼打算光顾“稳重的大叔”。小桃照例从马老倌家的方向走了过来，她怀里抱着一些衣物，我们擦肩，她平视，我低头。

有水果的香味飘过来，它们消散在吹箫巷幽谧的空间里，我心虚地加快了脚步。我要坦白，我有罪，我和马老倌都有罪！我们有一个共同的秘密，这件事情在我心底埋藏了很久，以至于每次我看见小桃和她的内衣，心里都会深深地内疚。

大家都知道，买酒的不能吃肉，买肉的不能喝酒，这是规矩，吹箫巷的规矩。这个规矩在哥身上没用，虽然不知道为什么，但从不主动打破。

我并不是经常去一枝花那里喝酒，说实话，也不太敢喝她的酒，喝多了会有后遗症——晚上多梦，还尽是些怪梦，偶尔还伴有幻觉。在这样的梦中，你会看到早年间发生的事情，醒过来之后会觉得这个世界很不真实，接着你会发现有些事情想记却记不起来，想忘又无法忘记，这种感觉很怪诞。

我不知道其他人喝一枝花酒的会不会发梦，但我深受其害，所以也印象深刻：

记得那是我第二次炒自己老板的时候，也不知道哪根筋搭错了，想学人家借酒消愁。彼岸花威力十足，还不到一炷香的工夫我就喝高了。在我的魂魄游离之际，一不留神被赊账闹事丢了性命的蒋二狗子上了身，这厮控制着我的身体，在吹箫巷里横冲直撞，最后竟然鬼使神差地跑到了小桃的家里。还好当时小桃没在家，要不然真不知道会发生什么事情。

当我醒过来之后，发现自己睡在马老倌家的门口，怀里抱着一大堆女人的衣物，正在不知所措之际，我摸到一件粉红的上衣内袋里包有一块白玉，那块玉色泽温润，通透柔和，正面雕有一只狐狸，背面刻着几朵铃兰花。

我凝视着这精巧而古老的物件，当时就开始耳鸣，紧跟着胃里一阵翻腾，脑海中总感觉有人在呼唤自己，猛地抬头看向老街深处，吹箫巷也睁着黑洞洞的眼睛凝视我，在这古老的眸子里我看不出任何端倪。

有种莫名的情愫翻涌上来，哽咽在喉，残留的记忆似乎马上就要呼之欲出，却被内心深处某种莫名的抵触隔绝在一个脆弱的临界点之外。我颤抖，想逃跑，身体却像焊死的铆钉，旋转着掉进冰冷的旋涡里……

我跪在马老倌家门前，一直哭，哭了很久，为什么哭？忘了，只是觉得好哀伤，觉得自己好孤独。只约莫记得，有个人望着我，问我还记不记得她，我不太确定这话是不是对我说的，因为她的双眼穿过了我的身体，望向老街深处。就在这一刻我想，我是希望被记起来的，我的心因为她的视而不见而发出一阵阵的绞痛。

彻底清醒的时候，我望向漆黑的夜，有一颗流星划过。

双膝跪得早已没有知觉，泪水很凉，滑过脸颊之后留下灼烧的痛感。一股空虚感传遍全身，紧接着又被不安取代。什么时候开始我竟然变得如此敏感矫情了呢？甩甩头，扶墙站起来，我让自己变成原来的我，变成那个整日闲游浪荡的三无青年。我要努力让自己做一些蠢事，这样才好直面接下来的生活。

低头，手中的古玉十分惹人怜爱，我决定留下来。至于那些令人脸红心跳的内衣，我则毫无顾忌地丢到了马老倌的家门口，作案之后便逃之夭夭。

没想到的是，老汉一早醒来扫了地，还把衣服统统藏了起来。老马挺仗义的，我在他家门口号了一整夜，他也没有出卖我，就连小桃第二天那寒霜般的目光也给抵了回去，真是条汉子！

用内衣陷害他这事，我做得确实不地道。此后几天，我一直都想找机会谢谢他，但事实证明哥是太天真太懵懂，我做梦也想不到这厮阴险至极，三不五时就丢几件内衣挂在巷子里，这让我的良心备受煎熬——这就是我要坦白的，我和马老倌之间的秘密。

走出吹箫巷，来到“稳重的大叔”贩卖机前，我想起了粥懂这个人，他有日子没来了，我很想念他，很想看看喝了“王老急”之后的他。每次想到这里，我就会兴奋地扭动起来，继而把自己曾经干过的那些丑事暂时忘得一干二净。

我的愿望终于在当天成为现实，粥懂在下午三点左右出现在吹箫巷里。真是“千呼万唤始出来，犹抱琵琶半遮面”。只见他脖子上打了一圈石膏，活像公狗被阉割后戴的“耻辱项圈”。

粥懂拉住我扯闲话，教训我不该成天混吃等死，还说我身材不错，问我有没有兴趣做陪酒男模。我谢绝了他的好意，说我有“家里蹲”这份正当职业，而且我对年长的姐姐或者哥哥们没有兴趣。

我问他脖子怎么回事，粥懂听罢，开始连连抱怨，说最近喝酒太多，骑摩托时扭伤了脖子。我的心在窃笑，大家都心知肚明，只有粥懂不明就里，他看不见自己头上坠着的那些大头娃娃，也听不到王老急骇人的尖叫，他强撑着日渐消瘦的身体，依旧不以为意大摇大摆，一副满不在乎的样子。

寒暄草草结束，我走远。突然听到对街盗版音像店里的 HIFI 传来了肾亏的节奏：“就是这个光，就是这个光，一起唱嘿！”下意识地转头，看见粥懂顶着沉重的石膏，摇晃起他那不太协调的脑袋，在吹箫巷光滑油亮的石板路上扭动起来，伴随着“英伦版辣妹子”的旋律，演绎喜感的终极奥义。

这天的吹箫巷一派祥和。

十八章 老子

我在马老倌的摊前睡着了，待到醒转过来，早已四下无人。

刚做了个噩梦，梦的什么，醒来就给忘了。转头，看到对面坐着一个略显猥琐的绿色小矮人，像卡通片里走出来的史莱姆一样。起初我以为是自己产生了幻觉，但看到他细长的小手里拿着一只罗盘时，我顿感不妙，想起丢失了的那五年，下意识转身要跑，但是身体动不了了。

那绿色的小矮人望着我，未开口声已到，他说他是老庄的朋友——老子。老庄曾经跟他说过我的一些情况，他就过来看看。他和老庄不同，能够清楚地看到吹箫巷里的一切。

这个外星人还算友好，他问我愿不愿意抽半天时间去参观他的星槎，我表示拒绝，并且告诉他老庄当年是怎么哄骗我的，以及我知道这罗盘是做什么用的。

在我表示最强烈的抗议和对他进行了一番恐吓之后他并没有生气，反而安慰我，他说他会想办法弥补老庄给我造成的精神损失，还让我在需要帮忙的时候找他，一副很慷慨的样子。

我问他，可不可以让我变成全世界最富有的男人？实在不行，给几个超能力来用用也是可以的。见老子不动声色地拿起罗盘，我连忙端正了态度，并表示哥一直都是个有理想有抱负的青年，哥对“抱大腿”“认干爹”“走后门”这种事一向都是深恶痛绝的。

为了缓解尴尬，我转头望了望不远处的瞳灵，她正帮着老李收拾签筒，那枚精致的潜水头盔老老实实地躺在她的怀里。于是我抱着试试的心态对老子说：“找人对你来说不难吧？”他表示这是小事一桩。

老子让我又想起了很久以前曾经疯狂寻找过的老庄，我隐约有种预感，觉得老子的出现绝非偶然，这可能会是一个转折点。那一晚我们聊得很融洽，他坦白，他没办法恢复被罗盘消除的记忆，也不太清楚老庄拐带我的具体经过，早些年的时候他和老庄联系比较紧密，但现在两人已经许久未见。

这外星人挺不错，没有架子，长得喜感，而且幽默风趣。他很留恋吹箫巷，也很喜欢这里的美酒佳肴。分别时老子依依不舍，虽然不方便留下联系方式，但他表示会时常光顾这里。

临走时我再一次追问：“你真的不知道老庄的下落？”

他诚恳又落寞地回答：“我找了他很久，但寻不到一丝踪迹。我想，他也许已经死了吧。”

看来，强大如他们，也无法跳出这六道轮回吧。

十九章 长梦，苦海

江湖一盏灯，迎来送往。很久没再听到对街阁楼的打骂声，我竟然有些不习惯。收音机里传出一首老歌：“我在白天像一只蝴蝶，收起温暖释放给黑夜。”巷子某处也传来了落魄歌手的呐喊：“我是瓦砾堆的国王，我看着我的天花板，它的颜色真难看！”整个通宵，楼下的人撕心裂肺地控诉着，显然，没有人告诉过他——爱唱歌和唱不唱得好歌，其中并无直接的因果关系，有人很“努力”但就是无法“成功”。

躺在床上翻来覆去，我在等待，等待一个契机。梆子声响，三长两短，我的脑波瞬间回到了第三个太阳纪，终于，和尚与狐狸的故事再次借由长梦的形式被我感知：

某天的清晨，在太阳还没升起之前，何川止步于一处无人的海湾。圣地周围都是森林，他生在大山长于大山，过去从未幻想过海洋，现在看来，海洋也不过如此。心里这样想着何川却挪不动步子，海风吹过来，吹化了这眼前深深浅浅的绿，隐隐约约的蓝。“唰唰”的声响，好似尚师的大手，它一遍遍地刮过何川的百会穴，刮过他那许久未剃的头发，刮过他的四肢百骸，刮得他通体舒畅。

何川站着，好似入定一般，每一次闭眼每一次呼吸，吐纳的皆是空明。不由得何川走向海的深处，随着海水一步步递进，它们没过他的双脚、双膝、双腿，直至爬上胸口，何川倔强地抵抗一次又一次的重压，他妄图逆流，妄图斗争，妄图反抗！用自己瘦弱的身躯和身上那件清白褪色的衣裳。事实上，连他自己都不清楚，自己到底是在不满什么，抗争什么，仅是凭借本能的驱使，仅是一个没来由的情绪，任由海浪把他推搡得摇摇晃晃。他执意向前，越走越深，感受脚底的沙砾由硬变软，由粗变细，感受身体的每一寸，每一个毛孔慢慢淹没在异乡的冰冷里，直到海水没过头顶，直至一切归于寂静……

就这样过了好久好久，大约有八万四千年，何川想起有那么一瞬间，大概是海水没过头顶的同时，他听到了另外的一些声音，这些声音和着鼻腔里辛辣的灼烧感喷涌而出，它们变成无数的白色泡沫，与此同时他尝到了千万个咸涩的记忆……那一刻他明了——海水之所以是咸的，那是因为这里面承载了太多红尘的苦和众生的泪。

有一双手伸过来，拽住正在下沉的和尚，将他拖离苦海。何川没死成，是的，他不否认，有那么一瞬间他觉得就那样轻轻地下落，挺好的。他躺在洁白的沙滩上，他看到沐浴在晨光下的狐狸，她幻化成人形，正在梳理着由于不习水性，导致元气受损而没有来得及变回去的尾巴。他静静地看着，在这撩人的晨光中，有一副美丽的风景。眼前的曼妙女子让他想起了一幅画，这幅画夹在欧帕兹残卷里面已经有些年头了，泛黄的羊皮纸上有一只狐狸盘卧在菩提树下，清晨的阳光散落在它的头顶，狐狸仰头似窥似望，笔法传神，意境深远，让人观之久不能忘。

何川抬头望天轻笑起来，狐狸转头停下动作，用一种鄙夷的眼神回望。何川看得出她分明是在说，念经要是管用，你也就不用寻死了。“你嘲笑的是。”他自嘲，继而又道，“水果能减少身上的暴戾之气，你为什么不吃？今天你救我未必是件好事，这一路上你为祸不少，如今自己送上门来，我是不可能轻饶了你的。”

狐狸自顾自地梳理着尾巴，没有理会和尚的话，她只是惊讶：“原来这就是你的能力，读心？”“不，你脸上就写着这些埋怨的话。”和尚回答。狐狸撩拨栗色的长发，抖了抖前额的海水，端坐起身子缓缓道：“何川，你别去找什么预言书了，没有好结果的。”

“你又怎么知道什么结果对我来说是坏的？”何川没看她，只淡淡地回道。

“如善让我给你们带个信，他叫你们什么也别去找了，遗迹里的东西并非你们所想的那样。他让我今后只要遇到和尚就这样讲，作为交换我可以喝下他的血。遇到你的那天我有事，一时竟然忘了……”狐狸撒谎，她其实有很多次机会可以跟何川讲的。

何川坐起身来盯着狐狸，狐狸没有觉察到他的异常，自顾自地又说了起来：“如善这个家伙也不是什么好人，他说他守在去根达亚的必经之地，已经杀了好多个去找预言书的人了。如果他遇到了你，一样也会杀了你的！”狐狸将憋在心里的秘密脱口而出，说罢顿觉后悔，她恼恨起自己来，咬紧嘴唇将脸埋在尾巴里。

欧帕兹（OOPARTS）：Out Of Place ARTifacts的简称，也就是在不应该出现的地方出土的加工品之意。

二十章 引魂幡

手机铃声突然响起，我还没来得及感知和尚的下一步举动，两个世界的联系就被强行中断。

弯起手肘，挡在额头，我试图阻挡一切透进瞳孔的光，也试图阻挡我将要爆发的起床气。我没有接电话，心想着它自动挂断后，兴许还能再继续做梦。

怎料想，这该死的手机一曲唱罢，竟又没羞没臊地再次嚷了起来。是哪个不知死活的还在不停打来？拿起手机一看，哥整个人都斯巴达了！又是推销保险的，见过厚脸皮，没见过脸皮那么厚的。

我接起来，把我能想到的最难听的三字经吐进话筒里，对面那个女的不知啥时候忍不住了，悄悄把电话给挂了，我拿着断开信号的手机，骂了十多分钟，等心情平复以后翻了个身，发觉刚刚实在是有些失态，人家姑娘上班也不容易，何必说那么多狠话。其实最该骂的，是那些透露用户信息的人，这些人都应该捆起来，拖出去鞭打！

仰面朝天地躺着，我听见自己在喘气，床头飞进来一只粉白的蛾子，它微微地呼扇翅膀，我能看见它腹部根根竖立的淡黄色绒毛，它也在喘气。

此时，一个声音唱起来："磨剪子咧，抢菜刀！磨剪子咧，抢菜刀！"蛾子当然不会唱歌，只是它腹部的一起一伏，让我产生了错觉。这怀旧的叫卖声我只在很小的时候听到过，如今再次听见，真叫人感动。想明白是怎么回事，朕一个鲤鱼打挺跃起身来，往窗外望去。

吹箫巷狭窄的街道里有很多人，男女老幼都有，他们的着装比较统一，一眼看上去清一色的黑、蓝、灰，很像我的外公外婆在 20 世纪六七十年代的打扮。人群没有声响，大家默默地向前走着，井然有序。

由东向西的队伍一直延绵到江边，这是个壮观而又奇怪的景象，我一时之间分不清自己身处的究竟是现实还是梦境。

那个叫卖声又突然响起："磨剪子咧，抢菜刀！"寻声望去，忽见瞎子骑着一辆和他一样老旧的永久牌自行车在巷子里穿梭，叮叮当当的车铃声由远至近。他手中挥动着一根晃眼的白色引魂幡，瞎子骑过的地方，那些灰蓝的身形就会被这抹白色晕染开来，单车一过他们又再次聚集为人形。

我有些明白是怎么回事了，我看到瞎子老李仿佛一下年轻了好几十岁，他回到没有失明之前，回到有阳光有颜色的回忆里，回到曾经的五十年代，他蹬起了自己的脚踏车，我看见他连灵魂都在笑。

是了，这是吹箫巷年末特有的引渡仪式——为了来年的中元节。就算全世界都把这些逝去的人忘记，瞎子也不会忘了他们，老头拖着他的引魂幡，把这些“故人”渡到江心。

眼泪不争气地落了下来。

我看见自己的外公和外婆，他们携手抬头看着我；我看见我的母亲，她抱着我的小弟弟，小胖子在朝我憨憨地笑；我看见早夭的嬉水仙——我的初恋，她还是小时候的样子，穿着落入井前的花格子小袄；我看见瞎子找到了故友，他们开心地攀谈起来，那个与他有缘无分的左老太太，轻轻地挽起了瞎子的右手，他们相视，而后默契地笑起来；我还看见那个机关算尽的李宏伟，因为害人，被仇家打死在田埂里，他的灵魂佝偻着歪斜的脊椎骨，迷茫向前……

我还看见，看见小桃。

一眨眼，度魂的奇景瞬间消散，我的瞳孔中只有小桃立在原地。这一刻的吹箫巷只有她是真实的存在，她望着我，我则突然想起那些莫名出走的内衣，羞愧地低下头，将自己藏入蓝色的窗帘之后。

二十一章 鹏加木

老子向我发出旅行邀请，还向我保证绝对不用罗盘。我寻思着，自己总不能一直困在这老巷子里吧，而且，跟他混熟了，说不定还能想其他办法找回记忆，于是果断答应。老子的飞船和老庄的一样，外表看起来呈红色的柚子形状，不大，直径约有 20 米，但进入其中，空间就会延展，大得像无数个足球场一样。

“我曾经是一名猛士，直到我膝盖中了一箭。”一上船，老子就没头没脑地说了一句。我看了看他那绿绿的脑袋，五短的卡通身体，觉得他在我的面前大概是有压力的，于是安慰他：“其实，你是一个好人……”

我们向北飞。虽然老子一再重申，他做了周密的旅行计划，但我还是看出来——这货正在漫无目的地溜达。

现在是白天，万里无云，我站在异常宽大的全镜面反射的白色舱室里，用“上帝视角”俯视蔚蓝之中的座座广袤山峰，在它们脊背上那一道道触目惊心的褶皱里，我仿佛感知到了亿万年前的故事，故事的内容压抑枯燥，只有沉寂和怒吼，挤压与扩张，然后就是等待，永无止境的等待……

“我的白色实验室就埋在那里，有人曾经在这附近拼命地搜寻，最终也没搜到。”他指着罗布泊因为枯竭而形成的“大耳朵”，颇为得意地对我说。

“我知道，好像是 20 世纪 60 年代初有一个考察计划叫作‘地球之眼’什么的。”哥最喜欢这些道听途说的野史了，本来想显摆一下，但老子听罢不置可否地耸了耸肩，而后自顾自地陷入深深的回忆：

“1956 年，我在东经 89°55′22″北纬 40°12′55″的巴音郭楞地区，进行源场能量探测时，与来自昴宿星团河外星系的蜥蜴人遭遇了。”他说着，小小的身躯瑟缩起来。

“它们捉住了一个叫鹏加木的地球人，鹏加木当时衣衫褴褛，怀抱一只早期欧帕兹工艺的微型废弃核燃料罐，他情绪激动扬言要玉石俱焚，双方僵持着。我藏在远处的矮丘里，本以为它们没有发现我，正打算脚底抹油准备开溜……”

“但是，我失败了，它们如此高大，怎么可能看不见？”老子绿绿的身体颤抖了一下，“不过，我也不是省油的灯！”老子说话断断续续语无伦次，并伴有瞳孔放大的迹象，好像那天的激战仍然历历在目。

“蜥蜴人有反重力装置，眼看跑是跑不掉了，于是我一狠心把自己飞船的曲率驱动装置破坏了，这次爆炸干掉了不少昴宿星的杂碎。逃离蜥蜴人的控制之后，我带着鹏加木在戈壁走了十八天。其间，我只用过一次罗盘，因为我觉得鹏加木是一个有趣且友善的人。”老子说这句话的时候底气明显不足，他心虚地瞟了我一眼，继续道。

“我要去‘白房子’找备用能源，而他则急于与他的工作小组取得联系。彼此还没来得及更深入地了解，我们就在罗布淖尔边缘的一处废弃油田分道扬镳了。没想到二十四年之后，我俩又在米兰古河床相遇。加木当时的身体状况不太好，大概是当年那只核燃料罐造成的影响。他坦言，他和他的同志早已发现了我在罗布泊的‘白色实验室’，并从中收缴了那块有复制功能的古玉和磁悬浮椎体。原来二十四年前在我们分别之后，他就带人多次进入了那片无人区。”老子把玩着他手中的罗盘，又继续说道。

“对入侵白房子的事，加木深感歉疚，同时表示他发现得越多就觉得自己越无知，他说世界很大，他想到处去看看。见他追求真理的愿望如此强烈，于是我让他做好准备，十天后在库木库都克东南十二公里处和我会合……”他叹了一口气，双手搓着脸颊，我估摸这是快要讲完了。“此后，鹏加木化名‘老庄’，开始和我一起环游世界。”

老子说完之后，舱内是良久的沉默。夕阳西下，我愣在原地没有反应，身旁掠过巨大云团的阴影，挡住了我满是震惊的脸。这个故事听起来怎么和20世纪80年代初一桩植物学家失踪事件那么相像呢？一定是老子编的故事吧。我的思绪飘向远方，跟着那团如城市般壮阔的雨云旋转，旋转。

飞船里和吹箫巷是不同的两个世界，这一路的旅程寂静而有深意。至于接下来发生了什么故事……还是等我想起来再说吧。

关于那位失踪植物学家的神秘传闻众说不一，感兴趣的朋友可搜索“双鱼佩”“罗布泊”“中国的51区”等来脑补吧！

江湖
一盏灯

八万四千年

二十二章 无题

我忘记了一个人，现在又记了起来，他总是站在巷口，止步不前。

这个半秃的中年男人一直将手背在身后，用一种空洞的眼神看向老街深处，似乎在找寻什么……

接连数天，他总是来错时段，白天的吹箫巷没有几个活人敢走，飘荡的鬼魂他又看不见。刚吃完“稳重的大叔”，我与他撞个正着，这个中年男人用满是诉求的眼光看着我，见他欲言又止，哥就生了恻隐之心，我告诉他晚上来试试。

显然，这里又出了点小状况，三只老鬼没有出现，夜里的吹箫巷空无一人。

我们并排站着，天空中莫名其妙地下起了小雨，雨声如泣如诉。中年男人站在雨中好似一个被抛弃的婴孩般瑟瑟发抖，我知道那不是冷的表现。他下垂的脸部因为愤怒而扭曲通红，中年男人的怨恨戳向我，仿佛我就是那个欺骗了他，抛弃了他的人一样。

其实，他该知道，江湖一盏灯只引有缘人，不是每个人都能看到那束光的。心中委屈的我，举伞站在风中，发型有些凌乱，刚从医生那里复诊回来，肚子很饿，三只老鬼没出摊，我也有些气恼。

“一定是刚才开门的方式不对！”我说着，与他共勉。

二十三章 长梦，释岸

三只老鬼没有出摊，打更的也没来。我忍着饿躺在床上，提前进入了第三个太阳纪。上一回，梦中的狐狸说了不该说的话，她恼恨自己，同时也没有察觉到何川惊骇的表情。长梦还在继续，故事应该怎样发展下去？

听了狐狸的讲述，何川怔住，一时间竟然无法思考，他脑海里回荡起千百个大钟的敲击声，这声音震得他险些支撑不住。良久，他从细白的沙滩上站立起来，忍住膝盖传来的酥麻，站定，深吸了一口气。他想，当日他在泉水里感应到的就是事实，狐狸应该没说假话，更何况人之将死，其言也善。如善是寻根计划的中坚力量，他想知道师兄在这一路上究竟遇到了什么，何以他会倒戈。

“如善死前，还对你说了什么？我要听细节。”何川开口，语气不仅冰冷，还带着强硬。“大致就是这个样子，过了那么久，我哪里还记得细节。”其实狐狸不想讲出来，她不会告诉他，他们长久以来的苦苦寻觅只是一个泡影，根达亚遗迹里根本就没有什么预言书，那里是毒物的巢穴，疫病的根源。那里除了失望之外，还是失望。狐狸在根达亚遗迹里修炼了千年，除了青熊精谁还比她更清楚？但她深知和尚不会相信她的一面之词，无论如善是死是活何川也一定会去找那本书，秃驴们都是撞了南墙心才死，现在说太多没有任何意义。

听到狐狸似是而非的回答，何川险些没有控制住：“妖孽！还不快讲实话，你知道遗迹的位置对不对？”狐狸听他叫自己妖孽，心里刺疼了一下，继而也站起身来，火辣辣地回道：“本姑娘愿意说给你听是你的造化，我若不想讲，你就是到死都别妄想知道。”狐狸以为和尚会发怒，她做好了动手的准备，但何川却没有动，他立在原地。过了好长一段时间，何川叹了一口气后笑了起来。见他不怒反笑，狐狸迷惑了。这笑，真好看，但好像又有一丝意味深长的情绪。

就是这一时间的失神，何川猛地向前，一把就钳住了她的双手。对方来势迅猛，力道惊人，狐狸吃痛轻叫了一声，本想向后挣脱，反被何川拉得更紧，她闻到他身上清雅的檀香此刻正散发出危险的味道。狐狸暗暗叫苦，发觉自己真是太傻太天真，这个世界的和尚之所以存在，就是为了消灭像青熊精，像她这样成了精的怪物。狐狸突然很害怕，她生怕和尚收了她，于是拼命地挣扎，无果，最后就不动了。

起初狐狸心虚地低着头，不敢正视，而后，她像是不甘心似的顺势抬头，继而挪步靠近何川。和尚咸湿的体温紧贴在她温软的粉红衣裙上，海风吹过，这一抹暧昧的红将他们裹在一起。狐狸听见对面波澜不惊的心率震颤了一下，与此同时，何川闻到了一股熟透的秋天果香。

和尚不知道，狐狸之所以敢大胆地靠近，是因为她想用对付青熊精的办法来迷惑他，何川感到了狐狸的变化，她的眼睛散发出幽蓝的光。这双迷人的眼，只要与它们对视一段时间，猎物就会全身麻痹，继而变成砧板上的鱼肉，任由她宰割，但狐狸不知道，这招对修行的人没有用。

就这样，他们良久地对视着，这次的目光实实地着落在彼此身上，手心的温度在上升，不知是谁的呼吸先急促起来……接着，狐狸先放弃了，她低下头，她早该明白他心间的震颤只是自己的错觉，眼前的这个男人无论是在心理上还是生理上都不可能被她迷惑。奇怪，怎么会有一丝伤感？

她想找个理由安慰自己，却又控制不住地恼羞成怒，于是狐狸开始肆意地踢打扭动，全然不顾及形象地骂起“三字经”来。她很想变作有四肢的小兽落荒而逃，无奈和尚双手有加持，她不能变身。钳住她的双手没有任何情感，狐狸只有报以更加恶劣的抵抗。

始终是有道行的，何川也禁不住她这般闹腾，感知能力还没有发动，想必是时间还不够。何川索性提起狐狸的双手，他想让她安静下来。于是，前一分钟还是失去理智的小兽，后一分钟，就变成了无助的猫咪，轻而易举地被提了起来。

狐狸暂时停止挣扎，这一次她得以平视何川的双眼，他们和仰视的时候没有什么不同，里面除了寡淡还是寡淡，对了，还有揶揄。双脚离地让她失去支点，何川很高大，但狐狸不想在他的面前永远低着头，于是软绵绵地依着他的手，斜视远方做柔顺状。“不闹了？”何川问她，狐狸没吭声。

“说不说实话？”

骗子，道貌岸然的骗子！狐狸在心中骂，刚刚他对她的笑都是假的，伪善！对别人的谦和与慈悲，怎么都不会投射到自己身上。不由得，这只妖怪开始可怜起自己来，继而心中冒出了一个声音："既然得不到，不如就毁灭吧！"

狐狸被自己脑中的邪恶念头吓了一跳，但羞愤、恼怒的情绪让她变得不受控制。猛地，她蹿起来，圈起身子，大张着嘴直奔和尚的颈动脉而去。就在那一瞬间，何川看到狐狸心中的戾气犹如脱缰野马，它们挣脱了她美丽娇弱的躯壳，狰狞地扑向自己。这一切来得太快，何川只有本能地偏头避开，狐狸来势凶猛，令他整个人失去了重心向后倒去。

何川被狐狸身上的黑暗压住，与此同时狐狸听到自己肩膀断裂的声音，何川也听到了。他翻了个身，压住狐狸，眼前这副身体始终还是太脆弱，和尚生了恻隐之心，却始终没有松手。不知过了多久，两个人谁都没动，何川能听见狐狸的心跳，能听见柴狗的呜咽，还有海浪拍打沙滩的声音，但他在狐狸身上始终解读不出任何画面信息——他的能力失效了。

打鱼归来的老老少少一上岸就看到了这副奇景，他们远远地观望着，谁也没上前。"哎哟妈呀，臭不要脸的，还出家人呢，大清早就祸害姑娘。"一个汉子实在看不过去，涨红一张老脸喊道，"喂，你不要脸，我们还要脸哪！"

何川没听到渔夫的谩骂，此刻他在困惑，为什么自己的能力失效了，他问自己，是不是应该放点血或者再加重点力道？不，答案是否定的，伤害狐狸这件事情，无论如何在他的内心深处是不愿意的。

仿佛过了好几个世纪和尚才回过神来，见身下的狐狸一动不动，他连忙起身，还好，狐狸还在喘气。栗色的长发遮住了她毫无血色的脸，凑上前拂开她的长发。何川没来由地抖了一下，他努力地克制，然后小心翼翼地摸索到狐狸细弱的肩膀，那里已是红肿一片，有一处竟然渗出血来，想必是刚才出手太重把她的旧伤撕裂了。

他轻轻地搂她坐起来，他看到一滴晶莹的泪滑到她洁白的颈项上，这颗泪落进他的心里，激起千层浪。何川想说对不起，话到嘴边又咽了回去，他让自己不要去在意她倔强而又楚楚可怜的唇，他告诉自己，这妖怪行为乖张劣迹斑斑，应该给她点教训。

"忍着点。"他将狐狸的脸固定进自己的胸口，将她移位的骨头接了起来，又脱下衫子将它们撕成条状，准备给她包扎固定，整个过程中狐狸抿着嘴没吭一声。

“嘿，嘿，小子，你还脱上了！”不明真相的村民对和尚的大胆行径简直是瞠目结舌，还有几个熊孩子在一边哄闹：“要亲亲，要亲亲！”他们的爹口干舌燥。在这些腼腆善良的村民眼中，和尚先是上下其手，然后又肆无忌惮地揉捏，见姑娘只是哭泣不敢反抗，继而又搂起她，堂而皇之地解人家的衣裳，解开看了半天不算，竟然把他抹布一样的脏衣裳往姑娘身上塞，不能再忍了！朗朗乾坤，光天化日，岂容得秃驴在此放肆？何川的举动戳中了村民们的痛点，他们空前地团结一致，挽起胳膊，抡起鱼叉，誓要为民除害。

“你这旧伤很深，这几天少用右手。”何川不咸不淡地说着，实则心虚得要命。又有一滴泪落在他的掌心，和尚终于丧失了包扎的勇气，他虚脱地起身，他想替她擦掉眼泪，但理智终究还是让想法变成了一声叹息。刚想说些什么，就听得身后有人喊了一声：“淫僧，放开那个姑娘，不然对你不客气！”何川茫然。

“你小子装什么蒜？没事你干吗脱衣裳？”

何川恍然大悟，继而报以苦笑，刚想解释，就见村民们脸色大变，纷纷瘫倒在地，口中还叫唤起来：“大仙饶命，奶奶饶命，大师救命！”

“二狗爹、老李头，你们咋的啦？”陆续赶到的村妇们望着远处东倒西歪的男人们。

“别，别过来，大师捉妖哪！”某人歇斯底里地喊了一嗓子，继而昏死过去。

何川转身，看到长出耳朵和尖爪的狐狸。他明白她要做什么，刚想念降魔咒，又见狐狸瘫软变回人形。想必是自己双手的加持让她无法控制形态，何川见状，当下嘱咐村民们快快退去。

狐狸摇摇晃晃地再度起身，风一吹又险些跌倒，何川忍住不去扶她，一个人僵直地杵在原地。狐狸流下的最后两行泪，一瞬间就被风吹干了，她再也没看何川一眼，扶着受伤的肩头慢慢走远。

看她隐没在林子里，和尚自始至终都不明白，这抹萧瑟的背影，被伤到最深处的究竟是哪个地方。

江湖
一盏灯
我爱你

二十四章 离别诗

迎接中元节的五色金帆被提前挂在了老槐树上，它们沐浴在春末的阳光里，洒下错落的斑斓。这些记录咒语的纸张，被风吹拂着发出了窸窸窣窣的声响。

粉色的胸罩又躺在了马老倌家的门口，小桃如期而至，淡淡地捡起，却没有急着离开。我停在胡同深处，踌躇不前，其实，我曾想找马老倌认真地谈谈，让他别再变相地报复我了，但一直停留在“想一想”的阶段。小桃与我擦肩，表情有些落寞，她转身远走的背影略显萧瑟，这让我想起了被伤害的狐狸，还有那个在海岸边伫立良久的男人。

来到小桃家楼下，看见她的阳台上盛开了一盆不知名的白色野花，刚洗好的衣裳在凉风中飘动，时而透出冷冷的微光。几张老旧的便笺纸从阳台滑落，透露了小桃的心事：

2月14日

2月14日，我睡在草甸子。哪儿也没去，一觉醒来留下我的发丝。

2月14日，我睡在草甸子。冬日最后的微风吹过，金色的情人节，好惬意。

5月10日

阳光明媚，我站在麦田里，微风拂过，有金色的沙沙声，还有散漫的钢琴调子。

这一瞬间，我能触碰到凶手的一丝念头。对，就是一种慵懒，一种享受，一种无所事事，而又不想碌碌无为的躁动；想满足一种莫须有的高潮，而又找不到发泄方向。活着比死去更痛苦。

我在听，《杀人回忆》。

12月21日

暖暖冬日的窗外，有少女们飘摆的长发。当少年们还沉浸在虚拟现实，她们已想谈一场轰轰烈烈的恋爱，青涩而又炙热。

寒冷冬夜的窗内，有午夜场深情的演绎。韩剧里的女人只需相信永远，而我们，却只能勉强地生活。

这天晚上，那个眼神空洞的中年男人又出现了，他背着手站在巷口，离红灯只有一步之遥，但他灰蒙蒙的瞳孔里没有反射出任何光亮。我明白，江湖一盏灯只引有缘人，他不是有缘人，看不到也属正常。不巧的是，他又撞见正准备下楼喝木瓜水的我，男人浑身开始颤抖，他再也无法控制自己的情绪，双肩的重担终因支撑不住而从身后滑了出来。

这一刻我终于明了他在寻找什么，又为什么总是找寻不到的真相——这货左臂上套着个红袖套，“城市卫队”四个斗大的金字刺入了我的双眼。

因为城市卫生管理队的出现，因为K市迎来了一场百年不遇的大雪，江湖一盏灯没有营业，小桃的胸罩也一直在地上躺了八天。终于，直到它们被红姑捡走，小桃也没有再出现。

这场罕见的大雪足足下了十天，城市里的交通几乎瘫痪，所有人的步调都被打乱，吹箫巷陷入了空前的冷寂。我没有察觉到事态的严重，至少当时没有。就在我跌入被窝整日睡得昏天黑地，并幻想自己是哈姆雷特之际，小桃死了……

她被人发现时已经是十天后，当时房门虚掩着，小桃整个人斜靠在椅子上，双手被反绑。她的身体没有腐烂，表情显得很安详。令人困惑的是，小桃所住的单元楼顶楼的阳台，出现了很多大面积的破损和塌陷，不过这好像与她的死无关，对此次案件的初步调查结果是——疑似自杀。

事发后第二天的早晨，我来到对街的单元楼下。不知自己是怎么爬上去的，当我感觉自己的胸口没那么闷的时候，我已靠在五楼的转角，听着最后一个和小桃有关的人正在讲述：“哦哟，不得了，如果不是我上楼浇花，恐怕臭了都没人晓得……”房东用手拍打着她强悍的小心脏，绘声绘色地对那些前来打听的好事之徒讲述着几天前的恐怖经历。我看到她手腕上挂着小桃戴过的一条手链，一种作呕的感觉涌上喉头，我克制住想要毁灭房东的冲动，跌跌撞撞地走回了家。

靠在沙发上，摸出半包过期的香烟，点上一根，长长地、用力地、深深地吸了一口。在那半包烟都被我给抽完之后，我坐在朦胧的烟雾之中冥思苦想。

最开始就应该向她表白的，人生短暂、命运多舛，即使被拒绝，我也不会像现在这般痛苦和遗憾。

我一直搞不清自己对小桃的单恋为何总是笼罩在一种绵长而又虚幻的状态之中，我更不懂小桃为什么会死，就像她永远都没机会知道，我就是那个偷她内衣的人一样。

“烟花来年还会有，佳人已去不复还。如果我们不能在一起，就把心交给月光。”我仿佛听到小桃在哼唱，很好听，很伤感。你爱的人听不懂，爱你的人依旧在欣赏。

老街空置的日子我失去了存在的意义，午夜梦回审视过往，却发现我的悲伤是如此真实。

不如怀念·局部

二十五章 殊途同归

盂兰盆至，鬼门关开，中元节到了。这是亡者的季节，未来的四十九天里，吹箫巷从白天到晚上都不会歇业，任由那个倔强的中年人，看瞎了他那双空洞的眼。

老街依旧深幽，三只老鬼也如过往的千年，经营着他们的勾当。买酒的不能吃肉，买肉的不能喝酒，这是规矩，吹箫巷的规矩。当然，你也可以又喝酒又吃肉，仅限在七月半。盂兰盆的第一个清晨，老街热闹异常，今天巷子里来了好多杂耍艺人和手工艺人。我来到一个面具摊前，挑了一只狸花猫的面具准备送给瞳灵，接着在马老倌那里吃了一碗大酥牛肉米线，跟着在一枝花摊前喝了一大杯冰镇木瓜水，最后在转糖人的地方买了个胖胖的仙桃。舔着这香浓的红糖艺术品，我压抑数月的心情有了短暂的好转。

七月半里，江湖一盏灯下多了很多季节性美食，蘑菇鲜、黄油焗松茸、干焙黑牛肝菌、高汤炖青头菌、青椒奶浆菌等，简直是我等饕餮的盛宴。大过节的，我天天都会来凑热闹，喝上一口味道独特的青头菌浓汤，吃着蘑菇鲜，品着难得的黄油焗松茸，看着那些久未谋面的“老家伙”，他们混迹在活人的面孔里，喝酒吃肉调侃聊天。形形色色的装扮，天南海北的奇谈，都充斥在盂兰盆节的集市上。我喜欢这种氛围，不俗不雅，谈不上多理性，但至少不矫情。

一群戴着法老面具的人围在引路人的旁边，听老和尚讲述他在另一个世界的见闻。当他们听到孟婆已经对自己的汤产生了抗药性时，记起了很多事，并与阎王在奈何桥展开讨薪大战时，发出了牲口一般的怪笑。我这才仔细打量这帮人，发现他们全身上下都缠着绷带，似乎是远道而来的埃及考察团。还有很多生面孔，想必都是来猎奇的，我怀疑这些人并不知道彼此的身份，但他们好像也不以为意。盂兰盆的第一天，吹箫巷里阴与阳的融合达到了一年中前所未有的高度。今夜来的明朝未必会出现，既然有缘相聚，还管他什么阴和阳！大家要的本就不同，途，本来就是殊的。

江湖一盏灯，跨过阴阳界，梆子声响，三长两短，欢迎来到吹箫巷！

二十六章 长梦，遗忘

因为小桃的事，这段时间的我情绪低落，开的安神药没效果，状态堪比刚刚察觉自己失忆的那段时间。

按理来说哥不是个脆弱的人，但镜子里的我一脸颓丧，胡子有段时间没刮了，长出很多忧郁的结。午夜场，某家的电视机里传出华妃神经质的尖叫："贱人就是矫情！"我的梦中也有人尖叫，转头，看见和尚也站在远处：

在狐狸消失的方向，传出几声惨叫，何川方才大梦初醒，等他赶到的时候，两个女人、一个小孩的血都被吸干了。是谁伤了如善，如善又为何倒戈？这些真的很重要吗？何川坚信自己担负着更高的使命。《根达亚预言书》就是整个圣地，整个上层结构存在的意义，是容不得阻挠和质疑的。

眼前是悲痛的家属，心底是苦痛的挣扎，有那么一瞬间何川被这所有的一切逼迫得想要叫出声来，但他什么都没做，他只是闭眼，深呼吸，反复地深呼吸，直至做出决定。

何川决定追寻狐狸的踪迹，他要为民除害。

狐狸所过之处皆是一片狼藉，何川知道，正是自己往日的视而不见和无理由纵容，让狐狸越走越远。他与狐狸之间只隔几天的路程，但他的心还是央求自己走得慢一些。刻意放慢脚步之后，何川的良知又一巴掌一巴掌地扇在自己脸上，于是他的脚步迈得更快了。

终于，在第四十九天的晚上他们相遇了。狐狸在祸害完一户人家之后，躺在一棵缅桂树下沉沉睡去。

看着旧伤未愈又添新伤的狐狸，何川的呼吸困难起来。看着她蜷缩在树根间的倔强背影，还有那对因为暴戾之气而永远也无法褪去的野兽的耳朵时，和尚对自己说，是时候做一个了结了。

他走得很缓慢，每一步情绪都在跌宕。这段时间何川不停地问自己，是不是过了界？没有答案。因为，仅是一个提问，都让他的心绞痛得歇斯底里。

何川艰难向前，像是走了八万四千年，直到他触摸到她栗色的头发，听见她均匀的呼吸，看见她吮吸自己的衣袖而沉睡时，有一阵果香袭来，和尚的心突然平静了。

在我的梦中，狐狸做了一个梦。

她梦见自己身处一座异乡的城市中，那里有奇怪的街道，呈四方形排列着，像一条条深蓝色的脉搏，在无规律地颤动。狐狸在高楼与高楼之间跳跃、奔跑，她沐浴在温柔的光线里，一切都好自由，一切都再完美不过。

跑呀跑，跑了很久。终于，她停在一处开满粉白色、金色、淡紫色花朵的高台上，没有干透的衣裙抚过她的发际眉梢，她闻到了淡淡的檀香味，它们的味道与异乡悠远的歌声交织在一起，像是催眠的呓语，又似浓浓的离愁。

她转身，看见和尚温柔地拥着她，他的眼中流淌出忧伤的情绪，狐狸轻轻地笑了起来。就这样，狐狸的意识永远定格在这一秒，时光不再流逝，她凝望着她的永恒……

当何川把降魔杵从狐狸的心口拔出时，他听到自己的喉咙深处发出野兽一般的低吼。他不敢看狐狸微笑的脸，他把软绵绵的尸身搂进自己的怀里，揉进自己的心里，按进自己的灵魂深处，他要把她揉碎，他要让她消失，要不然他知道自己会后悔，继而崩溃。

天亮的时候，狐狸被掩埋在粉白色的缅桂花瓣里，冰凉的身体中飘出一丝纯良的灵魂，何川将她度化在自己的掌心里，住在了他心中最柔软的地方。

自此，和尚在剩下的四万三千一百八十六天里，不会感觉孤独。他带着狐狸继续往西北方向走去，去寻找他的信仰，去寻找他选择相信的，去寻找他们这一群人存在的意义。

“回到伤心的地方，追溯相爱时光……谁让我这般迷惘？是你啊。”

我遗忘了太多的事情，直到这天的午后，本该空无一人的小桃的阳台上，那只沉睡的老旧收音机突然开机，里面传出一首叫作《遗忘》的老歌，声音之大把住在这一片的人都吸引了。这首歌，翻出了我藏在角落的记忆，那些逝去的花儿把我带回到很久很久以前。我躺在床上跟着大声地唱：“回到伤心的地方，追溯相爱时光。人面桃花旧模样，新感伤……”

那些早被遗忘的歌词瞬间闪现出来，它们胀满灰尘，就像泛黄的言情小说。我听见自己吼出酸酸甜甜的青春，懵懵懂懂的爱恋，刻骨铭心的感情。头顶绿色的天花板让整个下午充满了阳光、椰树、沙滩和落寞的味道。

那个被“遗忘”的午后，是我长梦的终结。

自此，第三个太阳纪的那些人和那些事，就再也没能与我的脑波重叠了，在我们存在的这个宇宙中，我也许是唯一一个能证明他们存在过的人。

和尚最终找到他想要的东西了吗？没有人知道。

我想，他也许会在上上个太阳纪的残垣断壁里不断往下探寻，往下，往下……直到他找到一面镜子，一面足以照亮整个宇宙的镜子，那里面没有过去，也没有将来，除了自己的倒影之外，皆是一片荒芜。

他会明白，逝去的终将逝去，自始至终每一个人都是孤独的。

江湖
一盏灯

二十七章 花嫁

盂兰盆的第十四个夜里，我做了一个不长不短的梦：

傍晚，我和一群人走在一条长长的路上，路旁有很多歪斜的老槐。路，只有一条，纵深到不知名的远方。我不清楚自己究竟要去往何处，就这样走走停停，天色已晚，我看见深蓝色的天际划过一颗流星。

这时，路边突然出现了一家小饭馆，店里面挂着一盏昏黄的白炽灯，三十瓦的亮度，被荒野笼罩着，显得愈发荒凉。

人群在店门口停住，男男女女开始吃东西，我一点都不饿，胃中的小牛肉和酸梅汤还没消化完。掌店的是三个女人——老、中、青三代，当时我的心中不知怎么竟涌起怀旧的情结，于是问她们："店里有没有人头雪糕卖？"

中年的那个女人回答："只有汤。"

这时，最老的那个女人冲着外头吃东西的人群喊："该走了！"一眨眼的工夫，那些男男女女竟然都消失不见，我杵在原地，四顾相盼。

我说："我也要去。"

最年轻的那个女人回答："你现在还不能走，魂魄没齐全，明年再来吧。"

我诧异："妹妹，你这是什么意思呢？"

然后，三个女人谁也没再多看我一眼，也没再说话。我很郁闷，于是在这条路上来来回回地走，遇到人就问："你知道我丢了什么吗？你知道我丢了什么吗？"我到底丢了什么？

梦醒，我穿衣下楼，一边走一边试着解梦。其实这很好理解，我丢了的那几年，必须得找回来，否则人生就不完整，但还有要命的一劫——这事不能太追根究底，要太过追根究底，我就离死不远了。

胸前的那枚古玉散发着柔和的气息，自从小桃走了之后，我就一直戴着她的这块玉。走在街上四下无人，没有犬吠，也没有路人甲的哭喊。红姑的蒲扇依旧在摇，拂过我脸颊的夏夜的风，透出咸湿的味道。月光藏在云里，梆子声响，三长两短，回身看向远处那一盏红灯，不知不觉我竟然离它那么遥远了。

今夜，吹箫巷的空气中有一股不安的躁动，巷子口挤着好多人，我踱到一枝花的摊前，问她今儿是什么日子。她看了看我，意味深长地说："一会儿下面的人要来'借道'。"借道这事不常有，我听过，但从来没见过，不由得心中涌起一丝期待。

吉时已到，江湖一盏灯混迹在人群里，大风起，月华不见。远处传来曼妙的洞经，丝竹缭绕，声声入耳。借道的队伍缓缓走来，我不自觉地靠到近前，人很多，胸口憋闷异常。

不知是谁人迎娶，嫁的又是哪家姑娘。夜风扬起了她的红罗，红得太耀眼，湿了我的眼眶。

和小桃刹那的擦肩，我熬过了千年。围观的人群散去，我忍住追上前的冲动，低下头，我告诉自己，既然没有开始，也不用相忘于江湖。

二十八章 论经典的重要性

盂兰盆的第二十天凌晨，吹箫巷来了一位妖艳美妇，她身着古朴且做工考究的汉服，手里提着一个深紫色天鹅绒锦缎口金包。

“你一枝花再有十二种姿色也是近黄昏了，时间真是一把杀猪刀啊！”来人双手倚靠在藤椅上，说话的时候杏眼微张，她看着一枝花。很显然，美妇不是来喝酒的，但好像也不是来砸场子的，因为我看见一枝花不怒不喜地在摊位里回望，嘴边的烟袋依旧忽明忽暗地闪烁着。我决定在我的位置上旁观，想要以不变应万变。

“俊哥，你也让我好找啊！”她整了整胸前的金色牡丹花吊坠，懒懒地说。我正寻思着俊哥是谁，转头看见马老倌从屋子里探出头来。我去！就他这尿性和“俊”字根本不搭边好吧。

美妇又斜眼对瞎子说：“老李，你的眼睛我给带来了，路上再细说，时间不早了，我们先走吧！”

大约半分钟的沉寂之后，三只老鬼交换了眼神，他们有条不紊地收拾起来，一边收摊还一边在原地显出真身，旁边的活人见状都吓尿了，搞得我想帮他们掩饰都不可能。究竟是什么事情让他们变得如此肆无忌惮？我有些紧张。

这美妇就是瞎子的救命恩人，一枝花的姐姐一枝梅。只见一枝花显出真身后和那美妇长得一模一样，一个是端庄的汉服，一个是俏皮的苗饰。“俊哥”年轻了，那件油腻的黑围裙换成一件淡褐色的对襟长衫，腰间揣着一把写有“人不风流枉少年”的折扇。俊不俊我没看出来，因为马老倌曾经颗粒无收的脑袋上竟然长出了一大撮销魂的刘海，长长厚厚的刘海被他那把折扇扇出的风糊在了油腻的脸上。

还有瞎子，人倒没年轻，但是让我有一种进错动画片的感觉，他把从一枝梅那里拿来的眼珠按进自己空空如也的眼窝里，于是江湖上消失已久的少女漫画“小甜甜”风格又再次出现——这货的眼睛闪亮亮的，那里面包含了多情的宇宙。

我问一旁的瞳灵发生了什么事，瞳灵显得有些激动，她写下来告诉我，老鬼们要前去参加九年一度的灵界精英代表大会，这次会议提前了。我也很想跟着去凑凑热闹，但是我去不了，因为三只老鬼临走前嘱咐，如果我不留在吹箫巷帮他们守摊，他们回来就弄死我。迫于淫威，我只有就范，担任“代理店长”一职。

盂兰盆的第三十九天，当家的不在，江湖一盏灯变得自由。这些日子都是靠瞳灵给别人算命的钱勉强维持着。我本想与时俱进搞点技术革新，结果烧烤和酒水生意没有原先的好，来的人不喜欢啤酒和炸鸡，虽然这些都是千颂伊最喜欢的味道，但老街的食客们都说他们还是喜欢原来那种“经典的味道”。

想想看，经典为什么会成为经典？

那是因为无眼界的屈从升华成为一种习惯。他们习惯了臭豆腐、炸洋芋、小牛肉和烤小瓜，还有孟婆汤的浑厚和彼岸花的醇香，这些都已经成为夜生活不可替代的一部分。即便出现另一种美妙的口味，对于他们这些“习惯”了的人来说，从情感上也是难以接受的。这也就是为什么对面街“稳重的大叔”煮品店味道很好，却自始至终都只是一架贩卖机。

Anyway，他们不需要我的创新，他们要的只是习惯的延续，只要这些味道还在，生活就得以在“正轨”里支撑下去。

这段时间，喝酒的必须吃肉，吃肉的必须喝酒，这是规矩，大佬定的规矩。半路掌柜困难多，见我和瞳灵忙不过来，大佬也没把自己当外人，他自己招呼自己，不仅烤了他的那一份，还顺带把邻桌的也烤了。我尝了一下，味道出奇地好。最后，他干脆把巷口的兄弟们都叫了进来，帮忙打杂。大家上衣一脱，膀子一撸，好家伙，花花绿绿一大片文身，只见左青龙右白虎，老牛在腰间，人挡杀人佛挡杀佛……经他这样一闹，我们的生意更加惨淡了。

我想马老倌和一枝花大概是天生带有财气的，这俩老货成天摆着个臭脸，爱买不买爱吃不吃的，竟然还有那么多人光顾。看样子，再好的服务都比不上一颗欠虐待的心！

江湖
森林作品
一盏灯

刀客

二十九章 刀客

曾经有人说，我是个360度无死角的男人，我觉得他们的评价很中肯。

刀客的样貌曾经也是吹箫巷另一个未解之谜。事实上我跟刀客经常见面，但他的头盔只摘下过一次——那一日我们在小桃家楼下“替天行道”，他的头盔被一枝花借来使用，由于当时场面太混乱，我自始至终没来得及瞧他的脸。直到我方才不幸看见刀客取下他的头盔，轻轻地吻上瞳灵的额头时，我才清楚地意识到，人们之前对我的评价是一个多么美丽的谎言。

盂兰盆的最后几天，刀客出现在老街，就好像他从没有离开过吹箫巷一样，他的头盔戴得端正，那件橘色的条纹病号服还穿在身上。不过，这骚年的眉宇间多了份沧桑之感，他回来后总喜欢凝视着远方，而且变得沉默寡言。他不再问什么是江湖，看来他已经找到了答案。

刀客人回来，瞳灵的心也就跟着落了地，她又变回了从前那个开朗活泼的小妹妹。看见我的小妹妹被人搂在怀里，哥的心里又苦又甜。

我想起了长梦里的和尚与狐狸，他们此生错过了，到底还会不会有来生？我想离开，但是偷窥欲让我止步不前，我并不羡慕，也不嫉妒，只是恨。我恨我自己，在鬼魂借道小桃出嫁的那天，依然没有鼓起勇气追上前。

刀客来到摊前，把他的礼物——方便大救驾，成捆地放在桌子上。我看着这些细细的、白白的、透明的饵丝上绑着一指宽的红绸，这厚重的缎带，古朴而又充满情谊。我冲刀客微笑，表示由衷的感谢。

我也挺感谢老子的，没过多久他就帮我把刀客给找着了。别看此朵外星人很非主流，但内里还是靠谱的，我这样想着。于是，自作主张地把剩下的方便大救驾都转送给了他。

之后有天夜里，我问老子，他在哪里找到刀客的，老家伙要么就是顾左右而言他，要么就是徐庶进曹营——一言不发。我也问过刀客，刀客否认是老子找到他的，并一直说自己只是到处走走，累了就回来了。因此，刀客这一年多的行踪至今仍然是个谜。

刀客正要吃小锅米线，我决定和他好好聊聊，但当我看到他摘下头盔的脸时又什么都不想讲了，不咸不淡地问：“和你同时‘脱狱’的那两个人呢？”

他略显惊讶，随即敷衍道：“回去了。”

“你这一年去了哪里？”

“一个现在的你从没去过的地方。”刀客淡淡地说。

而后他好像想起了什么似的，抬头问：“你还是想不起来那五年都去过哪里？”

“想不起来。”我坦白。

“哦。”他关切的脸上竟然浮现出释然的表情。

接着他又明知故问：“那个经常来找你的，绿绿的，矮矮的小怪物是谁？”怕我听不懂似的，又补充道，“就是那个跟你一起偷一枝花的酒，他偷看一枝花洗澡，还叫你放哨的人。”

不能小看了刀客这家伙，刚才那番话是报复，没错，一定是报复！他当时并不在吹箫巷，他是怎么知道的？那晚和瞳灵在小塘花园我可什么都没做。看样子，是时候把老子的罗盘借来用一用了。

大救驾：云南有名的小吃，简而言之就是风味炒饵块。

三十章 雷总

理论上来讲中元节结束后，瞎子、马老倌和麻园一枝花就该回来了，但是已经过了一个星期，仍然杳无音信，他们没有手机，更没有微信，我们就一直处在失联的状态。

这段时间我的心情好了很多，守摊做生意让生活变得充实，起早贪黑的劳动也磨炼了意志。我很感激三只老鬼，他们为了我真是用心良苦。我正在尝试将梦里的纠纠葛葛从现实生活中抽离出来，心中那个目标也越来越清晰——我一定要找回那平白无故消失了五年的记忆。是的，我一直没有忘记，只是在等待一个契机。

刀客带着瞳灵浪迹江湖去了，剩下我一个人面对三个烂摊子，着实招架不住，于是只有歇业几天，跟着老子去了一趟 B 市。

怎料想，歇业不过几日，山寨的触手就伸到了老街——吹箫巷的夜里多了一些来路不明的流动烧烤摊。山中无老虎，猴子称霸王，坑爹高仿惊现吹箫巷，不仅有臭豆腐、烤小瓜，竟然还有山寨的马老倌、瞎子老李和麻园一枝花。天上飞的地上爬的，有什么他们给你烤什么；江里泡的沟里漂的，有什么他们给你喝什么，在这山寨的洪流中乾坤颠倒阴阳失调。

刚从 B 市回来的我站在街口，看着眼前一片狼藉，感到一种脱力般的天旋地转。摊前那些不明真相的群众，他们喜笑颜开地吃着“糨糊一盏灯”，心中丝毫没有违和之感。

此时，就在巷口，有个人走上前来和我并肩，他的红色袖章依旧刺眼，他的双眼还是那么空洞，我想忘也忘不掉。

他数年的蹲守和长期的谋划，今日终于得偿所愿，他的腮帮子神经质地鼓动着，只听得他肺中吼出一团火：“给我上！”中年男人一声令下，身后的三百“卫队猛士”一拥而入……

这个中年男人的隐忍终于在今夜得到了释放，吹箫巷里万朵桃花开，他们风卷残云般低调而来高调而去。

“这里是现场直播，本市‘天雷行动’首战告捷！昨晚第二城市卫生管理大队本着文明执法的原则，成功收缴市内违规摊点。下面，我们来采访本次行动的总指挥——‘雷总’。”

电视里半秃的雷总双眼不再空洞，他的眼睛里闪烁着神经质的光，他慷慨激昂：“这是一场战斗，我们将与不文明的行为抗争到底！什么吃肉不能喝酒，喝酒不能吃肉？简直荒谬！”一边说着，他一边揪起地上的一名小贩。我一看，这不是山寨马老倌吗？

“爸，我终于给您报仇了！”雷总说罢，便狠狠地踢打起假的马老倌来，“混账，只有我能有回音，你们不能有！”

直播镜头尴尬地退远，炸洋芋的推车、木瓜水的小摊、各种算命用的工具，胡乱地堆在第二城管大队门口，违规小贩抱头痛哭，场面一片混乱，几近失控。

“江湖一盏灯”的恩怨终于波及了江湖之外，于是，到处都成了江湖。

缱绻
江湖
盏灯

三十一章 试问闲愁都几许

“天雷行动”的第二天，三只老鬼出现了，老头和老太没追究我不出摊的事情，当然也没真的弄死我，只有瞎子寻不着孙女急得上火。老李见我出现便忙问缘由，我想起我走的那天给他留了张字条，又刚刚才想起来——瞎子看不见。

我告诉他，刀客带着瞳灵出去浪迹江湖了，嘴上还连连安慰着：“老李你放心，刀客是个靠谱的人。”

“我倒不是担心，只是瞳灵不在，我有些不习惯罢了。”听他这样一说，哥只有过去帮他放好蒲团，摆好签筒，倒上清茶，再伺候他坐定。

瞎子舒展眉头：“瞳灵是个苦命的孩子，我帮她算过，只要遇到那个有缘人，她将苦尽甘来。”

“哦，有那么厉害？那你算算我吧，看看我丢失的那几年都干了些什么。”这一次，我是认真的。

“哎，你又何必苦苦相逼，之前不是早已言明我算不出你。你的脉象精奇，在你身上有无数种可能，老夫真是苦参不透。”瞎子转向我，捻起他银白的胡须，墨汁一样的圆形镜片和过往的数十载一样，里面没有反射出任何东西。

见瞎子还是这般吊胃口的节奏，我不依不饶地追问他，他面露难色再不发一言，甚至在哥扬言要打断刀客的腿，并破坏瞳灵终身幸福之际，瞎子仍然是一副爱莫能助的表情。我又瞟了瞟马老倌和一枝花，我当然不敢要挟他们，而且这两货根本连看都懒得看我。靠，也罢，哥会再想其他办法。

最近，雷总祸害了北市区夜市一条街，因此，很多食客跑到吹箫巷里来，三只老鬼的生意又好了很多。见瞎子有了生意，我也就识趣地没入人群之中。

“天雷行动”就像从来没有发生过，它好似一包丢在墙角的垃圾，散发出不甘的臭气，纵然怨念强烈，也还是没能撑到第二天的黎明。

现如今，雷总可能还沉浸在大仇得报的快感里，倘若有朝一日，他得知抓错人的真相，他空洞的眼会不会变得更空洞？

顺便说一句，你是否还记得最开始我说过，买酒的不能吃肉，买肉的不能喝酒，这是规矩，吹箫巷的规矩。从前有个人，又想喝酒又要吃肉，结果他死了。没错！这人就是雷总他爹。

夜上三更，客人散去，梆子声响，引路人也到了。

我们几人闲聊对饮，老李忽然来了兴致，他对着我吟起诗来："试问闲愁都几许？一川烟草，满城风絮，梅子黄时雨……"

老头是在讥笑我无病呻吟？我心中的苦涩不知从何说起，我又能向谁说起？他们无法体会失去从前的痛，我只有报以苦笑："瞎子不识愁滋味，为赋新诗强说愁。"

三十二章 猫汤与塞普坦

对街新开了一家洗浴中心，名为“猫汤”。我请老子洗桑拿，前提是他要伪装成一个正常的人类。他先把自己变成吴彦祖的样子，这让我好生尴尬，当我转身并告诉他，自己已经无法再和他愉快地玩耍时，他又变成了大佬的样子。于是我俩就享受了一回帝王级的待遇，在洗剪吹一条龙之后两个人神清气爽，直奔回烧烤摊。

我们坐定，天南海北地胡侃。

但你会不会遇到这样一种情况：有些事堵在心头发作不得，害怕自己说出来没人理解。终于，当你下定决心一吐为快时，当你认为坐在对面的老兄能够明白你的感受时，当你穷尽词汇得到的却只是对方一抹暧昧的微笑时，你会发现他的眼神中写满了——我懂的，你不是一个人的尴尬局面。

其实你我都知道，这些浑蛋根本什么都不懂。最伤人的不是他们的不理解，而是他们假装明白之下，那颗缺乏同情的心。每当老子用那种暧昧的眼神来搪塞我时，我都很无力。

约莫凌晨三点，老子喝高了，他没头没脑地问我：“狐狸是谁？”老子确实是个好基友，但我从来没有和他说过我做的那个长梦。

“你的小牛肉串要凉了。”我把盘子推到他的面前，迷惑地看着他。

“你前晚梦中一直叫这个名字。”他伸手拿起一串小牛肉，舔了舔淌下来的肉汁。

“前晚？前晚我们在你的飞船里看直播并没有睡。”我直了直身子，似乎意识到了什么。

老家伙一个激灵，酒醒了七八分：“啊，是我记错了。快吃吧，你的也要凉了。”说罢，他坐在长木凳上的绿色身体不自觉地前后摇晃起来。老子的行为十分可疑，我眯起眼睛看着他，有种想把他绿绿的身体用竹签戳穿了的冲动。

见我还在盯着他，他开始结巴起来："我没……我没用罗盘，真的。我什么都没做！"我的脑中一阵轰鸣，紧接着有一万头羊驼呼啸而过。有一种想拧下他绿绿的脑袋并挂在江湖一盏灯旁边的冲动，不由得我的拳头紧紧地攥了起来。

老子看出我即将要失去理智，手中小牛肉好像是因为内疚，直直地掉在了地上。他扭了扭身体放弃了逃跑的念头："好吧，我坦白，是你让我消除了你的记忆。"老子叹了一口气，搓了搓出汗的手心，继而无奈地说道："我以老庄的名义发誓，我讲的都是真的！"我的脑中过电一般，四肢无力，有些眩晕，眼前老子嚅动的绿色小嘴变得模糊起来。

"大概是年初下雪的时候，有天晚上你来找我。你的状态很差，我从没见过你像那个样子，当时你哭着求我消除你的记忆……求求你，别这样看我好吗？我受到了惊吓。"他说的是真的，我能感觉到他内心的恐惧。看着瑟缩在凳子里的老子，我心中有一丝不忍，于是放下了沙包大的拳头。

接着，这个外星人竟抢在我之前凌乱了，他激动、悲怆、自责，且自顾自地说起来："塞普坦没了，我失去了家园。我喜欢地球，因为这是唯一能使用罗盘的地方。加木失踪了，我好孤独。我喜欢和你在一起，因为你跟我很像，我们都那么帅，还都是文艺青年，又有一颗闷骚的心。"他的眼泪和着长长的鼻涕滑到了孟婆汤里。

"我喜欢吹箫巷，喜欢吃小牛肉，也喜欢一枝花，坐在这里就能每天看到她。"老子越来越激动，他爬过来抓住我的衣角，"你说过，只要我帮你清除记忆，就请我吃一辈子的小牛肉，你可不能反悔！"老子声泪俱下，丝毫不顾及马老倌投来的异样眼光。

这天夜里老子哭了很久，我也忘了再追究。我问自己，到底是不敢，还是真的打算忘记？罗盘消除的记忆没法恢复，这是千真万确的。但是我无法理解，自己明明想起来却为何又要将它们忘记，这究竟是一段怎样不堪的回忆？

想来想去想不通，最后只有安慰自己——那曾经丢失的也许是当时的我无力承受的，可能还不到时候。命里没有莫强求，该是你的还复来，既然曾经想起，今后也不一定会真的忘记。

这是第一次，我真切地感受到了江湖一盏灯的引力，原以为老子一直都泛舟在江边，没想到他其实和我们一样，早已被卷到了江心。

江湖
一盏灯
维多利亚一号

三十三章 火烧的夜

我做了一个梦，一个不长不短的梦。

我站在一条河里，水深齐腰。小桃在河岸上走着，我喊她，她没有回头。我在河里一直追，她在岸上一直走，那条路很长很长，仿佛没有尽头。于是我不喊了，觉得就这么看着她的背影也挺好的，生前就没有说过几句话，要是她真的回过身来，我也不知道该聊些什么。

走着走着，走不动了，低头一看，河水竟然突兀地断流，消失在一座石桥的前面。我心想，就这样吧，缘分已尽，莫要强求。但还是没头没脑地喊了一句："你记不记得三途川？你记不记得你在河边饮水？你记不记得我曾经度过你？"

这时小桃转身，她的眼睛望着我，于是开口说话……远处升腾的花火映红了她苍白的脸颊，小桃说了什么，我一句也没有听见。她哀伤的眸子里淌出了清澈的泪，这苦涩的泪混合着冰冷的河水漫过了我的身体。

我猛地惊醒，一身冷汗。窗外透进的火光被眼泪晕开，呛人的烟雾在空气中弥漫，隐约间听到很远处传来消防车的声音，有人在喊。我彻底清醒了，连忙爬起身来，推开窗一看，吹箫巷里早已是一片火海……

我焦急地跑下楼，发现火势并没有想象中那么严重，也没有蔓延的趋势。四下搜寻，看到马老倌他们和街坊四邻都直直地站在不远处，看上去都没有受伤，我的一颗心这才落了地。但我依旧听到有人在喊，循声望去方才看得真切。只见雷总身穿一件古代的红色长袍，挥动长长的水袖在火海中左摇右晃，口中还高喊着："看不见也得死，看不见也得死！"内心焦虑的我见此情景竟然不厚道地笑了起来，有一首歌当下萦绕在脑中：

焚身以火，让火烧了我；燃烧我心，颂唱真爱劲歌。

人不顾身，让痴心去扑火；黄土地里，活我真挚爱的歌。

情浓写我诗，让千生千世都知我心；万载千秋也知你心，同享福祸。

焚心以火，让爱烧我以火；燃烧我心，承担一切结果。

“哼，真是一个睚眦必报的人，心胸狭窄得连自己的命都装不下了！”瞎子朝着有火光的方向说了一句。我看着众人一个个咬牙切齿的表情，也无须追问缘由。想必是雷总发现自己抓错人报错仇，他一时间心理上难以承受，恼羞成怒，继而破罐破摔了。

这是一个替父报仇的故事，只不过雷总所谓的道义，从来都只是他心中的道义，与社会准则和公理都没关系。

就在这时，一道闪电划过，天空降下大雨。吹箫巷的火在消防车赶到之前就被浇灭，同时也救了雷总的命。这个城管终于还是活了下来，不过他的后半生也只能在精神病院里收摊位费了。

雷总散发的不甘臭气已经稀释在古老的青石板路面上，只留下淡淡的焦痕。

吹箫巷和吹箫巷里的人没有因为这场大火而丧失希望和斗志。而之前的那个梦，也没有被天降的大雨冲淡，我依稀又见小桃站在河边，依稀又见黄泉路上的那家客栈。

三十四章 找回记忆

自老子哭泣的那晚开始，我渐渐感觉到有些命中注定的事即将拉开序幕。

吹箫巷被火烧后的第四天清晨，瞳灵突然回来了，她敲开我的房门，跌跌撞撞地扑进来，二话不说就抓住我的手，紧接着一个老头的声音从她的口中传出来，我明白她开始通灵了。

一开始，那声音是呜咽的，听不真切，就是感觉有点熟悉。“何川，希望你还记得我。”再仔细一听我大吃一惊，发现这是老庄——鹏加木的声音。

老庄的声音好像是从阴曹地府传来的一样：“……实验最终还是失败了，我的部分意识还残留在时间间隙里。小桃的事我很抱歉，有些事情是我们无法改变的。老子还不知道我已经完成了初步研究，如果你能记起来，请帮我把数据交给他，我现在……”老庄的话还没说完，瞳灵就已承受不住昏死过去。

我用了半个多小时平复内心的震颤。果真是命里没有莫强求，该是你的还复来。扶瞳灵躺好后，窗外又下起了大雨，我对自己说：何川，就是现在！

奔跑在巷子里，大雨让前路的脉络更加清晰。我问自己：如果我和这些人从来没有认识过，那么现在的我会在哪里？是不是我一闭眼，吹箫巷和老街就不存在了？抑或，我们这些“江湖”中人只是存在于老庄的梦中，当他醒来，世界再次反复，你已不是你，而我也不是我？

奔跑在雨中，怀中那枚古玉抵在胸口，它温润清凉，迎合着我心脏的跳动。奔跑在雨中，原本是想跑出吹箫巷，找到家里老头，把银行卡拿给他，并告诉他，他眼中的“败家子”将要成为他的骄傲，他口中的“小砍头”将会有一段世界上最酷炫的旅程。但不知为何，我还是回到了“江湖一盏灯”的屋檐下，如同过往的千年它一直都在，远去的只不过是我们这些过客罢了。

于是，我又冲到小桃住过的单元楼，敲开房东的门，用哥沙包大的拳头胖揍了这婆娘一顿，小桃的手链还挂在她的手腕上，整个都蒙上了一层油垢。我告诫房东，如果不物归原主，下次再见就是警察局。她的老公拿着锅铲躲在厨房门后，不但没有制止，反而哭了，哭得感激涕零。

而后，我来到马老倌摊前，擦干脸上的雨水，饮尽一碗孟婆汤，刚要伸手去抓一枝花摊前的酒，就被突然出现的老子拦住了。他见我表情异样，问我怎么了。

真是来得早不如来得巧，我看着他一字一句地说："老庄的实验成功了。"老子不可置信地睁大了眼睛："不可能！他，他应该已经……"

"和死差不多了。"我接着说，"他被困在时间间隙里面，他说我身上有实验数据，你想不想要？"

"果真！要，当然想要，有了它我们就可以到太阳系之外旅行了。"老子大喜。

"来吧，等不了了，快交给我吧！"说罢他就掏出罗盘往我天灵盖上杵。

我推开他："在此之前，你必须得先帮我一个忙。"

是的，有些事情应该有个了断。"无论用什么方法，都要帮我找回记忆！"

听我交代完原委，老子有些犯难。再三追问，他才坦白：其实他就是个普通的研究员。母星塞普坦沦陷之后他无处可去，本想投靠他的老师"老胖子"去，怎料想途经地球，曲率驱动引擎被毁，燃料也不够了，于是就决定先在这里住上一段时间，想办法找替代能源。

遇见老庄是他的造化，老庄比他聪明，飞船坏了都是老庄修的。自从遇见老庄以后，他的手艺就荒废了，因为他净顾着吃喝玩乐了。但是为了能到太阳系外吃喝玩乐，他铆足劲儿翻阅工具书。

然而，几个月过去了，进展还是十分缓慢，就在我们将要回到死胡同之际，瞎子老李的一番话让事情有了转机。

那一晚月明星稀生意淡，众人品评着王老急，各自沉浸在各自的世界里。后半夜的时候瞎子醉了，他对着一枝花赞叹道："有了离魂术，又何苦酿这酒呢？到底是酒醉人，还是术醉酒？"

于是，老子的任督二脉被这一席话打通了。他终于想到了方法——让一枝花用离魂术将我的魂魄分离，在我灵魂出窍的那一瞬间，老子用罗盘打开时间间隙，将我的魂魄推进去，再经历一次失去的曾经。

之前猜得没错，马老倌家的门板的确有古怪。老子发现这块木头会散发出强烈的源场能量波动，这些奇怪的粒子也许能帮助我实现与过去的沟通。吹箫巷被雷总烧过之后，门板只剩下一半，也不知道能不能充分发挥作用，姑且拿来一试吧。

我最终还是没有勇气打电话给家里老头，和三只老鬼草草交代了一下，就准备上路了。

出发地点选在老子藏匿在郊野公园深处的飞船上，找回记忆的过程很简单——老子先用他的罗盘吸收木头的能量，而后在我身上照了照，然而我觉得并没有什么卵用，有种被骗的感觉。

而后一枝花请我喝了坛名为“艳花”的好酒，是她专门酿制的。据说在这过往的千年，我是第二个喝这坛酒的人。“艳花”味道淡，飘着一股花香，但后劲很强，一坛下肚我已醉了七八分，朦胧中听见一枝花神神道道地吟唱：

五里平川百里山，三千世界酒一坛；
前面走后面唱，有人去无人还；
闻听莫问铃声处，十里长亭九道弯……

这声音很苍凉，听了让人鼻子发酸。

我看到的最后一个画面是，老子手中的罗盘以一种匪夷所思的形状展开，它变成了一朵盛放的白色莲花，从莲心的深处喷涌出金色的光。

自此，一个新的故事开始了。

前世的记忆
江湖
一盏灯

三十五章 实验

我的记忆回到很久很久以前，那是在小桃还没出现之前，与老庄邂逅的当天晚上：

我跟随老庄来到他藏匿星槎的废旧工厂。老庄的星槎如一只巨大的红色柚子，外观体积不大但进入其中，空间就得以延展，看起来如七八个足球场一般宽阔。

几个小时之后，我坐在老庄对面，不可置信地看着他，感觉这老头应该是疯了，他前面一通瞎掰——什么时间旅行，什么平行理论的，听得我头都大了，理解不了，也不能理解。

我唯一知道的就是，他想邀请我和他一起做个时空旅行实验，这个实验很危险。我们俩要一起进入一个不知是哪里的空间，然后再想办法回来。

“为什么选我？”

“因为你身上会散发出微弱的源场能量，而且你很勇敢，你是第一个愿意跟我进入星槎的人。”

“你其实可以一个人去的对吧？”

“不行，我需要一个见证人。”

“带上摄像机不就可以了？”

“不行。一来，会有人质疑录像是三维制作的；二来，没有参与感也就没有成就感。”

“你连回来的办法都没有想好就叫我跟你一起去？”

“……所以我才说这个实验很危险嘛。”

“但是，我真的没时间。我还有很多文章等着发表呢。”

老庄似笑非笑地看着我，我有些心虚，但他没有揭穿我刚失业的真相。

“好文章需要时间的沉淀和历练，对你来说，这次旅行是充满了挑战和刺激的。我相信你需要一个契机来摆脱这个明珠暗投又怀才不遇的社会。”

不可否认，他这番话句句戳中了我的要害。见我没吭声，他顿了顿又说：“而且，这次的报酬……”

“这和钱没关系！”莫名的我恼怒起来，语气有些生硬。

卑微的自尊让我想起了苟且的过去，想起了我的前女友——那个一天只知道吃喝玩乐以及攀比的女人。现在想起来，我可能只是她向朋友炫耀的筹码，我们之间没有任何交集，燕窝、鲍鱼、名牌表，这些我都不了解。苏格拉底、尼古拉·特斯拉、达利，只要我和朋友一谈起，她就粗暴地打断。

终于，那颗曾经耀眼的筹码在她眼中迅速地贬值了。哥不是个强求的人，我们好聚好散。分手之后，充斥在我周围的铜臭味淡了很多，我也更加真切地看清了我自己——哥终究还是一个追求精神层次胜过物质享受的人。

母亲和弟弟在我很小的时候就因为一场车祸去世了，开车的是我爹。这件事之后老头子像变了个人似的，和我说不上三句话就吹胡子瞪眼。我把前几年工作的积蓄都留给他之后，就抱着我的“360”和“小完熊”干脆面搬到了吹箫巷，准备舍弃一切开始新的生活。

老庄没说话，大概是觉察到我神游了，他很有礼貌地等待着我，我为自己的失态感到不好意思。是的，我是需要多一些经历，内心也渴望真正的冒险。其实第一眼看见老庄我就知道自己会跟他走，无论去哪里。回不回来没有关系，彪悍的人生不需要太多顾虑，本来就是浮萍，在哪里生长不都是长吗？

“也不能说没有回来的方法。就像我之前跟你讲的，时间之所以产生，那是因为‘相对运动’，我们在运动，所以时间和空间产生了……”

他扶了扶眼镜：“这是一个四维以上的概念，简而言之我只需要调整我们在这个宇宙中的振幅，设置好速度和方向参数，就可以映射到相对应的时间和空间，当我们的临界距离用完时，自然就可以回来。”

我笑了，技术宅搬出理论来糊弄门外汉，我要是跟他计较，我就输了。

“简单理解就是灵魂出窍吧？”他顿了顿想了一下，“并不是这样，我倒是乐意跟你解释的，但想必你也没这个耐心听吧？”

说得也是！

“带点高科技的东西傍身吧。什么粒子炮、太空枪、任意门、小型飞船、时间斗篷、变换胶囊、狼眼手电、军用罐头、洛阳铲、黑驴蹄子……这些统统带上。对了，再带一把桃木剑。”

“年轻人，这是个很严肃的实验，我不是机器猫，而且能力也有限。之前几千次的实验表明，我们这种量级的时空穿梭，最终能传送的除了两个半的成年人之外，就只能带上简易定位装置或者少量的药品。这些杂物的总重量不能超过一万克，否则空间传送将会不稳定。”

“还有什么要注意的吗？”

“别死就成！”

江湖一盏灯
倒影

三十六章 重生

我们漂浮在一个纯白的空间里。

前一秒钟我还能看见老庄手中徐徐转动的罗盘，后一秒钟我就全身脱力一般浸泡在水里。闭上眼体会这种奇妙的感觉，我心里想着，什么时候能够到达？到哪里？用什么方式？老庄的设置会不会有问题？这样想着越想越后怕，太大意了！真应该穿件宇航服再带上氧气瓶，要是传到月球表面或者海沟里，那朕不就玩脱了吗？

就在我还没来得及扩大焦虑感之际，隐约间听到一个女人的声音，双眼一睁，头顶尽是阴霾的天空，雨丝坠落，我再生为人。

这里应该是另一个时空的古代地球吧，它们看起来是那么相似。本以为水的触感只是到达另一个时空过程中的体验，哪知我真的浸在水里！更令人难以置信的是，身边的老庄不见了，取而代之的是一个身穿古装的少女，这姑娘跪坐在我面前嘤嘤地啜泣。这人正是小桃，虽然当时我们还不认识。

脱力的感觉依然在持续，我懒懒地不想动，偏头四顾，继而望向她，她还在哭，很可怜的样子。我们俩靠得很近，我闻到她身上有一种撩人的香气，这味道似梦似幻。我下意识地伸手，拂去她脸上的泪，这触感是真实的，还带着咸湿的温暖。

隐约有马蹄声传来，小桃愈发难过起来："阿川。"听到她呼唤我的名字，我猛地呛了一口水，坐起身来。她是谁？很显然她认得我，我们什么关系？真的是我想的那种关系？现在荒郊野岭的是什么情况？老庄死哪里去了？这些想法过电一般蹿入大脑。

我又仔细看着小桃，脸一红，心底竟有些悸动，但脑子是蒙的，人是木的。我无法理解她心中所想，却看得出她眼中的惊慌。远处的马蹄声越来越近，直觉告诉我这妹子可能是遇到了什么危险，索性抓着她的手说了句："别怕，先跟我走再说！"于是，我挣扎着爬起，拉着她在满是铃兰花的河岸边奔跑起来。

跑了几步，我就发现我没办法适应这个身体，眼睛不能自由移动，也无法完全控制四肢，身体中还有另外一个人的存在。“他”不停地催促我要赶快逃离，与此同时我感觉到，“他”拉住这个女人的手是如此坚定，这股力量好似一辈子都不会松开。这意识之强烈让我感同身受，因此更加拼命地奔跑向前。

我们越跑越远，越跑越远……去哪里并不重要，重要的是此刻她还在“他”的掌心。

但没过多久，体内的人就渐渐地丧失了他的控制力，随即我咳得更加厉害，小桃也不再跑了。我们停在一座石桥边，我转头望向她，姑娘的泪早已流干，她萧瑟地笑起来：“如若我们缘尽于此，他生投胎，我当加倍爱你更多，换我来找你好不好？”

我动弹不能，隔着这具身体的屏障，我的感受也被别人代替。身体里的那个人笑了：“说什么傻话，我哪儿都不去。”他摸着她冰凉柔软的脸颊。顿时，我胸口传来一阵剧痛，接着喉头涌出大口腥甜，这些鲜红的血液尽数喷在了小桃的肩头。

我这才低头看了看疼痛的来源——自己的胸口。那里已是一片狼藉，有血在向外汩汩流着。我当下了然，想必这个世界的何川已死，我才能附到他身上，深达内脏的伤口被纱布挡住，难怪我最开始看不穿。我哀叹自己的狗命，并且深刻地意识到，朕的时空之旅还没开始，就要悲催地结束了。

“我没事，别担心。”他忍着痛把小桃搂在怀里。我想起了消失不见的老庄，想着还年纪轻轻的自己，眼泪淌在心里。

“阿川，我这辈子最幸运的事就是遇到了你，我不后悔。”

“我又何尝不是。”“他”吻着她的头发，用身体中残存的能量回答道。小桃听罢解下胸前一块雕有狐狸的玉，挂到我胸前：“你要好好地活下去。”

追兵已到近前，带头的谩骂起来：“狗贼三途川，天堂有路你不走，地狱无门你闯进来！你谋害大王，拐带新王后，还不快快束手就擒！”

这又是什么情况，谋杀？拐带？老庄，你坑苦朕了。

此时，我的脑海中翻涌出无数念头，还没来得及说上一句“你们认错人了”，就被小桃推下了河堤。

我在慢慢地下坠，下坠……

雨丝化作流星，擦出一道一道的轨迹，它们陨落在耳边，陨落在发髻，陨落在眼眸中，陨落在最后一丝晨光里。

三途川听不到任何声音，而我也发不出一丝声响。迷离中看到了金色的亮光，亮光中有老庄的脸，他向我大喊，我却听不到他的声音。最终，我也没能抓住老庄伸出来的手，我知道我与回去的路失之交臂了……

河流在身边穿行，发出呢喃低语，这些呓语好似一枝花吟唱的夺命曲，我感觉自己正在渐渐死去。

就在这时，我的身体一分为二，另一个人将我向上托起。于是，这个世界的“阿川”在上行的过程中消失了，“他”用尽最后的力气保我蹚过河底暗礁。我清楚地记得，“他”第一次也是最后一次对我说的话：“救她。”这句话是魔障，似诅咒，我无法抗拒，那一刻我注定要以这个人的形态活下去，被迫继承他的一切，当然也包括他的记忆。

如果我从来没遇见过小桃，我的生活将会是怎样？是不是我一睁眼，脑海中的一切都将不复存在？抑或，我们只是存在于“阿川”的梦中，当他醒来，世界再次反复，你已不是你，而我还是我？

我是否注定将要困在这些回忆里，等待一个又一个的轮回？

三十七章 河川主人

传说，奈何桥的两岸开满了彼岸花，花开的彼岸有家客栈，客栈里没有别的，只卖孟婆汤。并不是所有死去的人都往桥上过，更多的是要蹚过奈何桥下的“三河川”。

三河川究竟度了多少人，连他们自己都不清楚。有时候他们幻化成人形在河面上飘荡。三河川并不是单指一个人，它是由七七四十九个河川之神掌管的。而冥界也并非不毛之地，这里也是一个“世界”，有湖泊也有山川。

有一天狐狸来到川边饮水，遇到了其中一个河川主。“我见你几次三番都来这里饮水，这里的水你可喝不得。”瘦高的男人说道。

狐狸幻化成人形对河川主说：“上辈子你度过我，这辈子我来见你，也算是还了我的心愿。”三途川觉得有意思，哈哈笑起来：“妙哉，我度化的人数以亿计，我记不得你，你倒还记得我。”

狐狸答：“一切皆已注定，我只是照着命里的路走。”

三途川不以为然：“命运只是无作为者的托词。路，终究是自己的。”

狐狸咯咯笑起来不再作答，此后她依旧每日来饮水，偶尔也会化作人形陪伴在这个河川主人的身边。就这样，他们在生死交汇之地度过了八万四千年。

有一日，狐狸来到河边，化为人形，但不再饮水。她静静地看着河川主人，然后庄重地行了一个大礼。狐狸说：“我与君的缘分只到今日，他生投胎也愿伴君左右。”说罢，狐狸就香消玉殒了。

这八万四千年终究还是一场梦。但是，一沙都是一世界，一叶既是一如来，八万四千年里又何尝不存在难舍的回忆？三途川悲痛欲绝，他将自己长长的叹息化成一块美玉，放在狐狸胸前：“来生不做度你的神，只做伴你的人。”

推着狐狸的身体，河川主走到江心，他目送她融入纷扰的川流之中，等待着下一个相遇……

回眸
江湖
一盏灯

三十八章 大盗与国王

来世，狐狸投生为人，三途川早已经历三生三世的轮回，不再是河川之神。宇宙那么大，但他们终究还是在同一个世界里相遇了，三途川还是那个三途川，但狐狸早已变了模样，为人嫁娘。

狐狸从生下来都是跟着命运的安排走，她何曾想过命运不会总如人愿，上辈子的遵从找到对的，下辈子的屈从结果可能就大不一样。她当然不记得以前的事情，她只是被妾所生而后又被“卖”到王宫里。她时常困惑不解，那个被众人称作“王”的男人，为何总是要打她，打完之后又总是后悔难当？她遗憾，遗憾自己没能找到那个“对的”。奇怪，她心中期盼的爱明明不应该是这样。

再生为人的三途川一生下来就被父母抛弃，他依稀记得以前的事情，也有异于常人的本领。少年从小到大都沉浸在那八万四千年里无法自拔，他找不见狐狸，内心郁结又寻不着发泄的渠道，渐渐地，曾经的河川主人堕落了，他变成了一个大盗，趁着时局动荡，他就打家劫舍。在别人眼里他这是劫富济贫，但要问他自己，还得归咎于这剪不断理还乱的前世心病上。

这日，三途川闲得发慌，寻思着要干点什么。

于是他接连三天，趁着天黑将街巷里家家户户点的灯笼都戳破，弄得整个城市乌漆麻黑的。后来又觉得不过瘾，就想去王城里转转，顺便带点好东西出来。这么想，也就这么做了。

元宵佳节，大盗三途川择了个好时辰，爬上皇宫城楼开始逐个揭起瓦顶来。

“三途川到此一游。”他看着自己写在门楼上的留言，心中顿生失落，又加了一句：“顶！”今儿个确实顺了不少好东西，但是拿着拿着就腻味起来，索性把这些东西一股脑全倒进了护城河里，接着他又挑了个不起眼的房间揭开瓦顶。

这不看不知道，一看三途川和他的小伙伴都吓了一跳。他看见当朝的大王，外号“屠夫”的家伙，正在踢打一个姑娘，打完之后又抱着姑娘宝贝长心肝短地号起来，号完又继续接着打。这个叫小桃的姑娘不哭也不闹，几次三番都被打得昏死过去，也不讨饶。三途川无法理解小桃的顺从与忍让，更不能容忍自己放任“屠夫”伤害这个姑娘。他心想，东西都顺了那么多，也不差再带一个活人，这妹子今天爷是带定了！

终于忍到深夜，大盗三途川潜入大王的房间，“屠夫”睡在榻上鼾声如雷，却没见那个姑娘。他正在盘算，是先教训一下这个禽兽还是先救人。就在这时，窗外闪过点点火光：“新王后又跑了，快，往后殿方向追！”话音未落，三途川刚想转身便觉一股劲风从脑后袭来，“大盗”这个称号绝非浪得虚名，他抽出短刀反手架住攻击，抬腿转身就是一脚，只见“屠夫”被踢出五米开外，开山刀滚落在地，大王摔回到他来的地方。

大王倚在榻上好像很爽的样子，他咳出几口血，哈哈地笑了：“别担心，我一打她，她就往后殿跑。真叫人怜爱是吧？”受不了这厮的口气，三途川上去朝他的脸就是一脚，脸脏了，“屠夫”的开山刀掉在地上。大王门牙没了愈发地畅爽起来：“哗哗（哈哈），我一猪（直）在想你森（什）么时候下来呢。小纸（子）你可真沉得住气，不心疼摸（吗）？”大盗怒了，听对方如此胡言乱语，真是岂有此理！于是杀心顿起，一刀就朝“屠夫”的面门劈下去。大王也不是吃素的，单手握住短刀的刀刃，顺势反拧，暗红的血从掌心喷了出来。

三途川的腕力惊人，“屠夫”暗暗叫苦，因为他再也拧不动半分，于是双方就这样僵持着。大王也知道，倘若他一松手就得身首异处，宽阔的房内安静异常，血在不断地流，滴滴答答的声音被放到无限大，“屠夫”的怨念再一次膨胀起来。想到心爱的女人让自己流泪，奸夫又让自己流血，他不淡定了。

他青筋暴突，浑身颤抖，猥亵的面孔顿时被凶煞取代，于是大王癫狂地咆哮起来：“我找（早）就知道阮桃这个贱人偷汉纸（子），我也没爸（白）打她！我要杀了你，你这个奸呼（夫）！”说罢，大王猛地抵近三途川，丝毫不顾重伤的手，他仿佛要让自己的痛更深些，“今日，就以烂（男）人的方式做个了断！”

大盗早就听闻“屠夫”敏感多疑，昏庸暴虐且神经质，今日得见，果然名不虚传。三途川再不想多言，也罢，爷爷今儿就给你个痛快！手上一用力，大王的半扇手掌就被齐刷刷地斩落。那柄短刀索性也不要了，捡起地上的开山刀又是一刀下去，卸掉了“屠夫”的左膀子。

“屠夫”跌倒在地，污血喷得到处都是，但他依旧状态亢奋，嘴上不依不饶“老纸（子）就是喜欢折磨她们，这辈纸（子）！下辈纸（子）！就算是屎（死）了也不会成全里（你）们这些狗烂（男）女！”

三途川被气乐了，这有钱人是不是都有被害妄想症？老幻想些有的没的。于是心下更坚定了要送“屠夫”一程的信念。

第三刀正要斩下，怎料想，四个壮如牦牛的“程咬金”破门而入：“护驾！护驾！”大盗感觉气氛有些不对，倒不是因为这四头“牛”的闯入，而是不知什么时候，房间里又多了一个人，这人浑身黑衣黑铠，手上还提着盏铸铁黑灯，他站在黑暗里默不作声。

三途川见状，就要履行他的一贯作风——打了再说。于是两步跨到黑衣人近前，作势就要取他的首级，但是三途川的快速攻击都被这个异常高大且浑身散发腐败气味的男人给弹打开了。

他从没见过如此快速的反击，三途川警告自己，来人是个高手，若再拖延恐怕脱不了身，到时候那妹子定要遭殃。他不傻，更不恋战，于是侧身一翻，跳窗逃开，径直朝后殿方向奔去。

他不敢喊小桃的名字，睁大眼睛边跑边找，经过一片荷塘的时候，城外升起节庆的烟火，借着这些光亮，大盗发现桥下有个人。他靠近，女的知道有人来，却没有要逃跑的意思。

花火散尽，月光映着她苍白的脸，眼泪顺着满是扼痕的颈项滑落到一枚精致的玉佩上。

三途川彻底蒙了……

三十九章 狐狸

此刻三途川的脑袋响起了千万个炸雷，他浑身颤抖，无法自持。他想折返回去，杀了全世界的人，但他就实实地杵在那里，身重千金却挪不动半分。就这样，两个人对望了好久好久，大概是八万四千年那么长。直到小桃的泪流干，直到追兵近了，他才强忍住内心的绞痛，拉起这个他上上辈子就在寻找的人。

“狐狸，你别怕。跟我走！”小桃在他怀里没有挣扎，三途川不知哪儿来的勇气和力气。他抱着狐狸一直跑一直跑，口中不断念着：“你记不记得三途川？你记不记得你在河边饮水？你记不记得我曾经度过你？”他说着说着喉头竟酸涩起来，三世的回忆太苦痛，那八万四千年对于一个凡人来说也尤其沉重。这一刻三途川真正领悟了孟婆汤的用处。

小桃不明白这个男人为什么如此激动，也不晓得他为什么要叫她“狐狸”，事实上她无法去思考这些问题。她的头很烫双脚也很疼，她以为自己即将死去，于是拼命地睁大双眼，望着天上的星星和间或升起的花火，它们消失在树梢，继而又出现在错落的树叶缝隙里。小桃当然记不得以前的事情，但是这个男人一直念一直念，念得她心酸。在恍惚之中她想，他肯定有很多痛苦，和她一样。

大盗抱着新王后一直跑到天亮，他把她抱到满是铃兰花的河岸，终于，两个人都到了极限。小桃开始放声大哭，而三途川则不发一言，他只是紧紧地搂着她，任由狐狸气若游丝地撕咬踢打。在小桃看来，这个男人的隐忍和怜悯让自己感到万分羞愧，他哀伤的眼神让自己更加受伤。在三途川的心中，狐狸受的苦和痛皆是因为自己，如果他没有浪费时间在偷东西上，如果他能早些找到狐狸，此世的她不至于过得如此凄凉。三途川也明白，狐狸打得再狠，咬得再痛，也弥补不了曾经发生的，他能做的只有抱紧她，从此刻开始，不再放手。

终于，小桃不再哭闹了，她安静下来，听着对面传来的男人的心跳。见她不闹，三途川轻轻地拍着她的背，一字一句地说：“狐狸，我找了你很久，从上上辈子就开始了。”这一刻，狐狸，也就是小桃，做出了一个决定——不再追随命运。她不在乎三途川喊她狐狸或者别的什么。

此刻，她正被一种古老的香味包裹，空气里弥漫着另她安心的味道。

直觉告诉她，眼前这个人才是对的。

流萤

四十章 游戏

河川主终于将三生三世的牵挂抱拥在怀，当他可以得到全部的时候，连抚摸都是颤抖的。

古人的爱是含蓄的，三途川给小桃搭了个隐秘又漂亮的屋子，在一棵大树上。等一切都安顿好，临走时大盗只对小桃说了一句：“等我。”而后就消失了。

他知道，这事必须有个了结，不然他们的后半生都将在逃亡中度过。他不愿看到小桃终日沉浸在痛苦和惊恐之中，他不愿意每次抱她、每次吻她的时候，得到的只是卑微和颤抖。这是为小桃也是为他自己。

就这样过了好久好久，小桃一直等待着，虽然她没有恢复前世的记忆，虽然身残志坚的大王一直没有放弃过对他们的追捕。但小桃依然选择相信三途川，她相信三途川那一遍又一遍的讲述，她相信那八万四千年里的幸福，她相信他说的每一句话，他说“等他”，她就一定会等下去。

半年后的某个夜里，三途川出现了。他给小桃带来了礼物——前夫的首级。看着桌上那张似是而非的脸，小桃百感交集。她哭了。

虽然在被救出的那一天起，她就暗暗发誓不再掉一滴眼泪，但此刻她还是忍不住哭出声音来。她记起了那数百个噩梦一般的夜晚，于是她扬起手一巴掌一巴掌抽打在前夫的脸上。她想起了那些死去姐妹绝望的眼睛，继而又抽出三途川腰际的匕首，一刀一刀扎进前夫的天灵盖里。那个丑恶的首级除了黑色的液体已然流不出任何东西，血液都没有，又何来忏悔的眼泪？

小桃险些就步了雷总的后尘。

这时，一双手捧住了她的脸颊，拭去了她的眼泪，这双温暖的手把她拉回到现实。小桃明白，过去的已经过去生活还得继续。三途川不说话，但是小桃感觉得到，他的沉默是深深的爱与呵护。他们之间无须太多言语，小桃不再哭泣，说了声：“阿川，谢谢你。”而后，靠着这个熟悉的陌生人睡着了，几年来她第一次真正感觉到安全。自此，小桃终于得到了释放。

这夜三途川睡不着，他忍着肩膀传来的麻痛换了个舒服点的姿势，他在庆幸自己能够回来的同时也感到后怕，确切地说，“屠夫”，也就是大王，不是他杀的：

“屠夫”被卸掉膀子后成了个废人，但是要接近他则更为困难。这半年“屠夫”在找三途川，三途川也在想办法找大王。终于，大盗找到了“屠夫”的藏身之地，在放倒贴身侍卫之后他们见面了，以一种烂（男）人的方式。

大盗并不想让“屠夫”那么容易地死去，于是他像猫一样开始逗弄起自己的猎物，待到“屠夫”全身上下该移位的都移位了，该脱落的都脱落了，三途川也乏了，他把大王搬到宝座之上放好，给他摆了个笑脸，正准备取下首级时，那个黑衣黑铠的人又出现了。

他提着一盏铸铁黑灯，悄悄地站在三途川身后，不发一言。待到三途川转身，他就笑着把灯吹灭，黑灯熄灭的一瞬间三途川本能地闪身，一种不知名的力量擦肩而过，紧接着“屠夫”的头颅离开了他的身体，滚到了地上。

来人开口：“小哥好身手，够快，也够狠。我观摩了许久，开始兴奋起来了呢，嘿嘿嘿。”说着说着黑衣人尖声尖气地笑起来。

三途川一阵恶寒，见对方一身死气，比初见时要强烈许多，不由得啐了一口：“爷爷跟你不对路，听你这笑声，就知道你口味不一般。这个世界太危险，爷爷送你下去找你的好基友！”说罢，三途川用脚勾起“屠夫”的头颅甩向黑衣人的面门。

黑衣人似乎也嫌晦气，快速侧身，不料却正中三途川下怀，大盗算好提前量，抽刀就扑过去，照准对方心脏的位置猛地突刺，这一击力量惊人，连刀柄都桶了进去。黑衣人吃痛，显然受惊不小，不过三途川也纳闷，这手感不对！他怎么没死呢？

就是这短暂的分神，黑衣人右手一用力，扣住三途川的左肩，没有把他推开，反而将他拉得更近，右手扣得太深，鲜血伴随着骨骼的断裂声涌了出来。接着，黑衣人换了一副男人的腔调：“好久没有人能让我受伤了，我很兴奋。‘屠夫’已死我又有新的追求了，不管你承不承认，我就是你的宿敌！”说罢，他猛地将三途川撞开，胸前的匕首也离开了他的身体。

三途川翻了个身，退到安全距离，左肩的伤不算太重，但是轻而易举就被别人锁住，他暗暗心惊，若非对方左手提灯，此刻自己恐怕早已身首异处。

这一次三途川被迫认真起来。昰然他知道，即便他认真打也可能不是黑衣人的对手，但对方已然把自己当作了宿敌，无论如何，一场恶战在所难免，大盗在心中暗暗思量。

猛地，黑衣人抬手一吹，黑灯再次亮起。

他左胸口流出的暗红液体泛着绝望的光，这让三途川心中涌起一丝宽慰。他想，会流血就好，会流血就会死，我若活不过今晚，定也叫他不能好活！

大盗开始在脑海中预判宿敌的出招方式，准备应战。不料黑衣人笑了起来，这次又是尖声尖气："我们来玩个游戏，游戏的名字叫作——躲猫猫。为了公平起见，我给你三天时间，把你的狐狸藏好，太容易找到就不好玩了。记住，你只有三天。"

黑衣男人一席话听得三途川像过电一般，他彻底红了眼，还没来得及咆哮，宿敌就隐入黑暗消失不见。他心中明白七八分，这半年"屠夫"忙着找他，他忙着找"屠夫"，而这个人则忙着找小桃。

之前跟在大王左右也许是想找点乐子，但三途川的出现让他有了新的人生目标，小桃变成了筹码，是他玩弄自己的筹码。

和尚

四十一章 午后的鹧鸪林

三途川收回思绪。肩膀的伤刚开始的时候很疼，被小桃靠得麻了也就不疼了。

他在想，回来的时候确定没有人跟踪，还有两天的时间应该怎样应对？小桃现在状态不好，但明早他们一定得离开。想着想着三途川就紧紧地搂住小桃，闻着她身上柔和的果香，想起那八万四千年，觉得还是很短暂。

三途川总体来说还是很乐观的，他没有太多感性细胞，自然也不会太伤感，他直接把宿敌这件事给过滤掉，接着开始幻想起和小桃今后的幸福生活来。想着想着就睡着了，一睁眼竟然快到正午。

放在桌上的“前夫”早已不见，厨房里传来一阵肉香，三途川直冒冷汗，他走了进去，看见小桃正在炖汤：“这……”小桃微笑：“别担心。”锅里炖的并不是“屠夫”，三途川明白她的意思。其实他没心情吃饭，但看见小桃在笑，他也跟着开心起来。“我们该走了。”他笑着说。

小桃是何等聪明，她似乎觉察到了什么，眼中掠过一丝不安，但是她始终没有问出口。于是，小桃应了一声，很快跑进屋里，三途川见她小心翼翼地把那块玉佩包好，放进怀里，然后又不放心地拆开来，犹豫再三，最后还是挂在了自己的脖子上——那是三途川前世送她的礼物。

小桃擦了擦手又回到厨房，小心翼翼地盛了一碗兔头香菇汤端到三途川面前。

“别的东西不带了？”

“不要了，你会再给我‘买’新的，对吧？”小桃摸着胸口的玉佩，狡黠地笑了，笑得很好看。

三途川虽然没心情吃东西，但也不会辜负小桃那一碗满满的爱。这汤承载得太多，也美好得太多，大盗幸福得湿了眼眶。喝的时候太匆忙，不过他还是仔细咀嚼着，回味着，他要把这些味道都记下来，混合着小桃美丽的笑颜吞咽下去，直到心脏的最深处。

还好，他记下了那些味道，否则他连遗憾的时间都没有。

正午的竹林蔫蔫的，没有风。阴和阳在这段时间交替，正是晦气最深沉的时候，两人才走出没多远，三途川就闻到了一股腐败的气息。有一股黑暗紧随而至，他心中叫苦不迭。是的，他早应该想到，那个人不会按常理出牌，真是太大意了！

小桃也觉得不对劲，太安静，她下意识地把手紧紧地握了握，此刻她还在三途川的掌心，还能感觉到安全的热度。

“我不怕。”小桃知道他要问什么，深情地看了三途川一眼。

“可是……我好怕！”黑衣人隐没在一棵老槐的下面，阴阳怪气地说着。三途川忙把小桃掩在身后，门牙都要咬碎了。

“我好怕三天之后找不到你们，想想还是先来了。三途川你可要快点打败我，不然大王的部下就要追上来了哟。”说罢他直直地挺起身来，暴露在阳光下的身体好似被灼烧一般散发出绝望的黑色灰烬。

“跑起来，到河边等我。”三途川侧身揽着小桃，低声说了一句，眼睛则死死盯着黑衣男人，他轻轻地吻着她的头发，他要把她的香味印在脑海里。

没来由地，刮起一阵大风，惊起林间一双鹧鸪。于是，两个人朝着相反的方向奔跑起来，没有犹豫，也没有回头。

小桃跑远。黑衣人迎向三途川朗声道：“战个痛快吧，我的宿敌。为了与强者一战我宁愿舍弃我的身体！”随即他伸直弯曲的背脊，脊柱被拉伸到匪夷所思的形状，黑衣男人竟又高大了许多。只见他猛地从铸铁黑灯里抽出一根又细又长的黑针，幽蓝的灯火纠缠其上。三途川疾跑上前，短刀出窍，就快逼近黑衣人的面门，黑衣人跨步挡了上去，“嚓”的一声，黑针被齐齐斩断，刀刃实实地破开漆黑的盔甲，嵌到了黑衣人的天灵盖里。黑血还没来得及喷涌而出，就被灼热的阳光卷走，消失殆尽。

这一次，三途川是来真的。快速拔出短刀，他作势再砍，宿敌还没想通脑壳是怎么被砍中的，见状又被迫用手肘护脸，这一挡，胸口暴露出来。三途川虚晃一招，反身又是狠狠一刀扎进对方左胸，这一次连手腕都嵌进腔子里头。打击的触感湿滑糜软，三途川暗暗咋舌，倒不是感叹自己腕力惊人，而是他发现，前天扎过的地方不但没有愈合，反而溃烂得更加厉害，黑衣人的整个左胸腔竟然给人一种空空如也的感觉。

“嘿嘿嘿，被你发现了？”宿敌故作惊讶，三途川发现自己右手有灼痛感，忙抽出来，手上沾着黑血，那血怕光，被太阳一晒就化为齑粉。恶寒再次出现，他搞不清眼前这个“东西”是人还是鬼，但隐隐约约闻到了硫黄的味道。

大盗方才恍然大悟——这个东西是人不假，但身上药味太重，想必是堕落的道门中人，用了些偏门邪术，搞得自己人不人鬼不鬼。这也就解释了为什么他迫不及待地找上门来，因为他的伤口不会愈合，如果不早些做个了断，他恐怕迟早也是个死。想到这里，三途川闪身藏到了老槐树后面，隔着树干，他静静地观察，而后一字一句地说：“不好好炼你的丹却跑出来害人，今日我就替太上老君清理门户！”

黑衣人眼见事情败露，也不再掩饰：“‘屠夫’脑壳不给力，还差你项上人头用来堵老子的胸口！”

“掉在地上的你不捡，放在桌上的又偷了去？你这个婊子还想立牌坊不成！”

三途川用话激他：“让我来猜猜，哦，如果我没猜错的话，‘宿敌’之说是假，你混在‘屠夫’身边恐怕也是为了寻求医治你这一身死气的良方吧。大王‘一世英名’，想不到养虎为患。倘若前晚我再补上一刀，今天你也不会生出这般幺蛾子，继而恬不知耻地出来挺尸吧？”

事已至此实在没什么好说的，黑衣人不再多言，只有他暴露在阳光下的身体发出毒蛇一般“咝咝”的响声。“屠夫”的脑壳肯定是他夜里偷了去，服用之后伤口不见愈合，于是想拿三途川的试试。看着眼前这个半人半鬼、妖里妖气的男人，三途川不由得心中嗟叹，他怎么会惹上这样一个瘟神？不过，对方渴求挑战的心倒是显而易见。然而，大盗骄傲的灵魂又何尝不是期待着能够与强者的一战呢？

“宿敌”终于打破了沉默，他神经质地低吟起来，用一种奇特的步子踱近三途川：“壮心未与年俱老，死亦犹能做鬼雄！”三途川眯起眼睛：“路是你自己选的，怪不得别人！”

短刀紧握，没有怜悯。

四十二章 铃兰岸

跑了一夜，小桃不知疲倦，有股力量支撑着她穿过荆棘遍布的红花岭。最终，她来到了满是铃兰的岸边。

天空的某处传来异响，惊起岸边的白鹭，它们纷乱地飞过，扬起了清晨的薄雾。小桃继续向前，直到露水打湿衣裳，直到手上被荆棘划开的口子遇到水气火烧一样疼，她方才清醒过来。

眼前白茫茫一片，小桃置身迷惘，隐约听到河流在身边穿行，好似一条吐芯的蛇。莫名地，小桃惶恐起来，胸口憋闷得像要喷出火。跌跌撞撞环顾四周，她蓦地停下了脚步，身体继而变得软绵绵失去了支点。她看到——在她跑来的方向开出了一朵朵鲜红的彼岸花。

不再跑了，她瘫在原地，她心里相信三途川会再出现，却没有回去寻找的勇气。就这样，等了好久好久，大约是八万四千年……终于，白雾散开，三途川出现了，他寻着彼岸花的踪迹而来。天空降下雨丝，两个人的心都好哀伤。

小桃撕下衣裙在三途川的胸口缠了一圈又一圈，她拼命地按住三途川的胸口，没用，那些红色的血液还是会涌出来。最后她没招儿了，只有紧紧地抱着他，她看着三途川的眼睛，想说句安慰的话，但是她哆嗦得厉害，连句整话都讲不出来。“还疼吗？还疼吗？”就只懂得一遍又一遍地问，抽泣声被雨丝吞没，整个世界就只剩下沙沙的声响。

小桃本想让自己表现得坚强一些，但当她看见三途川口中涌出的鲜血时，她彻崩溃了。“你等等，我去找大夫，我去找大夫。”她神经质地挣扎着想要爬起，但她的脚似在地上生了根，半步也挪动不能。三途川按住她不知所措的肩膀，小桃的眼泪成了决堤的洪水，她撒娇似的抵住他的肩：“阿川……你不会有事的，对不对？”

三途川的心都要碎了，他轻轻地抱她起身，紧紧地搂着，紧紧地。胸口的剧痛渐渐变为麻木，他安慰小桃：“没事，我没事。”于是，三途川再次奔跑起来，为了小桃，也为了他们不再拥有的将来。

胸前拥着温热的身体，灵魂的温度却在流失，他想在自己彻底冷却之前将小桃送到远方，离开这个让她伤心的地方。他一直跑，一直跑，朝着太阳升起之处，在满是铃兰花的河岸。

雨丝化作流星，擦出一道一道的轨迹，它们陨落在耳边，陨落在发髻，陨落在眼眸中，陨落在最后一丝晨光里。

三途川听不到一丝声响，也发不出任何声音，终于，他的世界崩塌了，他挺直瘦高的身子，低下头用最后的力气望着小桃，直至眼前一片黑暗……

自此，河川主人的回忆结束了，21 世纪的何川存在了下来。这一刻我将以“大盗三途川”的名义活下去，继承他的一切，完成他未完成的事。

狐狸
江湖
一盏灯

四十三章 新的旅程

如果我从来没有遇见过三途川，我的生活将会是怎样？是不是我一睁眼，脑海中的一切都将不复存在？抑或，我们只是存在于某人的梦中，当他醒来，世界再次反复，你已不是你，而我也不再是我？

老庄说得没错，这是一个契机，我如愿经历了一段前所未有的旅程，刻骨铭心。

这个叫三途川的兄弟让我成熟了很多，我从未见过如此执着的感情，至少在我来的那个世界，在那里感情是一种牵扯着肉体和房产证的交易，“真爱”这个词就像都市里的鬼怪传说，很多人都听过，但谁也没见过。

我问自己：三途川是我的前世吗？那么谁又是我的今生？这些有什么重要？重要的是，三途川的生生世世，他的无奈和挣扎，那些情与仇，怨和恨，被我这个借尸还魂的第三者裹搅着，催化出一个新的人生。

“找到黑衣人，救回小桃！”此刻我心中只有这个念头，这念头如此之强烈，以至于我猛地坐起身，看见眼前站着个奇怪的人都没回过味来。

再次确定自己没有身处水中，又见周围好像是个破庙的样子，胸口的疼痛尚存，我就明白自己还没死，也没有回到2007年的老街。

“川哥，还好我赶上，不然你的血都要淌干了。”看样子，我是被眼前的这个人救了，仔细端详，他戴着一个奇怪的头盔，见我醒来便急切地上前询问。

“你认得我？”我奇道。

“我是刀客啊。你头发怎么这个颜色？”他似乎也觉得有些奇怪。

“你是不是认错人了？”我的身体很痛，头也很疼。

他看看我，似乎明白了什么，接着清清嗓子亢奋道：“我是从不远的未来前来拯救你的！”说罢，他摆了个沉思者的姿势。

“T800 还是 T2000？”

“我想，应该是 D2013！”

我被气乐了，继而满头冷汗，心想这人保不齐也是个疯子，万一他和那个黑衣黑铠的人是一路的那就不妙了。我下意识地把手伸向腰际，想看看三途川的短刀还在不在。

“放心，我要是歹人的话你早就已经投胎了。”刀客发现我在摸刀。

“是老庄让我来救你的。”刀客正色道，接着从身后拿出三途川的匕首丢给我。见他夸张地扬扬手，我愣了几秒，没明白是什么意思。

“你伤还没好，未必是我的对手。不过来一场友谊赛是可以的，顺便活动活动筋骨，也看看老庄给的金疮药的威力。”说罢他做了个“请”的手势。

这哥们是不是脑子有问题？哪个正常人会找病人做对手？阿西吧！哥本来心里就憋着一股邪火，正愁没地方发作，经他这么一挑衅竟也不管不顾地蹿了起来。只见我手起刀落，匕首里淤积的千年戾气伴着金属的摩擦和一声惨叫，杵进了刀客坚硬的头盔里。

我俩都愣住了。好吧我承认，自己在惊叹这副身体的悍猛之余，也感到了后怕。好在匕首没有头盔硬，在捅进去的瞬间就折断了，不然眼前的这个二货恐怕早已魂归天际。

刀客吃了苦头瞬间从二货青年退化成一个正常人：“你看这事闹的，人家还没喊开始的嘛。头盔坏了你可要赔我，这可是全球限量版的。”

“少给我废话，你到底是谁？”作为一个病人，我已经很有耐心了。

眼前这个二十岁出头的年轻人告诉我，他姓郑，不过他喜欢大家叫他刀客。之后刀客断断续续乱七八糟地讲了一大堆，有用的没几句，我归纳了一下：

大约是三天前的早上，刀客第一百零一次途经马老倌家门口，突然听到了一个奇怪的声音，遁声望去，只见一个戴眼镜的奇怪老头站在虚掩的木门后喊他。刀客被吓得不轻，以为对方是什么厉鬼，刚想上去为民除害，却听老头哆哆嗦嗦地说：“我叫老庄，是何川的朋友，也许你不认识何川，但今后你们一定会见面。在实验的过程中我发现你们的命运轨迹是相交的，因此我冒险来找你。何川现在命悬一线，救人一命胜造七级浮屠，如果你救他，你也救了你自己。”

刀客在“长坡精神病院”也算见多识广，当然不吃他那一套：“看你道貌岸然，没想到也是个不要脸的货。偷东西就偷东西，你哪儿来那么多感慨？川哥我认识，他现在说不定还在睡觉，哪里会有什么危险？老小子，我可告诉你，少装神弄鬼，我和川哥在巷口大战三百人的时候你还没生出来呢。信不信我现在就喊马老倌起床，让他打得你生无可恋，大小便失禁！”

老庄听罢双眼放光，继而自言自语起来：“妙哉妙哉，我竟然传送到了不远的未来！真是山重水复疑无路，柳暗花明又一村，一切皆有转机，你就是那个有缘人。”

刀客开始同情起眼前这个贼偷，这老头肯定脑子不清爽，要不然怎么敢偷到马老倌的头上来。于是，他诚恳地问老庄去不去长坡精神病院：“……你再考虑考虑，那里伙食不错，环境优美，病友友善，还有个研究天文物理的霍教授，兴许你们能聊得来。”

老庄听罢婉言谢绝，坦言道：“小兄弟，我真的没时间了。我被夹在时间间隙里暂时脱不了身，否则如此重要的事我也定然不会拜托你。不管怎么样，我给你这个数。”说罢老庄比了个刀客连做梦都没见过的数字，“只请你帮我把何川完好地带回来，我与他相交一场，于情于理也不能让他白白折了。再者，他是至今唯一成功见证时间旅行的人，他身上有很多宝贵的数据……”

不出所料，这个声称是我未来好基友的男人，义无反顾地沦为了金钱的奴隶。

“来得匆忙没带多少东西，老庄给了我一盒膏状物，说是可以起死回生。本想省着用，结果为了堵你胸口的洞，全用光了。”刀客惋惜。

“对了，他还给了我这个。”说着刀客从怀中摸出一柄像音叉一样的金属物体。

“他把我定位在你落水的地方，说是找到你之后就一直向南走，走到音叉开始发亮，直至投射出一道光线的地方，他会在那里等我们。”

“等多久？”

“他说这个没准，先到先等，我估摸着一年半载也是有可能的吧。”

“我不走，还有事情没了。”我向他简单说明之前的经历和我现在的处境，继而想起了小桃，想起三途川死前的遗言，胸口伤痛加剧，喉头发紧。

刀客听完我的讲述后，也不由得唏嘘不已。他随即道：“君子报仇十年不晚，我的建议是先找到传送点，叫老子把因果律武器借来使使。”我不知道谁是老子，至少当时还不认识，继而瞅了他一眼。

他似乎察觉到我的认知已经无法容纳未来世界的新人后，就又劝我：“铃兰河上游也在南边，我们先走。统筹方法，报仇养伤两不耽误。”最后我不置可否，也没再说话。

入夜，很静，没有三长两短的声音。

我脑子乱得很，不知什么原因，我见证了三途川的前世今生，却没记住他死前和黑衣人对决的场景。看着这大盗挺猛的样子，不知出了什么岔子，竟然被那个阴阳怪气的家伙给祸害了，想要救出小桃，必须另想法子。有心想拆解黑衣人的招式，无奈我只有架子没有底子。胸口传来一阵抽痛，我仰躺在冷硬的草席上看着残破的屋顶，周身被一种陌生感笼罩。

“老庄还给了你什么好处？”我知道刀客没睡。

一阵沉默之后他毫不避讳：“他说我会有一段奇妙的旅程，能让我摆脱这个时不我与明珠暗投的社会。而且，还会让瞳灵爱上我。”

“你信？”我翻了翻白眼，想到我也是这么被老庄骗来的，不由得心在滴血。

“我信！”刀客一副年少不知愁滋味的表情，他摸着他的头盔憨憨地说。

我看向窗外，凝视着那片陌生而又闪耀的夜，想象着如果在同一星空下，此刻的吹箫巷该是何种情景。

江湖一盏灯
三途川

四十四章 美味的清晨

“手艺不错！”毫不夸张地说，即便对面坐着的是个男人，这也是我近几年来吃过的最美味的一餐。

“我病友大狸子是个特级厨师，他在少林寺的厨房待过，教了我不少东西。”刀客很是得意，“我的功夫也是他教的。”说罢还不忘将最后一块鸡肉送进头盔里。我望着眼前一片狼藉，他面前的更多，有鸡有鸭还有时令蔬菜的残骸。

刀客是个很细心的人，怕我吃不惯“新世界”的食物，来之前还夹带了几包晾干的米线。之前几天吃的都是粥，今天终于开荤，朕顿觉满血满状态。抬头看着肃杀的雕像，低头瞥见满地鸡毛，心中默念阿弥陀佛。

“该走了。”刀客爬起来以一种风驰电掣的速度收拾着行李，时不时还紧张地望着门外。其实我也不想多留，心里有事正在盘算，于是也开始整理东西。“筷子、碗那些不用收了，拿上瓦罐，这可是好东西，煲汤全靠它。”见我卷起外袍，他又像老妈子一样，“衣服别收了，临走时老庄给复制了好多铜钱，咱不差钱！”

接着他又慌忙递给我一只鹿皮水袋，道:“等到了城里，你要什么就拿什么，看上哪个妹子兄弟就给你叫来。米线买两碗，吃一碗倒一碗。”说罢豪迈地手一挥，拉着我夺门而出。

绕进破庙后的林子，我们向南走出一段路，忽听得远处一阵嘈杂的喊声，老远看见抬锹抡镐的村民磨刀霍霍。我转过头看着刀客：“没给钱是吧？”刀客挠挠头憨憨地笑起来，眼中尽是狡黠。

“不是有很多复制的铜钱吗？给他们便是了。你怎么跟个娘儿们似的小家子气。”我没有力气再埋怨他，两个吃白食的人心照不宣，同时加快了步伐。

我们狼狈地逃开了，这个世界收容我的第一个地方，我自觉再不会回来。一个不起眼的地方不用多久就会被人遗忘。但是我错了，之后的很长一段时间里，每当饥饿难忍时，我总会想起这个美味的清晨，混合着村民的焦躁和泥土的芬芳。

四十五章 伤疤

我们并没有被传送出原来生活的地界，这里的一切太叫人熟悉。虽然这是平行世界，但我更愿意粗暴地理解为——这是古时候的Y省。

Y省的山是巍峨深远的，云是雄浑瑰丽的。我记得小时候经常坐外公的矿车，绿皮卡车穿梭在山与山之间。每每在都市的夜里惊醒，心中空落落；每每在风挡玻璃中遥望车轮上的童年，便会产生一种错觉——我的魂早已留在了大山，它们散落在树梢、散落在泥土、散落在小镇、散落在某个转弯处，散落在清晨的第一缕阳光中。

和刀客天南地北地聊着，他说他因为可以看见不可思议的事情而频频入院，但医院就像他家的后门，即便再怎么封锁，他总是能突破重围。刀客还向我讲述一些发生在未来的事情，他说他看见马老倌在某天的清晨带了一束玫瑰，小心翼翼地敲响了一枝花的家门。他说起瞳灵和瞎子，说起大佬和雷总，说老子，说房贷，说婚姻，说雾霾和朋友圈……还说了某一天我们在巷口“大战土豪”的事情。

我问他，未来的吹箫巷有没有什么改变？他说，“江湖一盏灯”历经千年不倒，在吹箫巷里的人和事，是无论如何也不会改变的。聊到此处，我终于可以确定——他是自己人。

身体渐渐好转，于是我提议再和刀客打一场友谊赛。刀客想了想，后怕地说，他和老庄的协议里只有找到队友，而没有被队友打这一选项。我安慰他：“我们点到为止，而且互相切磋对我的复仇也有帮助。”

接着，友谊赛在刀客没命地狂奔中开始了。他定了一个规则——让他先跑半分钟后我再追，他要看看我扯起一脚能不能像仙侠小说里写的那样飞出一百米。我知道这都是借口，他这么说是因为怕哥沙包大的拳头。

胸口还是闷，战斗不宜太过激烈。约莫一分钟后，我带着我的新身体在茫茫竹海中奔跑起来，清晨的幽光在竹与竹之间透散，我仿佛看到自己黑色的剪影上生出了一双没有形状的翅膀。

三途川的身体非常结实，我的步子快得匪夷所思，以至于思维跟不上节奏，好几次都差点摔倒。最终，哥还是轻而易举地提住了刀客的后脖领子，刀客像一只受惊的兔子猛地反身，报以顽强的头槌抵抗，我借势推开他的头盔俯身攻他下盘，厚厚的落叶连同整片土皮都被揭了起来，尘土散落处露出刀客逃窜的背影。

刀客反应很快，绝非吃素的主。看他小兽一样逃跑的身影，哥觉得甚是有意思，便快步赶上前去，嘴里唱起来："妹妹你大胆地往前走啊，往前走，莫回呀头！"刀客没好气地回头叫骂："小子，你别欺人太甚啊，再唱，再唱小爷罢工了！"

我一边追一边随手折下路边的根青竹掷到远处，这一丢，刚好挡住刀客的去路。"你是个好对手，这次我可来真的。"我说。

"干！你这是要自寻死路。"刀客显然也来了兴致，嘴上骂着，手上却发力将胳膊粗的竹子折成两段，接着奋力用脚踢了过来，他这两记漂亮的直踢彻底激起了我战斗的欲望。

避开断竹之后，我发力跳到刀客身前，一个反手抵压住他的侧腰，想把他顶起来。小子吃疼踢出一记侧踢，这一踢力道惊人，我忙用肘部抵挡，整个身体都能感觉到汹涌的震颤。抓住空当，哥也回敬一脚，刀客防守不及，被实实地踢中胸口，整个人跌入密匝匝的林子里。

我心里一惊，忙跑上前观瞧，只见碗口大的六七根老竹已被他齐刷刷地压断，枝条垂下，扬起枯枝败叶。刀客死狗一般躺在其间，一动不动，我暗骂自己出手太重，要是把这货踢死朕这辈子也就玩脱了。

我急忙喊了声："喂，你没事吧？"刚想探探他的呼吸，不料这厮使出一招老树盘根，瞬间将我裹缠在地，继而一记重拳捣在哥的面门上，哥一鼻子的老血喷得跟山泉一样。

刀客得意地挑衅："白瞎了你这一副好身体，兵不厌诈！懂不？"说罢，又是一拳，我头一偏，这下子实实地凿在松软的地面上。

朕恼了，身体发力，坐了起来，一把薅住刀客的脖领子，想将这个家伙摔成泥。无奈用力过猛，这人没出去，出去的是他那整件橘色的上衣。这是一副很奇怪的景象——刀客裸着上身正对着我，我的手停在半空，收也不是放也不是。

就这样两个人都愣了。

我愣住，是因为我看见他干瘦苍白的双肋下，一排排触目惊心的伤痕。他愣住，是因为他看见我的双眼正在看透他的过去，揭开他的疮疤——那一行行被烟头烫过的伤疤。我想问他，是不是因为这个他才老从医院逃跑。话还没来得及讲出，身下一空，两个人就从表面看是地面，实则却是由无数细软藤蔓构架的动物巢穴落入了深涧。

我浑身一震，本能地护住头，继而抬眼四顾满是藤蔓的崖壁，想看看有没有能救命的根须。刀客是个反应很快的人，他也本能地用手肘护头，准备见机行事。但事实上，我们下落的速度和地形的危险程度并没有想象中的糟糕，山壁很斜，我们几乎可以说是“滑”到了地面。就在成功着陆的同时身后飞出无数的灰鸟，它们的羽翼反射出幽蓝的光，这些光就像一夜昙花，转眼消失不见。

头顶一片艳阳天，但这绝非庆幸的好时机，至少我在刀客反应过来之前就觉察到了不妙——河边飘过来几道逼人的目光。一群背竹篓，身穿美丽民族服饰的少女正在不远处盯着我们看，她们的眼神火辣炙热。是的，因为在她们眼前有两个奇怪的男人，一个戴着头盔赤裸上身手肘上扬，另一个则满脸是血做攻击状。

“完了！完了！你赔小爷的衣裳，小爷这可是限量版的，你赔！”刀客捡起他的橘色“开衫”，心疼地不依不饶。

远处的姑娘们发出惋惜的浅笑，朕此刻连死的心都有了，红起老脸，回身一拳，狠狠地捣在刀客的胸口，打掉了自己满地的尊严。刀客捡起头盔刚想骂娘，见到不远处的妹子们，顿时也没了声响。

两个“基佬”臊眉耷眼地溜走了，溜出这个世界，这个令我尴尬的地方。听着身背后姑娘们幽怨的叹息，我们也再没脸上前搭讪。一个不起眼的竹林不用多久就会被人遗忘。但是我错了，之后的很长一段时间里，每当我看到刀客，我总会想起这个被误会的清晨，总会想起那个没机会问下去的问题，那些抹不去的伤疤，那些苦痛的记忆，一个人承受就足够了，我这样想。

江湖
一盏灯

1–1

四十六章 霸王虞姬

竹林尽头有涓涓的溪流。我坐在溪边擦着脸上的血，刀客殷勤地上前赔笑，并示意要帮忙。我让他离我远点，于是这厮躲到一边拿出针线包缝他的衣衫去了，时不时还小媳妇一样地抱怨："你这可有点玩不起啊，踢我那么狠，胸口现在还疼呢。"见我又要发作，他便不再多言。

歇罢，继续赶路。

途经一座悬在山崖的寨子，寨子纵横交错，延绵镶嵌在断壁之中，竟达数十里。崖壁中传出铿锵的敲打，"叮叮当当"的声音回旋在青天之外，隐约能听见汉子高亢的歌唱，滚滚蒸汽不时从高炉烟囱喷涌而出，点点星火飘在山间……矗立在蛮荒葱郁和工业萌芽的交汇之地，这片山岭绿绿的、星星点点的、雾蒙蒙的、呛呛的，说不出的震撼。

果断进入寨子，重新物色了两把短刀。打造它们的中年汉子得意地向我介绍，这长匕首一样的刀世上只有他家做得出，从古至今手艺已经传了二十一代，每一代只做九把，我这两把的编号是"壹"和"玖"，是他的"封山"之作。端详这个汉子，貌不惊人言不压众，但他打造的刀却似带有魔力，那里面充满了祖祖辈辈的执念，朴实而有内涵，锋利又内敛，还有股子民族的辣糙和狠劲，我十分喜欢！

铜币是老庄复制的，给钱的时候我没含糊，把铜钱一股脑地倒在案台上，我瞥见钱上印着一个个做弹手状的汉子，心想着，这该不会是老段家的"弹指神通"吧？打刀汉子大概从没见过那么多钱，他喜笑颜开地连声道："老表你很有眼光，我的刀会令你如虎添翼、霸气侧漏的。那啥，寨子里有人盖房摆酒我领你去，不醉不归！"

这时，我远远就瞥见刀客慌慌忙从某户人家二楼的窗户翻了出来，与此同时，一楼传来了一个女人的惊叫。我立马谢绝了他的好意，与刀客快步出了山寨，还没走多远就听见身后传来汹涌的呐喊，我俩跌跌撞撞险些跌入万丈深渊。

"一楼住人，二楼养猪你见过吗？"刀客悻悻地说。

我们匆匆地离开，我自觉再不会回来。一个深山里的寨子不用多久就会被人遗忘。但是我错了，之后的很长一段时间里，每当擦亮刀锋，我总会想起那个短暂的午后，混合着民族的不羁和滴在铁砧上的汗味。

入夜，山洞里燃起篝火，刀客烤着“借”来的腌肉，糯香的饵块蘸着浓郁的腐乳老酱，这些香味弥漫在洞顶，在我的舌尖爆开，滚落进食道，在胃中激起阵阵回响。

“你应该去当个厨师，别糟蹋了你的天赋。”我磨着手里的短刀。“你打算怎么做？”刀客过滤了我的赞美，直奔主题。我不咸不淡地说：“先去河上游，或者到城里打听一下。”伤口初愈结痂处很痒，只要一想起小桃，又胸闷难当。

刀客不再说话，我添了些柴火拧开鹿皮水袋递给刀客。他灌了一口递还给我，我也把辣燥燥的烧酒饮尽，胸口激起一阵刺痛，大半的酒又被咳喷在柴堆上，火焰“轰”一声蹿起老高，火星拔丝冲上九霄。我直起身，来了兴致：

我本是吹箫巷散淡的人，不论阴阳不保乾坤。
老庄下西南御驾三请，与刀客并穿越鼎足三分。
官封到武乡侯执掌盗印，东西征南北剿穿越古今。
周文王访姜尚周室大振，汉诸葛怎比得前辈的先生。
闲无事在洞中我亮一亮嗓音，哇哈哈哈！

刀客盘腿也唱起来：

川爷说话言太差，不由刀客怒气发。
一十二岁习弓马，威名镇守在本家。
自从归顺了老庄爷的驾，匹马单刀我救了你的驾。
斩关夺寨功劳大，川爷不信在功劳簿上查一查。
亦非是刀客夸大话。

不得不说，刀客是个有意思的人，我很喜欢他。但是，他认识我，我却不认识他。刚才他唱得很好，很有味道。

“牛头不对马嘴，你给我唱什么《定军山》。”但我嘴上不服输。

“你唱的那些后面我不会唱，这个怎么样？”他站起来扭着身子，“虞看大王在帐中和衣睡稳，我这里出帐外且散愁情。轻移步走向前荒郊站定，猛抬头见碧落月色清明。适听得众兵丁闲谈议论，口声声露出那离散之情。我一人在此间自思自忖，猛听得敌营内有楚国歌声……”

我望向洞外，面对浓浓寂寥梗着脖子："十数载恩情爱相亲相依，到如今一旦间就要分离。乌骓马它竟知大势去矣，故而它在帐前叹息声鸣。力拔山兮气盖世，时不利兮骓不逝。骓不逝兮可奈何，虞兮虞兮奈若何！"

火光将我们的影子打在洞壁上，荒诞抽象，好似一幅上古岩画。

四十七章 咒语

这个世界正值春末，到处都是郁郁葱葱，一路行来人烟稀少，身边偶尔会掠过几只不知名的生物。头顶是一片碧蓝高远的天空，衬着眼前这满目的深邃，我竟然有种超脱之感。

我们途经一座巍峨高山，停在山脚抬头远眺，隐约望见山后有座孤寺。我正想着要不要上山去借宿，忽闻一阵尖锐的唢呐声，敲敲打打一队人马从残破的石碑群中踱出，来人一个个披麻戴孝，白森森的，好生晃眼。

我和刀客站定，看得一行十四人，鬼魅般与我们擦肩，排头和最后的人，他们手中都举着顶巨大的华盖，那华盖无风自动，拖出无数白的、长长的轨迹，这些线条缭乱地划过我的视线，我用手一拂，好似又拨出更多的离愁。

人群中间有一个肤黑白须的老汉一嗓子吼起来：

五里平川百里山，三千世界酒一坛；
前面走后面唱，有人去无人还；
闻听莫问铃声处，十里长亭九道弯……

这声音浑厚苍凉，听了让人鼻子发酸。

没有棺木，也无人哭泣。“这葬的是谁？”我起初只是自言自语，直到刀客回答：“不是葬的谁，这是《定魂咒》，安抚无主的灵魂。别小看这些人，他们都是有道行的。”我转头看向身后，发现唱歌的老人也在回头看我，他的眼神很奇怪。

“这个你也懂？”我不自在地快步向前。

“麻园一枝花也会唱这样的歌。”过了很久他才开口。

路上我们有一搭没一搭地聊着。“你在长坡住了多久？”我问。

“从十岁开始断断续续快有十年了。”他答。

"没见你发胖啊。"

"其实我没病，我爸妈都知道，医院里的人也知道。"

"那怎么还把你往里送？"

"他们都忙着做生意，其实我家条件不差。但是我爸妈文化程度不高，知道我能看见一些别人看不到的东西，他们解释不通，就只有往医院里送。"听罢我没说话，继续向前走。

"我觉得獭獭和大狸子他们都没病，只是生得太超前了，一般人没法理解。"

"你说的是你的病友吧，他们现在在哪里？"

"笑傲江湖去了。我们相约二十年后在西山猫猫箐相聚，看看到时候谁能领悟到'江湖'的真正含义。"

他的话触动我内心深处的弦，我转头望向他："什么是江湖？"

"其实你们都懂，只是你们假装自己不明白。"刀客忽然深沉了，他的深沉为江湖的定义注入了新的内涵。

那首《定魂咒》则一直萦绕在我的耳际，久久不散。

四十八章 蓦然回首，灯火阑珊

音叉在第四天发出了光芒，它躺在刀客的胸口，像一轮月亮。这天傍晚，远处传来一声闷雷，就在白光过处，我看见前方山地中有星点的城市之光，那里是否就是此行的目的地？

几个小时过后我终于明白了老庄的用意，因为越靠近那些灯火，我就越觉得熟悉——这是一座被放大了无数倍的吹箫巷，它屹立在群山包围的盆地之中，摇动妖异的灯火引领着每一个想要到达的人。

这是一座很有腔调的老城，踏着山崖边厚重古朴的石板，我们飞也似的冲下陡坡。

大雨如期而至，刀客和我滑进人群喧闹的中央广场，任由雨水打在身上。行人变成了大河里的鱼，五彩斑斓穿梭其间，盏盏红灯被大雨润湿，写意地晕染开来，又狂放得令人感动。酷似吹箫巷的青石板路面纵横交错，形成一道道附着前世的网，纷繁的信息涌入视网膜，大脑一时半刻没法过滤，于是，我们被粘在网中，迷失了方向……

不远处有一栋开满雏菊的高楼，金灿灿的，让我想起了老庄手里的罗盘。不由得，我开始回顾与小桃之间的缘分，仔细想来我们无论在哪个轮回都是错位的。在这座金碧辉煌的城市里没有人蓦然回首，存在的只有灯火阑珊。

城墙边贴满了布告，我心虚地低下头。刀客没了主意，问我现在该往哪里走。我指了一处没有人的地方。

“你就不能把头上那个夜壶脱掉吗？”我没好气地说。

“不行，戴着头盔才有安全感。”

“但你的安全感不能凌驾于我们的生命之上。”说着，我恨恨地朝他使了个眼色。

刀客穿得太显眼，对面巷口依着几个青衣大汉，有个长小胡子的直勾勾地盯着我们看，这些货的眼珠像狼一样发出绿光。

“街上人多耳杂，先到巷子里再说。”我们默契地溜进一条幽深的巷子，那伙人愣了片刻却没有跟进来。

点了一支烟，背靠着墙，这堵高墙散发出熟悉的热气，望着对街摇曳的红烛和闪烁的灯火，忽觉恍若隔世。看样子那伙人还是没有进来的勇气，于是我俩继续在黑暗中吞云吐雾，谁也没有说话。这是继高三之后，我第二次抽烟，奇怪，为什么会是第二次？

吐出的烟丝很快被引力俘获不再往上，雨水从屋檐滴落，敲得人懒洋洋的。这夜，何川混迹在大雨中。雷鸣骤起雨珠帘，我四顾相盼，在前世与来生交叠的路口传来了曼妙的洞经，丝竹缭绕，声声入耳。

一队举着红烛的人马从雷声中显现，我不知道自己看见的是不是幻觉，只是僵直地挺着身子，焦虑着，胸口憋闷异常。

不知是谁人迎娶，嫁的又是哪家姑娘。雨丝浸透了她的红罗，红得太耀眼，湿了我的眼眶。狐狸的幻象出现在雷雨的夜里，她倚在轿中没有看我，我的心好伤感。

与此同时，破锣声响，尖厉的唢呐声划过夜空，另一队人马的幻象吹吹打打突兀地跳将出来，巨大的白色华盖拔出千丝万缕，剪不断理还乱。时空交叠，两队人马义无反顾地向前，这一红一白的队伍在闪电中交会，就在我的眼前迸发出无数火光。

与前世的擦肩我熬过了千年。影像散去，我抬头，看见城中升起的烟火，它们与前世今生迸发的璀璨重叠在一起，继而湮灭在陌生的城市里。我低头，告诉自己，我要的不只是相忘于江湖！

“川哥你看！”刀客兴奋地掏出怀里的音叉，音叉在古旧的木门上投射出一道金色的光，我开始耳鸣。

事情比想象的还要顺利，但我的情感是不愿意接受的，这次回去不知何年何月才能再来，我答应过三途川，有些事情必须有个了结。

江湖
盏灯
花嫁

四十九章 天注定

门上的投影不断扩大，吞噬着我在这个世界的权力。丢掉烟头，转身，我做出了决定。

刀客拉住我，他叹了口气："其实，这不是你的人生，你没必要卷进去。"

我苦笑，他不是我，没有体会过那八万四千年的煎熬，现在再来说这不是我的人生，已经搪塞不过去。"你叫老庄想办法在三个月之后重新开一道门。"我给了自己一个期限。

他加重手腕的力道："我明白你的感受，我也能看到我的前世，看见我和瞳灵。但你要清楚，你是你，三途川是三途川！"说完他手一松，把身上的包裹递给我。

投影中老庄的脸渐渐清晰，他喜笑颜开的老脸上带着一丝得意，那张开的双臂好似救世主一般，这肢体语言好像是在说——怎样？我厉害吧，你们这些好逸恶劳的青年，在我技术宅的光辉照耀中颤抖吧！

然而，哥并没有买老庄的账，我将刀客推进发光的木门里，刀客似乎还要急着讲什么，我不耐烦地说："我知道！"接着从后面给了他一脚，姿势很帅。刀客冷不防地跌入光线中，我看见了老庄惊讶扭曲的脸，还伴着刀客一声朦胧不明的叫喊："你知道个屁……"而后，他们双双消失在贴有年画的门里。

一切又归于黑暗。

"吱呀"一声，老旧的门板开了一条缝，一张黝黑的老脸拱了出来："住店？"开门的提着一盏红灯，逆光打在他的脸上，我整个人一阵恶寒。猛地抬头，看见门匾上面写着——"江湖一盏灯，喝酒吃肉，吃肉喝酒"。退后定睛观瞧，倒吸一口凉气，我去，这人确是马老倌无疑。

"是要住店？"他用浓重的方言又问了一遍，我彻底讲不出话来，刚想上去拥抱他，这货狠狠地瞅了我一眼，"啪"地把门关上。屋里传出一枚苍粗犷的声音："哪个敲门？""是个憨包！"马老倌回答。

我乐了，刚要扑上去顶门，身后就袭来破空之声，我的身体迅速反应，本能地低头，抽出短刀，闪到门柱后，只见一把巨大的飞斧横劈在我刚才站立的地方。

“就在里面！”来的是之前巷口的青衣大汉，他们拿着告示，上面画着我 360 度无死角的脸，不到几秒，来人就把狭窄的巷子堵住了。不明真相的群众已经认为是三途川杀了“屠夫”，黑衣人想必就在附近。巷子太窄，离广场又太近，我对自己的实力还没有把握。

大汉们向前我向后，大家都很矜持，谁也没敢先动手，我估摸着再往后退些，等到全身没入黑暗就翻墙逃走。怎料，还没退出几米，我的背就抵在一块冰凉的东西上，哥心底一颤，但脸上强装镇定，背过手摸去，硬硬的像木头，这东西体积很大，我使劲抵了抵，却纹丝不动，索性扭头一看，竟是一排还未上漆的棺木横在路中间。

有几只灰鸟从虚掩的棺材里飞了出来，与此同时哥心中暗叹，罢了罢了，天堂有路你们不走，地狱无门你们还闯进来，就在这里试试我的新身体吧！

雨突然停了，空气湿漉漉的、黏腻腻的。

察觉到我的犹豫，带头的小胡子不疼不痒地笑起来：“江湖上都把你传得牛烘烘，今日一见不如闻名。”我瞅着这小胡子觉得有点面熟，一时间却怎么也想不起来……

五分钟后，还有一口气的喽啰们作鸟兽散。望着地上一具具昏厥的躯体，说实话，我自己都很惊讶。前几天与刀客的“友谊赛”根本算不上交手，今天朕总算是开了眼，见识到三途川送的这份礼是有多么厚重了。

如果说原先的何川是一个战斗力只有五的渣，那么现在的何川只消一个起手式，就有二百五。短短几分钟之内，各种武侠片里的高难度动作我都能做得出来，什么托马斯回旋，根本入不了朕的法眼。这副身体蕴含着不可估量的潜力，要是能有点魔法效果，洒家这辈子也就值了！

带头的小胡子意识到了事态的严重，在我把他的头按进年画之前他流下了忏悔的眼泪：“三爷，小的错了，求您饶小的一命，小的绝不会透露三爷的行踪！”我手上一用力，马老倌家的门板开了个洞。“爷爷正要找人呢，你倒是赶紧给我四处去说。把那个穿黑衣裳的也一起叫来！”

就在这时，屋里传出杀猪般的咆哮：“哪个？是哪个狗日的在外面闹？”马老倌提着他的杀猪刀再次拱了出来，口中不干不净，单手一指：“呔！蒋二狗子，你敢欺到老子头上？”说罢，大刀一挥，小胡子的头就脱离了他的身体，结束了短暂的一生。

冥冥之中有一根线，它缠在我们所有人的身上，它告诉我，蒋二狗子无论是在前世还是在来生，都“注定”是马老倌的刀下鬼。我一头的冷汗，马老倌看着我，我看着马老倌，老头满脸都是不屑，哼了一声提刀隐入门后。

这时身穿民族服饰的一枝花已经倚在门口，她用一种意味深长的眼神看着我，旱烟入嘴，吧嗒吧嗒，过了好久鼻翼窜出一缕琢磨不定的青烟：“三途川，吹箫巷的老老少少都感激你。不过，这里你可待不得。”说完，她掏出一张纸递给我，纸上画有一朵雏菊花。

“后会无期。”这是一枝花最后的交代，而后她紧闭屋门，再不容我说上半句。

我拱拱手，识趣地翻过围墙，朝人最多的地方走去。这朵雏菊我刚才见过，就在灯火阑珊处。

一盏灯
在水一方

五十章 如梦令

抚弄尘的沙，对镜愁看你的发；镜中人不是我，五百年的阴错阳差。
挑灯荒漠下，客栈里人面桃花；那箫声已远，风沙盖过，你声音沙哑。
沙非沙，落入凡尘谁人家？雾非雾，雾里看花。
抚弄裙的纱，情花辔头愁绾发；你说你不是你，五百年的阴错阳差。
挑灯荒漠下，客栈里人面桃花；那红尘已远，风沙盖过，断肠天涯。
花非花，落入凡尘谁人家？雾非雾，雾里看花。

趴在一座名为“倦”的青楼之上，听得下方一名婉约女子吟唱，不是满江红。

都闻青楼女子价高情更高，人如柴草，从出生那一刻起就在燃烧。这些女子都是一夜花火，不求久长，却成了我眼中一秒的永恒。

一曲唱罢，就见那女子打发了乌龟和大茶壶，仰头笑道：“三爷，梁上可是有别样风光，奴家唱得可好？”我心中一凉，想跳下去捂她的嘴，妹子赔笑，笑得有些勉强，她指了指架子上的一盆清水，我在里面看到了自己的倒影。

我出示那张画有雏菊的纸，她心领神会地点头吩咐完茶点后，又雀跃地拿出一沓画有三途川白描画像的通缉令，期盼地对我说：“三爷，可否在上面签上您的大名？”

我接过通缉令，眉头一皱，只见上面写道：“大滇第九五二七号红色令，通缉，大盗三途川某某年生人，籍贯Y省……”中间字迹太潦草我看不懂，只注意到左下方写有：“悬赏白银一千两。”

我叫妹子准备笔墨，她又心领神会地补充：“这是第一版，有纪念价值，但是画得太次，没您本人帅。”

研好墨，她恭敬地递到我面前：“一枝花吵得最凶，她说她不喜欢东洋风格，所以通缉令贴一张，她给撕一张。后来来了个西洋画师方才画得传神一点，但还是不及三爷一半俊美。”说罢，她面色羞红地看着我，我也看着她，心里有些尴尬，想着，要是她们看见刀客，岂不是肠子都要悔青了？

见姑娘娇滴滴媚眼如丝，我干咳了一声，把“白银”两字画了，改成“黄金”，又在通缉令的最后落了一个款“何川到此一游”。这字写得实在是丑，妹子看罢还连连称好，她的这种安慰令我很受伤。

见她小心翼翼地把通缉令收好，我又开始担心起小桃。刚才牛刀小试，实际上还不足以抗衡黑衣人，这点我心知肚明。但现如今没地方可去，于是，我决定先住一晚。

姑娘备好了酒菜，我们就聊起来。

她说她叫小婉，这个地方名叫吹箫巷，是个阴阳交汇之地，吹箫巷外还有另一个“世界”，那里是一个多民族、多文化聚集的开放联邦制国家。她说，各邦连年征战，国号时时在变，大王刚刚“被下马”，官员纷纷力争上位，没有人真正在乎大盗三途川做过些什么。

她让我不用担心，因为从古至今吹箫巷都很少被外面的世界问津。贴通缉令只不过是例行公事，风声过后我又可以重出江湖。

我苦笑，问她见没见过一个黑衣黑铠异常高大的官员，她摇头。我问她知不知道一个叫阮桃的新王后，她摇头。我又想问，她还是摇头，接着又敬酒一杯。之后我们又聊了很多，她说她在等待真爱，我说我在寻找真爱……

昨夜雨疏风骤，浓睡不消残酒。
试问卷帘人，却道海棠依旧。
知否，知否？应是绿肥红瘦。

一曲《如梦令》，一夜落花雨，我们都醉了……

旋木

江湖
一盏灯

五十一章 相忘于江湖

小桃出现在我的梦中，她倚靠着我的后背，浑身湿漉漉的。

我想转身看看她，她却用手挡住了我的眼睛，她的手很凉，我用手按住，想传递一丝温暖。就这样，谁都没动作。她在哭，用脸颊轻轻蹭我的背，良久，泪水打湿了一片。小桃不停地颤抖，终于有了一声幽幽的叹息："下辈子，换我来找你好不好？"

我不争气地哭了，这眼泪是为苦苦追寻了小桃三世的大盗而流。我想告诉小桃，我并不是三途川，我只是一个混迹在市井的Loser，正在经历着不属于我的一切，其实我承受不起如此刻骨铭心的爱和等待。但最终讲出来的却是："我要的不只是相忘于江湖。"

梆子声响，三长两短。凌晨的风吹开窗，纱帘和着雨丝抽打在我的脸上。有温热在身旁，是小婉。我将她抱起，放在床上，掩门，离去。我的心空了，小桃已死，就在刚才，就是今晚。别问我为什么，我就是感觉到了，但仅只是感觉，都叫人肝肠寸断。

最终还是来晚了，我悔恨这几天的自由散漫，早知就应该日夜兼程。想起三途川最后对我说的话，如一个个响亮的耳光抽打在脸上。站立雨中，摇摇晃晃，远处的雷鸣在天灵盖上杵了根引线，白光划过后引线被点燃，胸前的伤口便撕裂开来，露出一个洞，将我的无能和小桃的无助生生地暴露，尊严流淌出来，我无所遁形。

昏迷之际，我想起很久很久以前的一个梦：

我和我的母亲在红旗小学的老路上走着，那里正在举办一个"回忆K市"的活动。有人拉着黄包车载着我们穿梭在K市的条条老街里，并且不厌其烦地向我们介绍。那怀旧的气息混合着古老的氛围，竟然让人有一丝伤感。

终于到了最后一站，我站在一条幽深老街的巷口不敢向前。母亲对我说："要是走累了，就在这里等我吧。"说罢，走远。

我站在一家卖花鸟鱼虫的老店门口逗弄那些鸟儿，这些小东西灵活乖巧，会飞到我的肩头和手臂上。我十分惊奇，进而打量起这家老店。大概是很古老很古老了，整栋木制的结构有些倾斜，门板门框都被柴火熏得黝黑发亮，缕缕蓝色的青烟升腾缥缈，鸟儿穿梭于木梁之间，显得很有格调。

我瞥见不起眼的角落里有一只年老的鹦鹉，这鹦鹉十分聪明，会讲人话，而且词汇量丰富。我非常之惊讶，随口问："这鹦鹉卖吗？多少钱？"店主是一个古稀老人，他微微地欠了欠身，谦卑地说："这只不卖的。"我只是随口一问也没多想。

就在这时，来了个貌似官员的中年妇女，她张嘴就骂："你这老东西不就是想骗拆迁费吗，全部都搬就你一个不搬，请你不要秀下限，并拖我们的后腿好不好？"我嫌恶地瞥了女人一眼，这样的人也配当国家官员？

方才我的提问令老人难堪，因此心中十分地过意不去，刚想道歉，老人却先开口了："我不卖，但是我可以送。"老人言辞恳切而坚决，让我不好拒绝。于是，卖鸟的老翁开始忙前忙后地精心准备着老鹦鹉爱吃的各种食物，还认真地向我交代饲养方法。他水汪汪的老眼刺得我心疼，我看得出他的不舍。不过他也相信我将是一个好主人。

眼前的食物琳琅满目，我掂量着这一份份沉重的友谊抬头望去，发现老鹦鹉早已断气，死在了自己的笼中。这生灵何等聪明，想必是知道老主人要弃它而去，随即悲愤而亡。

老翁站在孤巷默默地哭起来，老鹦鹉和旧房子的下场将会是他今后的写照。房舍面临拆迁，这一铲下去，百年的羁绊荡然无存，千年的记忆也经不起这样的敲打。

我伫立良久，内疚得无法自持。

五十二章　一秒的永恒

心里知道在做梦，但就是醒不过来，我被愁怨魇住动弹不得。终于，在高烧一天之后，我猛地发力，吼出一嗓子，继而醒转过来。喉咙干得要冒火，手一摸，发现体内的水分已尽数被褥子吸收，身上冰凉凉的。

小婉递过一盅汤药，汤里倒映出我那一夜白了的头发。

起身，对镜，发色净白均匀，无伤大雅。我苦笑，笑给自己听，小婉哭，为三途川伤心。她说她才知晓新王后与大盗有一段感情，听闻新王后行刑就在昨晚，那是第一场大雨来临的时候，我和刀客来到吹箫巷之前。

小婉走过来，歉意地轻抚我的背脊。转过身，我抱住她，把脸埋在她柔柔的青丝里。

“还好，昨晚在巷子里我见了她一面。”我自言自语。

“嗯。”她还是轻拍我的背，像慈母安抚受伤的小兽。

“谢谢你昨晚收留我。”我悲痛且无力。

她轻吻我的脸，我也回吻，焦灼的吻，里面没有爱情。吻你不是因为喜欢，只怪拥抱的时候太伤感，大家都是成年人，道理都明白。

小婉身上有一股香味，一种成熟女人才有的味道，一种男人最爱的香。我记起以前看过的一篇科学文摘，说的是人与人之间的相互吸引，有很大一部分是来自味道。小桃身上也有很好闻的味道，虽然没有小婉的香，但更内敛、更自然。

如果我从来没有遇见小桃，怀中的人是不是就不存在？抑或，我们只是存在于小婉的梦中，当她醒来，世界再次反复，你已不是你，我也不是我？何川陷在自己的冒险故事里，而她们，则裹搅着这样那样的过去，被吸入轮回的旋涡里。

失去让存在变得卑微，想要忘记，又不由得伤感起来，黑夜让人太焦虑。

我将要离开，在这个世界抚慰我的第一个夜晚。临走时，小婉的姐妹都来送别。我自觉再不会回来，这个充满“倦”意的高脚楼和那些暖暖的雏菊不用多久就会消散在烟雨蒙蒙之中。但是我错了，之后的很长一段时间里，当我亲吻另外一个女人时，我总会想起这些娇艳的花，她们芬芳的唇带着干净无杂质的祝福印在我的额头，滑过我的掌心。

人如柴草，从出生那一刻起就在燃烧，这些女子都是一夜花火，不求长久，却成了我眼中一秒的永恒。

奔·局部

五十三章 勿忘川

在满是芦苇的湿地里寻找，那些因为沼气和怨气而不腐的尸体，静静地凝固在生命的最后一刻里。

终于，在刑场的下游，在枯萎的荆棘丛边我找到了小桃，只有身体。不过我第一眼还是认出了她，她穿着我们初见时那件绯色的衣裳，左袖露出藕白的手腕，上面有月牙形的红色胎记。

没有风，我静静地立着，就这么望着她，大概有八万四千年那么久。

蹚过齐腰的冰凉，我抱起她。小桃轻了好多，听闻人的灵魂有二十一克，她的那二十一克是否还在这个世界里？抑或是已经随昨夜的烟花逝去，凝固成雨？

就在我用白绫裹起她背在身后时，有千万个二十一克同时哭叫起来，这些或因为羡慕，或因为嫉妒，或因为恨的灵魂，它们齐齐地盯着我的后背，盯着千百年来寥寥无几的收尸人。我并不觉得冷，也没有回头，紧了紧裹在身上的白绫，背着小桃迎着细细的雨丝奔跑起来……

在满是铃兰的岸边，止步于桥下，那里多了一座新坟。

我本想把那块还有余温的狐狸雕花碧玉和三途川的爱情埋在小桃的身边，临了还是决定留下来，挂在自己的身上。

最后的转身，依稀还能瞧见碑上刻着——爱妻阮桃，永相念，勿忘川。

五十四章 抢亲

接下来的日子里我四处打听黑衣人的下落，没有任何实质性的线索。开发身体潜能的训练一直在持续，不过进展缓慢。思前想后我觉得还是应该回到吹箫巷，那里的头绪毕竟会多一点。

清晨，有雾。

途经一个名叫“安宁”的小镇，安不安宁不得而知，但镇口桥头有家面馆，卖的刀削面味道出奇地好。我是今天的第一个客人。

当晨露还没有蒸发完全的时候周围有些冷，青蓝的凉气划过热腾腾的面汤，一股儿时的味道和着蒸汽扑面而来。面香入口，我很没出息地想，美食果然是人生中不可缺少的一部分。我那没有知觉的胃和一颗疲惫的心在这个叫作安宁的地方安宁起来。

正吃着，我发现一个虎头虎脑的胖妞吃着米糕，瞪着圆溜溜的黑眼珠看着我。我不太喜欢小孩子，俗话说得好，爱到三岁恨到老！刚这样想着，胖妞竟毫无征兆地吐了起来，看着地上她吐出来的那一摊，我顿时胃口减半。

“吃吃吃，你就知道吃！猪一样！”瘦高的老板从厨房跑出来，边骂边用手拍掉小胖妞手里的米糕。她妈，也就是老板娘跑出来，边赔礼道歉边嗔怪道：“女孩子家家的，你这样说多伤她的自尊。来，乖乖恐暴，妈妈再给你拿一块，慢慢吃啊，别噎着了。”胖娃咿咿呀呀地哼哼，在她妈的怀里扭动起来。

恐暴爹恨铁不成钢地回了一句：“她吃的时候怎么没想到自尊？”而后老板向我连连赔不是，说这餐免费，又硬塞了我几捆晒干的大救驾，民风真是淳朴。

问明方向刚要起身，就听镇外锣鼓喧天，鞭炮齐鸣，隐约还有个女人哭哭啼啼的声音。最近听到打击乐心里就发怵，我本能地向后退了一步。

“欧耶，又是哪家闺女要被粥懂糟蹋了？”一个唇边刚冒出黑毛毛的男孩跳了出来。老板介绍："这是我大儿子屎沟飞。"

"应该是八街瞎子老李家。"老板娘惋惜。

"要是我早跑几百回了，瞳灵就是个包子，包子一辈子都是包子！"一个清秀的瘦高女孩冒了出来，而后看着她的父母冷冷地说，"你们可别想控制我，姐可不是包子。"老板又尴尬地介绍："我大闺女居咪。"小闺女恐暴对周遭热闹的声响不闻不问，她依旧在她娘怀里扭动，并且没心没肺地吃着米糕。

我仿佛听到了几个熟悉的名字，瞳孔开始放大，手开始颤抖，接下来他们说的什么，我早已充耳不闻。

我抱着大救驾奔到了镇口，远远看清了那个哼哼唧唧的女人，她绕在一架花轿周围左扑右跳，不知是不是一种风俗。我还看见了被捆在马上的瞳灵，她就像货物一样被驮着，双眼哭得红肿。在一旁的媒婆时不时地还会上来抽打她。

耳鸣，强烈的耳鸣，接着就是一股暴躁的怒气，我冲上前去一脚踢在哭叫的女人脸上，接着反手赏了媒婆一巴掌，这俩货顿时消停，整个世界都安静下来。是的，我没朝瞳灵过去，朕的第一目标就是那个跳大神的，哭得真晦气！至于第二目标，没什么特别的原因，就是觉得她很欠抽，现在想来这媒婆长得像是被一枝花下蛊的"虎妈"。

由于哥出现得太快，抬轿的、吹箫的、打鼓的都直挺挺地愣在了原地。

只听得从乡村非主流般花花绿绿的轿子里面，一个有气无力的声音问道："什么情况？"接着粥懂绿黄绿黄的脑袋探了出来，所有人的目光都看向了他。这时，又一个奇迹出现了——刀客不知从哪里冲了出来，抡圆胳膊，一拳捣在粥懂脸上，粥懂号都没号就又跌进他的花轿子里昏死过去。

接着，刀客以"迅雷不及掩耳盗铃"的速度把瞳灵从马上抱下来，扛起就走。跑进树丛时还不忘对我打声呼哨，一副很不耐烦的样子。我拎起大救驾，跟了过去，走了好久才听到迎亲队伍炸锅的声音。

江湖
瞳灵

五十五章 相见不如怀念

快跑大概一刻钟，我们停在一棵嫣红的石榴树旁。

刀客把惊慌失措的瞳灵放在树荫下，我刚想问他怎么又回来了，这厮冲过来一脚踢在我的背上，哥一个猛虎落地式，继而鲤鱼打挺站了起来。我不怪他，真的，我揉着背说："我知道，你担心我。"

"你知道个屁，老子音叉都没来得及拿给你，三个月之后你叫我们去找鬼啊！"原来他当时滚进门板里说的是这个，我顿时语塞，听他又气呼呼地说，"大哥，我不是你，我的身体记录不了时空穿梭的信息。音叉你也没拿，老庄不给尾款，他叫我来这里等你。"

"老庄这个鬼东西，他就只担心他的数据！他这么牛怎么不干点儿正事，怎么不救小桃？"我愤怒地吼起来，石榴花零零落落，有一朵挂在我的睫毛上，红了眼睛。

大家都不讲话了。良久，见刀客欲言又止，随后又突然大叫："喂，别跑！"

我回头，看见瞳灵裹挟着红色的花瓣跌跌撞撞跑出好远，我们随即跟了上去。三个人在金色的麦田里追逐，一抹嫣红、一身藏青和一顶橙色的头盔。

夏日的风从耳际刮过，麦浪将我们的声音吹得很远："妹妹你大胆地往前走啊，往前走，莫回呀头。通天的大路，九千九百，九千九百九……"

记不清是谁先使的坏，我们一直唱，不停地唱，想把前世的无助和无奈一股脑地从脑海里赶走。而瞳灵，她则像一只走投无路的羔羊，被两只狼狗放牧了好久好久。她手上的绳子没有解开，终于，瞳灵一下子失去平衡滚进了荒草甸子里。

歌声戛然而止，我们急忙跑过去，发现她的脸埋在干草之下，浑身抖个不停。刀客愣了，我走过去翻她起身，瞳灵满脸涨红泪眼婆娑，想必是羞愤交加。看她这般情形，竟然比刚才绑在马上的样子还要可怜，这一场景令我和刀客自惭形秽。

忙解开绑在她手上的绳子，之后，瞳灵的拳头就像猫爪一般挠在我们的身上、脸上，两个大男人还不敢还手，由着她打。最后她打累了，打在头套上的手也红肿了，瞳灵终于不闹了。

刀客轻声开口：“你别怕，我们不会伤害你。你的外公我已经打点好，稍后我们就送你过去。”

我看着刀客，刀客看着瞳灵：“救你不为别的，只想让你见一个人，就在安宁东面的清水沟。”

得知自己将要与外公会合并摆脱粥懂的纠缠，瞳灵不再抵抗，她乖乖地跟着刀客，我也默默地跟着他们走。穿越十几里的广袤麦田，一路上谁也没再多话。

偶尔飞过几只灰鸟，它们携带着尖利的叫声穿过田野，掠过山林，将路上的所见所闻带到不知名的远方。

到达清水沟时已近黄昏，刀客在薰衣草丛旁止步，他指了指湖滩前的一块空地对瞳灵说：“一会儿有个人会来，他会带你找到你外公的。”说罢，递上满满一包铜钱。

瞳灵心里万分感激，她接过口袋，温柔地看向刀客，接着朝我轻轻地点了点头，未开口声已到。她小心翼翼地说，有人远远地跟着，不出半个时辰就到。

一个激灵之后，我反而释怀了，跟着的人不是黑衣男人还会有谁？和小桃之间就只差这个交代了，虽然我不一定能杀了他，但只要我和刀客联手，将他打成残废还是可以的。我微笑，也朝她点了点头。

瞳灵走出薰衣草丛，夕阳最后的余晖将她的红色小袄照得闪亮。

刀客突然喊了一声，瞳灵回头，看到的只是男人在夕阳中的剪影。我见刀客拿出一柄古铜色的罗盘大声说：“之前经历的不过是梦一场，没有石榴花，没有麦田，重要的是今后，是来生。该见的一定会见，不该见的，相见不如怀念。”话音刚落，罗盘就喷涌出金色的光，瞳灵只是愣了片刻就转身朝湖滩走去，再没转过头来。而那枚罗盘也完成了它的使命，变成了透明的沙砾随风飘散。

刀客刚才那番话又何尝不是对我讲的？好一个相见不如怀念！

伫立花海，看着瞳灵远走的背影，我不自觉端详刀客的脸，逆光中看不真切，他的肩膀在风中微微抖动。

湖滩对岸传来破空之声，我耳鸣，冷不防，远处一个少年跌跌撞撞地从另外一头的薰衣草田里滚将出来，径直滚到了瞳灵的脚边，来人穿着写有“长坡精神病院”字样的病号服，中等个子。我有幸见过刀客的脸，再看那少年，心中了然。

“小桃命里有劫难，你与黑衣人终有一战，而年少的我注定要在这里与瞳灵相见。一切皆注定，我们多加干涉也是枉然。”

灰鸟飞来又走远，它们的羽毛反射出高深莫测的光。

站在刀客旁边的我“矮”得不止一截，心里不由得感叹，半句都不能言。看着远处相对的一双男女，我竟是第一次目睹别人坠入爱河，当事人可能都还没察觉，我却不由自主地脸红起来。

江湖
一盏灯
红墙

五十六章 平行的多巴胺

年长的刀客目送年少的他慢慢走远。少年刀客和瞳灵的故事将在他们自己的维度中展开。而被困在平行世界里的两个老汉，则在原地等了足足两个小时都没见黑衣人的影子。无奈，他们只有趁着夜色寻一个安身之处。

我问刀客："老庄上次夹在门框里没来救我，这情有可原。这次他为什么不自己来？他又什么时候能来？"刀客说："老庄发现传送装置很不稳定，得留下来修理。我不会摆弄那些高科技的玩意儿，所以还是只有自己一个人过来。另外，老庄频繁开启平行世界的通道，星槎能源耗尽，于是老庄去找同伴补充燃料了，想必我们还得多等些日子。"

我又明知故问："这次除了音叉、铜钱和罗盘之外，老庄还给了什么生猛的宝贝？"他说："我本来想让老庄带些粒子炮、太空枪、黑驴蹄子、桃木剑、符纸什么的，但是老庄只说了一句'我不是机器猫'。"我不再多言，想必这就是所谓的天意，看来终结黑衣人注定只能用冷兵器，而且是以一种"烂人"的方式。

清水沟虽然叫作"清水沟"，实则却是一个颇大的内陆湖。我们绕湖来到一个码头，如此深的夜竟还有船只往来，港口灯火通明，捞捕鱼虾的船只纷纷靠港，卸下一天的满载。

有人在放河灯，袅娜的身影在湖波间流转，我虽没兴致，不过也本能地如飞蛾一般，没出息地被吸引过去。但就在只有数十步的距离时朕就再也没有办法向前，刀客视力可能不好，还想往里钻，被我一把拉住转身就要跑。

就在刀客纳闷之际，我们身后响起了无数个"大汉"的声音："哎呀，大爷别走啊，来玩呀，来快活嘛。"只是一瞬间，我们就被无数个"钟离无盐"包围，她们个个香气扑鼻，却庸俗得令人反胃。

刀客头盔被挤掉，顿时引来无数的尖叫，他被比自己壮出三四倍的"娇花"们撕扯着："大爷，我们都是本地货，今晚酬宾不要钱！"我的胳膊也被几个娇花钳住，一时间动弹不得。只见一个约莫四十岁的阿姨，晃着她丰满的胸脯对我说："小伙子，来，别害羞，只要三十块让我把你干掉！"我强忍胃部传来的不适，肩膀用力，抖开钳住我的"大汉"，一脚一个将她们踢入水中，杀出了一条活路。心里越想越恨，不由得暗骂："朕到底是有多差，刀客免费，我还要倒贴三十？"

刀客在远处被夹得动弹不得，他本来有点功夫，现如今被胖肉们钳住也无计可施。这时我身后又追来几只"钟离无盐"，无奈只有翻过沟渠，跳到对面的堤坝上再做打算。

娇花们眼见到嘴的鸭子就这么飞了，悻悻地转身嘴里还不依不饶，她们发出男人一样的声音："瘦不啦唧的还敢反抗，姐姐们睡了你是你的福气什么玩意儿？"我一阵恶寒，望见她们又朝刀客的方向涌了过去，情况十分危急。

这一群娇花个个都是孔武有力的"好汉"，刀客急了，他效仿我，把她们踢下水之后，这些水性极高的"大汉"又兀自游上岸来，好歹是一条人命也不能真杀了她们。我站在对岸定睛观瞧，对面少说有三十来号人，到底要不要过去救他，我一时间也拿不定主意。

刀客自始至终没吭一声，他视死如归地看着我，我也看着他。哥终于忍不住，不厚道地笑了，我强忍幸灾乐祸的冲动朝他摆摆手："好好玩，我会去找你的！"

一艘满载的渔船驶入河道，阻挡了我的视线。

刀客的身影在闪耀的银光中被拉长，拖远。看那满床的银鱼，它们自知大限将至，徒劳地挣扎翻滚。而我这个远观的人将一切尽收眼底，却无法体会个中苦楚，在我看来，它们竟然是欢喜雀跃得很！不由得在心中吟起诗来："常记溪亭日暮，沉醉不知归路。争渡，争渡，惊起一滩鸥鹭。"

刀客被"好汉们"挟持着走进巷子深处，我尾随其后，想看看他最终会被囚禁何处。沿途遇到晚归的渔夫，他们前脚刚上岸，另一堆放河灯的娇花们后脚就跟了上来。渔夫们很是豁达，脸都不看搂起娇花就走，惊得我暗暗咋舌，不由得肃然起敬，真是应了那句话——关了灯都一样。

刀客被关进一间大屋，我研究着他今晚过夜的地方，这是一座俗不可耐的四层吊脚高楼，楼上雕梁画栋，大朵大朵的牡丹金金红红。房间收拾得倒是干净，但我不想在此地多留，转身，独自去找另外的住处。

这个港口怪得很，我走了个把小时没有见一间客栈。放眼望去，错错落落，深深浅浅，竟然都是妓院。没办法，只得再往深处钻。巷子幽深蜿蜒直达山顶，唯一令人欣慰的是越往里走妹子越好看。

夜色深沉，街道里起了层清幽薄雾，我不禁再次回头，望着那遥远的湖面，恍惚的烛火承载着方才还婀娜多姿而现在则变得光怪陆离的身影，自此，河灯在我眼中再不是清丽圣洁之物。

我现在没办法离开这个充满欲望及荷尔蒙的地方。我困倦，但又无法入眠，此起彼伏的呻吟让人心慌，不敢正视头顶一扇扇喷火的窗，道貌岸然的我虚亏得抱头鼠窜。之后的很长一段时间里，每当对着电脑，我总会想起那个赤裸裸的夜晚，混合着湖岸腥咸的风和甜腻的多巴胺味道。

惊鸿
江湖
盏灯

五十七章 客栈

巷子里传出遥远的犬吠，我已经困乏得不行，四周渐渐安静下来，此刻我正身处山顶的街巷之中。抬眼，一盏长灯上端端正正地写着几个大字——冯家客栈。再往上，看见头顶一线天。

忽地，有琴声传来，约莫是来自星空的方向：

雷鸣骤起雨珠帘，打湿心头一片。
灯花摇曳，红烛浅。
四顾相盼，忽闻前世香。
幽深传经颂，化作一缕香灰。
美人犹抱琵琶无弦，琴声远。
雷鸣骤起雨珠帘，离人无限想……

歌词被吟唱之人的优美声线演绎得丝丝入扣，整首曲子显得愈发哀婉、凄美，我相信这里会是一处夜晚的好归宿。

推开虚掩的雕花木门，房里透出温暖的光，典雅的幽香浸透出来，只见厅堂深处点有很多白蜡烛，有人端坐帷幔之中，一曲唱罢欲再抚琴，“啪”的一声，弦断了。一个温婉美妇在帘中回眸，夜风吹散她绾起的长发，桌上的檀香拔出丝来，断断续续。

面对如此撩人的美景我险些没有控制住，头晕目眩，忙扶住门框，干咳了两声说：“你好，我想住店，还，还有空房间吗？”少妇没说话，微微欠身抱起她的胡琴飘然而去。

“客官住店？”我正在看美女，幻想着她会跟我说些什么。忽闻一个男人的声音，顿觉得像是吞了一只苍蝇。

“啧，”我抿抿嘴转向声音的来源，“请问，有空房间吗？干净点的，最好带洗手间。”

“有的，请随我来。”来人是个十七八岁的少年，眉目细长深邃，忧郁的少年一枚。他挑拨手中的灯芯，屋里就更亮了些：“许久无人投宿，因此楼上没有点灯，我这就帮您点好。”

见他服务态度不错，朕也就没板着脸。随他上楼的时候，听到他朝楼下喊了一声：“嫂子，天凉多加衣。”我还没回过味来，这厮又补了一句，“药煎好了，我带客官住下，就给你端过去。”

是我不纯洁了吗？怎么感觉有一股奸情的味道？夜深、露重、弹琴、孤男、寡女、檀香、体弱、多病、煎药、久无人投宿、叔嫂、姐弟？靠！朕顿时成了个千万瓦的小太阳，烤得这两人亮堂堂。我不信，朕不信！

和衣睡下，约莫听见小叔子敲开嫂子的门，这药是端进去了，却没听见端出来的声音。哥不淡定地胡思乱想，继而翻来覆去，床褥子都滚起一层毛栗子，就这样，我竟然还睡着了。

五十八章 梦魇

梦里，听得清脆的铃声响。

睁眼，我坐在一辆出租车的前排，那叮叮当当的声音就是从车内的倒视镜下方一串观音挂件传出的。偏头，看见开车的是个中年妇女，这女的对我说:“我带你去一个地方，有人在等你，去晚了就来不及了。”

于是我们开车来到一座气势磅礴的山前佛寺，停车下来，她说：“我引你过去，跟好别走丢了。”

再次端详这座寺院，依山傍水，深幽雅致，我不懂风水都觉得这里应该是个好地方。刚想从大门跨进去，她拉住我：“哎，别走空门。”于是她引着我窜进寺院旁边的一扇半开的小门，跨过门槛的瞬间，那个女的就消失不见了。

与此同时，我察觉自己一半身子还在现代，跨进去的另一半已回到了过去。

时间与空间的错位，我看见无数古代的善男信女徘徊在殿堂门口，他们点红烛烧高香，寺院里充斥着念念有词的“咒”。一炷香燃尽另一炷再次点燃，清幽的烟尘缭绕梁柱，永永远远都消散不去。不远处有人点了一大把香，蘸了油的香火“轰”地烧了起来，贪欲借由火势攀上香头，而后又猛地随风逆袭下来，灼痛了香客的手。最后香客把持不住，一股脑地将香烛撂进炉子里，歪歪斜斜的信仰四处散落，经不起考验。

梦中的我不受意识的控制，一步步向前走着。

透过正午的阳光，依稀看见饱受香火供养而变得黝黑的神明佛像，这些佛像异常高大，它们或立，或卧，或怒目，或静养，或视，而又不见。我不由得在心中想，每一次叩拜或抬头，这些塑像的面目会不会因为这些男男女女的愿望而变得阴晴不定?

记起此行的目的继而收回思绪，我专注地寻找方才那个女人的身影。直觉引领我再往寺内深入，等我意识到的时候周围早已空无一人。四下观瞧，我立于一座深幽空旷的大殿。大殿正中有个神坛，神坛中央摆着几盏残烛，它们摇曳挣扎气若游丝，蜡烛的光线勉强照亮周围几米的距离。我立于绝对的黑暗中，窥见正中烛火里有一尊坐化的金身，这尸身通体漆黑，却不似一般塑像是因天长日久的熏陶而变黑的，这种黑仿佛是与生俱来的，漆黑的颜色里还泛着幽蓝的光。

大殿里空荡荡的，无边无际，里面只有两个人，一个死一个活。一个早已坐化升天，一个站立良久不发一言。

我们对望，猛地，有诵经之声从四面八方涌入耳际，声音越来越大，我头痛欲裂，继而四肢酥麻失去行动能力。就在这个时候，我看到那俱坐化的金身睁开了眼睛，那里面没有光，只有一片死寂。他缓缓地抬手，对我做了一个“嘘”的手势，随即，诵经声骤停。

我一个激灵，瞳孔放大，是的，就是他，那个黑衣黑铠的男人！脑际一股电流闪过，我想赶紧从梦中醒过来，手拼命去抓我的刀，却发现自己被梦魇魇住，动弹不得。

与此同时，有人从身后蒙住我的眼睛，黑衣人贴在我耳际，他用男人低沉的声音对我说：“还没完，你得看下去。”

江湖一盏灯

五十九章 冥冥

时空转换，黑衣人在梦中让我看到了他的前世今生。

阳春三月，一抹微光。昨夜客栈里的温婉美妇，现如今立在了佛寺的香炉之前，她叫作秦香兰。

冥冥中难道真有天意？秦香兰在心中祷告，朱唇未启她心仪之人已到近前。来人是个魁梧的汉子，天庭饱满，地阁方圆。我知道，他就是没有魔化之前的黑衣人，他在梦中对我讲，他叫冯如善。

冯如善身后跟着小他七岁的亲兄弟——客栈里的殷勤少年，冯如青。如青看见哥哥牵起嫂子的手，幸福之色洋溢在两人的脸上，而少年却面带凄凉。女人晃动金莲，看了看自己的丈夫，又转头望向身后的小叔子，脸上满是笑意。

这三人离开寺院时，各有心事：冯如善忧愁前方战事，边关频频失守，他该不该考虑前几天那个奇怪老道提出的建议？眼看娇妻秦氏日渐消瘦，独守空房，他心生愧疚。弟弟为自己辛劳操持，这次短暂归家，定要给他物色个好姑娘。美妇挂念久不归家的丈夫，她再也不想日夜对着那来自边关的家书，虽然这些书信字字情深关怀满满。不过，好在有小叔子，他平日里百般照应，要不然这日子真是愁苦凄凉。小叔子有心自立门户，但他的兄长再三央求，希望他能将嫂嫂好生照看，现如今落得这般尴尬境地，他有心离开但又万般不舍。

如青的心中守着个秘密，他替兄长写信给嫂子已有七年之久，可以说是自己跟嫂子谈了五年的恋爱，又代替哥哥写了两年的家书。他不知道自己还能撑多久。我在一旁如同看戏一般，这三个人的纠纠缠缠，剪不断理还乱……

终于有一天，冯如善堕落了。也不知信了什么邪门歪道，他将自己的灵魂出卖给一个蒙面老道，代价是送掉八万官兵的命，守住了十六座城池。冯如善做梦都不会想到和老道签订契约之后没多久，他的灵魂就被无间地狱里的黑暗意念反噬，在功成名就之后，失去了心智，那一年他刚结婚三年半。

一天，冯如善的三魂七魄跌跌撞撞找回到家中，他看见弟弟如青守在病妻的榻前，哭得肝肠寸断。妻子秦氏也在流泪，她倚在小叔子的怀里，幽幽地说，她对不起久无音信的如善，更放不下多年相伴的如青。如果早些知道是小叔子给她写了八年的情书，他二人也不至于落得如此尴尬的境地。今生无缘，来世定当与如青白首相依，不离不弃，如此云云。

黑衣人和他的小伙伴——也就是我，听罢都惊呆了。冯如善残存的最后一丝理智被五道天雷轰得渣都不剩，他被妒忌的火焰彻底焚化，连最后的一丝人性也灰飞烟灭。

冯如善这个凶煞显出真身冲将上去，当场杀了自己的手足，然后在秦氏面前将小叔子的魂魄从脊柱中抽离，并拘禁。秦氏见状，恐惧得尖叫，眼睁睁看她心痛到歇斯底里，我却什么都不能做，因为眼前的一切都来自冯如善久远的记忆，而我则陷在如海潮般汹涌的复杂情绪之中，无法醒转过来。我看见奄奄一息的秦香兰挣扎着起身，她想抢回自己的爱人，但来自无间地狱的怒焰攀上她的双手，烧焦了她的身体。

秦香兰最终死在冯如善愤怒的烈焰中，冯家的大宅烧了三天两夜，而黑衣人也生生世世地扭曲在那顶绿帽子里。他生莫作有情痴，人间无地著相思。

至此，冯如善将他的前世今生一股脑地塞进了我的记忆。我终于明白，吹箫巷里，秦香兰那一遍又一遍的徘徊并不是出于对冯如善的爱，而是为了找寻冯如青被拘走的灵魂而发出的恨。我终于明白，冯如善和“屠夫”是两个臭味相投的好基友，他们受不了这世间任何的不忠，哪怕是一顶莫须有的绿帽子。这也许是他们老抓着小桃不放和老想置三途川于死地的隐秘原因。

我也终于有了头绪，关于那久远的第三个太阳纪，何川那个叫作如善的师兄，他阻隔在通往“希望和真理”的大门之前究竟干了多少伤天害理的事情？和尚是否也遭遇了毒手？原来，我与冯如善的“孽”早在另一个遥远的世界中就已经种下，这些业障破土发芽，盘根错节，变成了我今生摆脱不了的宿命。

紧闭的双眼觉察到破晓的光，虚弱地睁开眼，我隐约看见冯如青的残象站在残垣断壁之上，他凝视着我，面带凄凉。小叔子身边早已没有秦香兰想必冯如善生生世世都不会让他们相见。

正在想着，有人走过来朝我脸上甩了七八个耳光，这下我全醒了。全身上下都是酸的，浑身都是冷汗。抽我的人是刀客，醒来的地方是早已被烧毁的冯家老宅，回头再看远处，哪里还有什么小叔子？连个牌位都没有一个。

六十章 不再寻找

我对刀客说，黑衣人昨晚托梦给我交代了他的前世今生，并叫刀客提高警惕，说不定这货就猥琐地躲在某处。

刀客经历昨晚的事之后心理似乎发生了一些变化，他不以为意地说："川哥，你有没有想过冯如善是个什么样的人？以他的性格，如果知道三途川还活着的话，他会让你活那么久吗？因此，真相只有一个！"

他转过身来做柯南状："他受了伤，很重的伤。一时半会不敢与我们正面交锋。"

我接他的话继续说下去："这个问题，我也想过，但是过了那么久，恐怕他已经找到了恢复的方法。"

"这个可能性不大，你的实力我是见过的。更何况三途川也不是省油的灯，他即便是死也不会让冯如善好过。虽说你记不起最后一次的交手，但现在的情况是，我们两个人都满血满状态。除非是他活腻了，不然一准打得他大小便失禁，生活不能自理！"

我觉得刀客说得在理，当下也不愿再深究，于是换话题问他："昨晚怎么样？"刀客没有说话，憔悴的黑眼圈说明了一切。我递给他一根烟，他深深地吸了一口，吐出纠结的雾气，而后隔着烟雾倔强地祈求："别跟瞳灵讲。"

我诚恳地点了点头，毕竟昨晚没去救他我心里也有些过意不去。

"找个推拿馆推拿一下吧，腰酸。"他幽幽地说，继而呆滞地凝视着远方。

我不置可否，毕竟还没有从梦中梦的惊吓里完全恢复过来。摸摸脸颊，有些疼，恍然大悟，这小子腹黑得很，一大早追过来见我睡在残垣断瓦之中，就落井下石生了邪念，那几个嘴巴子分明是在报昨晚的不救之仇。

下山的路上，我又忍不住地想，冯如善的身体一定有了某些程度上的恢复，不然昨晚也不会托梦来挑衅。

但是他何故要让我知道他的前世今生？因为朕的死而复生让他产生了恐惧吗？卖萌？又或者是所有厉鬼的惯用伎俩——他们总觉得自己是世界上最不幸的人，总认为自己受了天大的冤枉，定要找个人一吐为快。虽然哥对出轨和不忠之人态度一向坚决，但就这个事情上来讲，哥只想对他说四个字——关我鸟事，横批——自作自受！

冯如善可能连做梦都没想到，他昨夜梦中的“真情告白”对哥起到了反作用，这让他的宿敌把他看得更轻了，这也许是他“屎尿未及”的。

经过讨论之后，我和刀客一致决定不能再靠近清水沟的岸边，也不能在这里找按摩馆。匆匆买了张地图之后，我们逃命一样地远离了。

天空放晴，驱散了地上的薄雾，我能闻到从身后清水沟飘过来一种内陆湖泊特有的腥咸气味。天上飞过的鸟，它们毫不起眼，它们俯瞰这世界。我能感到冯如善的爪牙就藏在附近，在某处潮湿阴暗的沟渠里，在荒无人烟的芦苇荡。

既然正主不愿意露面，那么也不必执意寻找。我相信刀客那一日在薰衣草田里说的话，小桃命里有劫难，我与黑衣人终有一战，而年少的他注定要在薰衣草田与瞳灵相遇。一切皆注定，强求也是枉然！

我索性让自己稍微放松，继而审视起这些日子的经历，思绪不由得飘向远方……

江湖
一盏灯
冯如善

六十一章 往事，工人新村小学

一夜落花雨，忽闻桂花香。背部传来舒适的痛感，我的四肢百骸在畅快中苏醒过来。

是了，五天前抠门的刀客在清水沟买了张假地图，于是，我们成功地迷路了，误入深山老林，转了三天三夜。在此期间还陆续见到，因同样买了假地图而丧命于此的二十一俱骨骸。虎落平阳被犬欺，龙困浅滩遭虾戏。当时纵有百般武艺，也无力脱身。就在哥以为自己要在原始森林与另一个男人共度余生之际，老天开眼，让我们遇到了半年才进山一次的猎户。

这一行八个壮汉，仅收了刀客二十个铜钱之后，就喜笑颜开地引我俩来到原始森林的尽头，那里有一条宽约百米的瀑布，瀑布下游有一处世外桃源，一个叫作鸣雨河的地方。

鸣雨河也是个多民族聚集地，民风淳朴，各大家族和土司其乐融融，建筑风格更是充满异域风情。打听得知，这里离吹箫巷只有六天的脚程。我们用老庄给的钱请猎户们胡吃海塞了一顿，别过之后又物色了一家看上去干净又雅致的中医推拿馆，准备大肆享受一番。当然，用的还是复制的铜钱。

我们来到一座藏式与地中海风格相结合的古老庭院，庭院靠山，山上有几池大小错落的温泉。清泉冒出迷离的水蒸气，山风一吹隐约有一股硫黄的味道，我寻思着，按摩之后一定要去泉里享受一番。

引路的小妹领我来到一个单间，单间建在山脚的林海之中，风吹过，有“沙沙”的声响。

帮我按摩的是一位清瘦且很有气质的花甲老人，他脸上挂着似曾相识的微笑。老人手法精到、力度精准，朕龙体欠安，浑身像散了架的蛤蟆似的经不住施压。终于，在按到腰椎的时候我叫出声来。老人立马停止了动作，他缓步挪转到竹席一侧，往古朴的香炉里添了一根香，炉内拔出紫烟，奇特的香味顿时弥漫开。窗外暖洋洋的风吹起绣满符文的金色有帘，有细碎的光透进来，这间普通的木屋刹那间变得不再普通了。

有力的老手继续在我的背部游走，指尖划过的地方有热浪在翻涌。老人缓缓对我说："小伙子，你骨骼清奇，是一块练武的好料啊。"每当有人赞美我时，我总会感到局促不安，接着草草地答了一句："哪里哪里。"之后就说不出什么了，搞得人家接不上话，当时就冷场了。过了几分钟，我觉得挺不好意思，又不咸不淡地加了一句："是您推拿得好。"

老人笑了："我一十二岁拜师，二十岁就有自己的推拿馆帮人治疗了，这时间一晃就是六十多年。人的经络是很神奇的东西，我一生所学都在于此，以后你还会想起我这旦的。"说罢他手上加了几分力道，一种说不出的舒爽弥漫我的全身。

又有暖风吹进来，阳光反射布帘上的细小铜片晃得我睁不开眼睛。与此同时我听到了"丁零零"的声响，伴着屋内厚而不腻的奇特香味，在铃声的催化作用下，我被带到很久很久以前——我来的那个世界，那一年我还在上小学：

我的母校"工人新村小学"建在一座废弃的冶金厂房后面，校龄有八十年之久。学校正对面是本市有名的医疗一条街，在街的深处，一条不起眼的巷子里，开有很多家中医推拿馆，那里曾是我消磨时光的地方。

我喜欢放学，又害怕放学，放学后可以和同学拍年画，斗蝈蝈，揪女生辫子，还可以去废弃的厂房里冒险，但是这一切都结束之后又只剩下我一个人。我害怕回家，自从妈和弟弟去世之后，我爸的脸就像劣质的年画一样，终年扭在一起。这个变得凶神恶煞的男人隔段时间就会丢几张票子在茶几上，而后成天成天的不归家，偶尔回来也经常是一身酒气。

平时对我不闻不问，但家长会没落下一堂，每次会后都会拿出"我是你的老子，你就得听老子的"高姿态。反正不管怎样，家长会后都是一场精神与肉体的血雨腥风。考得不好被打；考得好了问我为什么不是第一，被打；考第一了又说他知道我有几斤几两，肯定是作弊，还是被打。

老东西就只会拿票子甩我，我的身体饿不死，但我的精神世界是一片荒漠。我经常会想，孩子们来到这个世界的目的是什么？既然没准备好去爱，又凭什么把我们召唤出来？

有一天下大雨，我没带雨伞，是我故意不带的，这样就可以不用回家。

小伙伴都陆续离开，只有我一个人在学校附近闲逛，后来我坐在一家中医推拿馆的门口睡着了。醒过来的时候我躺在一张干净雪白的床上，并且闻到了一种让人安心的中药的味道，抬头看见有个年轻的男人似笑非笑地看着我。他听见我坐起来就笑着问我：“怎么还不回家？”我没回答，忙说了声：“谢谢叔叔。”就跑了。

此后，我也不怎么贪玩了，没事的课后我就会到那间没名字的推拿馆去找那个总是看着我微笑的叔叔。他会给我些好吃的，这些东西我从来没吃过也没见过。现在回想起来，甜的像是保健的中药，咸的，又像是肉干之类的。

一个月之后我才发现，这个叔叔是个瞎子，当时我很惊讶，因为在我的脑海里，盲人的眼睛没有那么好看的，他的眼睛比正常人的还正常，甚至更深邃、更清澈。叔叔总是跟我说他学医的事情，说他如何热爱他的事业，说他对中医和人体脉络的痴迷。没有客人的时候他会给我讲故事，一些世界未解之谜——百慕大三角、消失的二战飞机、麦田怪圈、巨石阵和纽约上空出现的 UFO 机群。但这种时候很少，大部分时间他那里都有生意，我则会静静地坐在角落里，翻看他那些有插图的线装书。

经常有漂亮的姐姐和阿姨来店里。有天有个阿姨问叔叔，我是不是他的儿子，当时叔叔什么也没说，只是笑了笑……我揪着的心轻轻放了下来。他不说破，这样就足够了，我很感激，真的，我感激他没说出我是个有家不想回的孩子。此后姐姐和阿姨们就对我更好了，经常会给我带些玩具枪、四驱车、机器人和组装天牛什么的。每当我爸追问这些东西的来历，并骂我是败家子的时候，我总会想，开按摩馆的叔叔要真是我爸该多好。

有首歌的歌词真的很毒——好花不常开，好景不常在。第四个学期的暑假，当我从外婆家回来时，巷子深处那家连名字都没有的推拿馆消失了，那个总是微笑的叔叔也再没有出现过。

就这样我一夜间长大，我告诉自己，浑蛋，这才是现实！他们根本就没有在乎过你，你只是个熊孩子，有什么资格要求爱？只有赶紧长大让自己坚强起来，到时就不会孤独了。

是的，此后我试着让自己强大起来，让自己变得更开朗更有人缘。初中的时候，我有了自己的小爱好——写作。慢慢地我也就不孤独了。家里老头也没那么绝，他供我上了初中和高中，就这一点来说我是感激涕零的。

六十二章 往事，方老师

日月穿梭，时光飞逝。

高二的一天晚自习，我们的班主任方老师一脸神秘地把我叫了出去，说有人找我。平时温和的老班一路上变得很严肃，我也没多话就跟着她走到年级会议室。这时我发现里面坐了三个警察，老、中、青三代。哥虽然行得正做得直，但当时哥的下意识就是想跑，也不知道为什么。

年长的警察先是委婉地要求班主任离开，但被她以监护人不在她应当作为代理监护人陪同为理由留了下来。而后那个年轻的警察横着站了起来，从文件袋里拿出一张模糊的集体照片，用一种他爸是李刚的口气恐吓我："你看清楚了，这个被画了红圈的人你认不认识？好好看！看不清楚就是犯罪！"

听他这么一说老班不乐意了，在一旁的年长警察也斥责说："宏伟，怎么说话呢！"而后他又转过一张老脸，赔笑地看着我："何川同学你不要害怕，我们就是想找你了解点情况，请你配合配合。"条子的老三样：一个唱白脸，一个唱红脸，一个板着脸。不管有几张脸，哥都不怕。

就冲那小子的尿性，哥当下决定，不管认不认识我都不吐一个字。于是也就赔着笑拿过照片，象征性地扫了一眼，嘴里还敷衍着："警察叔叔要我配合，我一定配合。"我注意到这张集体照的下方写着"某某医学院 91 届 01 班毕业生合照"。照片很旧，很模糊，但我还是一眼就认了出来。他的眼睛从以前就是那么深邃清澈，距小四一别竟然已是七年……

"对不起警察叔叔，实在是认不出来，这照片太模糊了。"

"你小子别跟我装蒜！有知情人举报，说你上小学的时候经常逃课去这人开的按摩馆。"年轻的警察吼着吼着就把他的身子横在了我面前，很可惜，离哥的下巴还差了一截。

我内心一阵翻涌，表面却强装镇定，低头委屈地看着他："对不起，警察叔叔，我不知道那个所谓的知情人是谁，抱有什么目的，但我真的不能辨认这张照片。更何况小学时候的事情，时隔那么久，我都记不清，哪个知情人还会比我更清楚？”年轻的螃蟹刚要用他的蟹螯薅我的脖领子，一直没说话的中年警察吼了他一嗓子，并叫他滚出去。

而后年长的那个“红脸”开口了：“这个人姓年名叫云唤，他曾经在工人新村小学附近开过一家按摩馆，我们现在正在找他，何川同学请你再好好回忆回忆。”

我望着老班，露出一副无辜的表情，坦白道：“我以前是经常贪玩不回家，小学门口的确是有很多家按摩馆，我也许去过其中的几家，但这个人的样子真的很陌生，要不你们再问问我的其他小学同学？我搬家了，但这里有几个同学的联系方式，我都给您。”

红脸还要开腔，老班实在忍不住了：“警察同志，你们的同事一上来就恐吓我的学生，在他回忆不出来的情况下又进行逼迫，你们要搞清楚，他不是阶级敌人，他是在帮助你们找出罪犯！这个年云唤他不是石头缝里蹦出来的吧？他应该有家人，有亲戚，有朋友吧？你们拿的这张照片有学校有班级，大可从这方面入手嘛，现在却来为难一个十年前可能会与罪犯擦肩而过的孩子。这种逻辑简直是令人费解，直接导致大众质疑你们的办事能力！你们的同事用极端的言语来摧残一个将要面临高考的学子，要是他受到惊吓留下后遗症继而成绩下降，一个未来的达·芬奇，一个未来的比尔·盖茨，一个未来的马云不就被毁了吗？你们担得起这个责任吗？我这里可是有录音的，你们刚才恐吓和企图殴打我市知名院校学生的内容统统记录在内，我校随时可以向你们领导反映并有权利层层上报！学校维护学生视为正义，我们不怕曝光，我们但求曝光！”老班微胖的四十九岁身体中犹如注入了脱口秀达人的灵魂，她连珠炮似的讲完之后，又拿出藏在上衣口袋里的最新型手机，在两个警察面前晃了晃，做出专治各种不服的表情。

这时，早被喝令滚出会议室的小警察又满脸不服地冲进来：“大婶，你说话别那么冲，你有什么权力指责我们的工作？别站着说话不腰疼。”我头皮一麻，瞧他那一副作死的样子，还摇头晃脑的，他根本不知道他的大限将至。

我清楚地了解，此刻老班的脑中只听到了“大婶”这两个字，她一直认为自己还是个少女，天天吵着要吃冰激凌，而且她最恨别人说她老，于是，方老师崩溃了。本来的局部矛盾上升为全面矛盾，老班认为小警察侮辱了她的人格，就是间接摧毁了所有教师的尊严。她坚决要向上反映汇报，并表示不闹大誓不罢休。说罢就开始打电话给她那个在教委的老公和在市委的战友。

两个年长的警察老脸挂不住，辩解起来："方主任，我们的同事说话不得当，局里会严厉批评和教育，请你不要太敏感。但就年云唤一案，他的家人、亲戚、朋友都在我们的掌控之中，你之前质疑我们的能力，是对人民警察的诽谤，我们同样可以起诉你。而且年云唤的案件性质极其恶劣，手段极其残忍，我们昨晚刚向全市发出悬赏通告，何川的父亲就打来举报电话，我们是在依法追查，请你不要妨碍我们的工作！"

这通连吓带哄的辩解已然产生不了任何作用，老班的痛点已经被狠狠地戳中，她再一次辩神附体："别恐吓我，我也不怕你们起诉！更别拿何川的家长做推脱。请注意，我用的是'家长'而不是父亲，他的所作所为根本配不起'父亲'这两个字。这样一个家长，我作为连续十年的本市最佳教师，早就了解得一清二楚。他对孩子的教育漠不关心，野蛮粗暴，无端打骂，久不归家，烂醉如泥！何川虽不是我们这里学习最好的，却是最有爱心，最诚实，最有创造力，最有文学天赋的学生，这样好的孩子他竟不知道珍惜。我严重怀疑这个家长有造谣生事，骗取举报金的嫌疑，我也有理由质疑这个家长的人品。你们不调查清楚举报来源的真实性、可信度，就草率地浪费纳税人的金钱和精力，这不是失职是什么？……"

当时的争论我是无论如何也听不下去了，被四个成年人遗忘在世界角落的我，不争气地低着头，泪水模糊了双眼。

那个经常性点我名，让我难堪出丑的老班；那个总是留我课后补习，让我没办法按时打饭的老班；那个总是在我作文里用红笔圈圈点点，莫名苛刻的老班；那个会用沾满粉笔的胖胖的手用力揪我耳朵的老班；那个听闻我给她取外号而暴跳如雷，罚我抄辛弃疾全集的老班；那个喜欢打我们的屁股，自我感觉良好，还觉得自己是少女的老班；那个我以为是通过走后门拉关系而得到最佳教师称号的老班；那个我以为她从没真正知道过我的状况和从没关心过学生的人。

我曾经以为自己在她眼里是如此不堪，但是那一天，她哭着为我辩护，像一头护儿的母兽，她把我说成了世界上最好的学生，最好的孩子。那晚大家都红了眼睛。

对不起方老师。对不起，那天之后我再也没有勇气直视你的眼睛。对不起上大学之后我一次都没有去看过你。对不起，一直不知道你很想要一个孩子，要是我早知道，我就不会在你墓碑前说那些无意义的空话、套话。我会说，我一直都是你的孩子。

升明月·局部

星期二的午后
江湖一盏灯

六十三章 往事，起风的山丘

往事如潮，回忆在另一个世界里都能让人流泪。我喉头发紧，小声地吸着鼻子。按摩的老者问我何故如此伤怀，我说是香薰眯了眼睛。

那晚警察走后，我就冲回家和家里老汉干了一仗，结果当然是以他一记老当益壮的上勾拳，换来我左半边脸的青肿和止也止不住的鼻血。第二天一早，我收拾了几件衣服，拿上参考书，第一次离家出走。

当然，后来还是回去住过一段时间，这是后话。姓方的优秀教师也是故事里的一个温暖插曲。

这次回忆的初衷其实是一个人，一个叫年云唤的叔叔。

叔叔在半年后的一天落网了，他是真瞎的，至少在我认识他的时候他就已经是个瞎子了，不过电视里他的双眸依旧深邃清澈。叔叔没有抗辩，换了个快刀斩乱麻——死刑，立即执行。后来的新闻报道上说，他在杀害了自己的父亲后，利用开推拿馆作幌子，实际则又杀害了至少九名年轻美丽的女性，手段极其残忍，影响极端恶劣。

他先将受害者迷昏，而后在地下室捆绑胁迫其做实验，最后将受害者肢解，取局部罐装封存。每一名受害者大多被折磨十至二十天不等。她们都被用于年云唤所谓的“人体穴位与宇宙源场能量”的学术研究。

当时我不相信这个说法，叔叔究竟干了什么，一直到我大学毕业都还是个谜。

直至有一天，我路过当年的工人新村小学，发现学校已经重建，周围的胡同大多都被夷为平地。莫名其妙地，我走到当年那间推拿馆遗址之上，于是就有了人生第一次通灵体验。

想到此处也不知怎么了，突然间有种想找人倾诉的冲动，我竟然鬼使神差地对身后的老者说：“我给您讲一个故事吧，暂且称它为故事。”

这是一个午后的山坡，那里有一个叫作年云唤的美少年。每当起风的时候他都会躺在齐腰深的狗尾草丛里，像个井底之蛙一般，透过高高的草秆漫无目的地仰望。

只要没有功课，他就可以看着天空中的云待上一整天。只要看局部就好，他想。草秆形成的笔直的“井壁”，将他与外面的世界隔绝开来，躺在井里让他感觉安全，至少在此刻，至少在今天是这样。

今天是星期二，年云唤不敢回家，他害怕一回去就会听到漂亮的母亲在和某些不知名的叔叔滚床单的呻吟。今天是星期二，当医生的爸爸也不敢回家。

那是半年前的一天，星期二的午后，年云唤早早放学。

当少年看见正在天人交战，颠鸾倒凤的母亲和叔叔们时，他默默地关上了门。

那天的星期二，年云唤一口气跑到了爸爸经常带他去的山丘；那天的星期二，有人比他先到，爸爸站在山坡的尽头，大风撕扯着他的白袍，吹乱了他的头发，砸碎了他的眼镜；那天的星期二，少年的父亲从背后抱着他，他们一起坐在山坡上，谁也没说话。年云唤用瘦弱的肩膀支撑着他的父亲，直到夕阳下落，直至星辰满天，直到父亲流在他脊梁上的眼泪干了又湿，湿了又干……

在年云唤看来，父亲落得如此地步其实是意料当中的，父亲太过醉心于自己的神经学研究，导致母亲常年得不到呵护，走到今天这一步谁都没有错，错的是两个不同世界的人却偏偏还要倔强地在一起。年云唤知道，父亲那晚的眼泪无关爱情，实为尊严而流。

少年将狗尾草的根茎含在嘴里，他喜欢青草和泥土的味道，看看手表，叔叔们应该走了吧，背起书包，年云唤往家赶。

推开门，有温暖的光，一尘不染的家里没有妈妈，父亲破天荒地在厨房做饭。这天的晚饭父子俩吃得很香，父亲一次又一次地往儿子的碗里加菜。红烧肉，真的很香！年云唤一边狼吞虎咽地吃，一边看着自己的父亲，少年的眼泪淌下来滴到碗里，他继而又笑起来。是的，父亲终于还是动手了，这个挺拔内敛不苟言笑的男人，一直是他心中的标杆与偶像。

对于家中少了个女人这件事，父子俩默契地统一口径。“星期二那天，我回家就发现她把自己的东西都拿走了，字条都没留一张。”“妈妈收拾东西离家出走了，我好想妈妈。”

美少年母亲的浪叫早早就是街坊四邻口中的谈资了，年父也一直都是他们眼中的绿毛龟，严谨的学究，懦弱的好好先生。他们抱着五味杂陈的心态，在警察面前袒护这个从头绿到脚的可悲男人，并用各种方式表达着对绿毛龟和小乌龟的怜悯与惋惜。

然而，善良的街坊们没有注意到，这父子俩因为“羞耻”的永远离去而日渐挺直的脊梁。

年父的研究开始顺风顺水了，一年半后他带着儿子年云唤搬离了那个边陲小镇，来到县里开始新的生活。美少年也因此拥有了一段短暂而美好的高校时光。

所有的事情都发生着改变，就在潜移默化之中。

一开始，年云唤只是觉得父亲的研究方向越来越偏。父亲在深度研究《周易》和其他艰深难懂的文献之后不止一次地对他说，科学的“终极”势必要与神学融合。他说猩猩自然进化之后依然会是猩猩，而不会成为人类。人类之所以诞生，是因为遭遇了不同程度不同源头的未知地外文明的基因改造。

年父还说，中西方存在不可调和的差异与矛盾，因为他们属于不同的造物主。

接着，不知什么原因，年云唤的父亲被所在的医学院开除了。好在有资历傍身，年父开始学人下海，自立门户，钱赚了不少，但他变得更加沉默寡言且行踪诡秘。

这一年，年云唤即将大学毕业，父子俩见面的机会变得更少，他不知道父亲究竟在做什么，只知道好像是一个大工程，机密项目。不过这丝毫不影响父子俩的关系，他们从来都是亲密无间的——心有灵犀的战友，不是吗？

直到毕业典礼的前一个星期，年父破天荒地来到医学院找年云唤，说想见见他。那是个星期二的晚上，父子俩驱车来到阔别多年的山丘，和十年前的深夜一样，他们看着星星，谁也没说话。年云唤察觉，从学校开车到这里的几个小时中，父亲的瞳孔深处一直充斥着神秘莫测的光，直觉告诉他，这是父亲在学术研究上有了重大突破的表情。

“你发现了对不对？人体脉络与源场能量的秘密！”听儿子在小心地试探询问，年父竟然面露犹豫之色，他表情复杂，刚要开口说些什么，令人震惊的一幕降临了：

就在年云唤的对面，父亲的头顶上莫名其妙地出现了一道冷色强光。年云唤看见这诡异的光柱瞬间将父亲的衣物烧毁，紧接着，表面的皮肤和肌肉组织被焚化，而后露出包裹着内脏的骨骼……当骨骼、器官也被汽化之后，他看见一幅散发着蓝紫色辉光的美丽星图，那是父亲灰飞烟灭之后给他留下的最后遗产——包裹着能量场的人体脉络图。

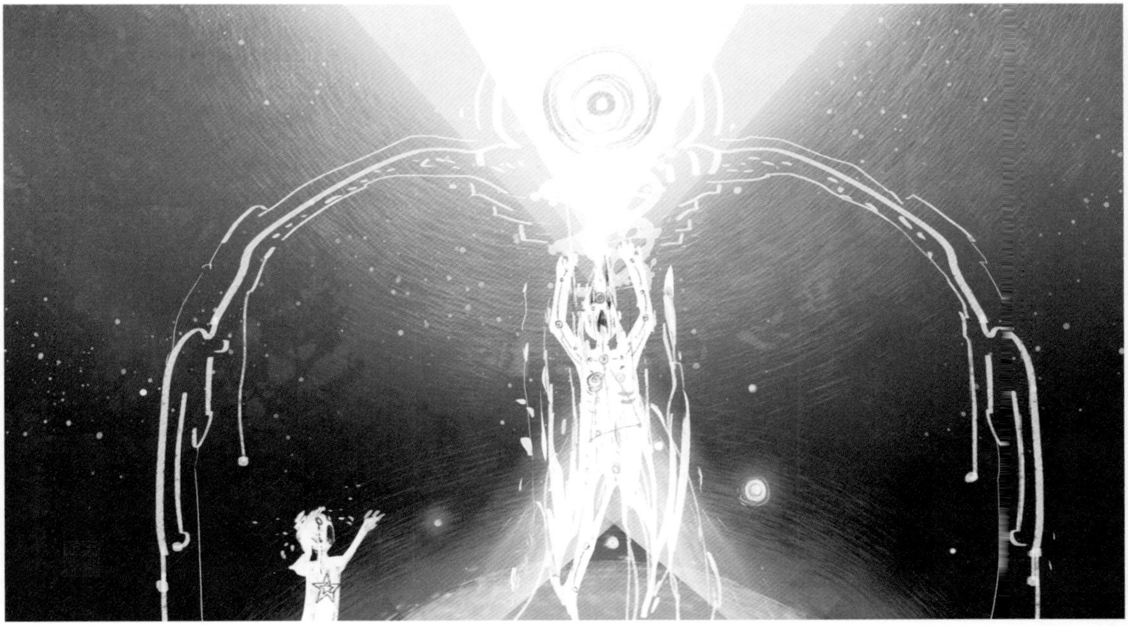

没有驾照的年云唤将车开回家的时候左眼已经完全失明。他没再向第二个人透露父亲的遭遇，因为他知道父亲的死亡不是天灾，也不是人祸，而是某种未知的超自然力量所导致，说出来只会被人送到精神病院。

少年一直守口如瓶，年父的名字也列在了千万个失踪人口的名单中，永远被遗忘在落满灰尘的角落。

年云唤

江湖
盏灯

六十四章 往事，落幕

身后的老人听着我的胡言乱语，他很安静，一言不发。见我略有停顿，于是轻轻地拍了拍我的背，示意我继续讲下去。

虽然我不太确定这个生活在古代的平行世界里的老人，到底听不听得懂什么是“绿毛龟”，什么是“人体脉络与源场能量”，什么叫作“汽车”，什么叫作“超自然”。

但是我被他缄默的涵养所鼓励，叹了口气继续倾诉下去：

左眼失明后，叔叔，也就是年云唤，他放弃挽救右眼，更加积极地投入父亲未完成的事业当中去。他加倍明确自己的选择和今后要走的路。终于，仅剩的右眼在两年后彻底丧失了感光能力，这时，年云唤不得不放弃正在进行的研究生深造机会。于是，他转战到工人新村小学的对街，在那里租了间小屋，继续他的“事业”。

视力的丧失并未让他有任何挫败感，相反地，竟然换来了触觉的极度敏锐和头脑的空前清明。更离奇的是，有一天深夜，已经完全失明的年云唤竟然看见了父亲死前留下的那幅清晰的脉络图，这些星星点点的穴位，就像宇宙中千万个新生的太阳，它们在年云唤漆黑的眼眶里闪烁着耀眼的光。此后，叔叔“复明”了，他看到，也唯一能看到的是——围绕在他身边那一幅幅精美的人体脉络图。

至于那些被虐杀的美丽阿姨，我在废墟之上没有得到更多的感知。不过可以想见，叔叔之所以杀了过分殷勤的她们，估计与他那一段年少的往事和起风的山丘有关。

讲到此处，故事落幕。

这段往事我曾经写在我的小说里，却惨遭退稿的命运。现在的我身处另一个世界，我将自己对那些经历的缅怀之情，以及不知什么时候就会到来的宿命糅在一起，像倒垃圾一样地讲给一个毫不相关的人听，说完之后心情竟然舒畅了许多。

老人再次停下动作，我们都在等待对方说些什么。

就在这时，堂屋外敲门声大作，我刚想转头，感觉老人在我肩胛骨的地方轻轻捏了一下，我就直挺挺地僵在床上动弹不得。只听他缓缓地说："三途川，你不必惊慌，我去去就来。"

真是太大意了！

轻易就被困住的我顿时透心凉，万一这人是冯如善的爪牙，哥今天就要死得很有节奏了。心里越想越乱，想调动体内的力量来解开束缚，无奈屋内的香气让我没办法集中精力，想要屏蔽纷乱的思绪，却又被堂屋外更加嘈杂的响动打断。隐隐约约能分辨有人闯进来并大声质问的声音，之后又传出老者谦卑的讨饶声。

就在哥哀叹自己大限将至，生不逢时之际，屋门被撞开了。

沉浮·局部

六十五章 年云唤

刀客撞门的劲风带来山间清凉的空气，它们吹散了屋内的迷香，我顿时如梦初醒。双手一用力，让指尖的热气运行起来，驱散肩胛部位的寒气，从而解开被老人封住的经脉。刀客身背玻璃火罐，状似库巴，我歪着脑袋看着他，他肋下的旧伤还是那么触目惊心，让人不免有些伤感。

“库巴”还不知道我已从昏迷中苏醒，抡圆膀子上前就想故技重施，就在他的巴掌朝朕脸上招呼之际，朕一个鲤鱼打挺从按摩床上弹将起来。快速披上衣裳后，我没好气地说：“这里有问题，外边什么情况？”刀客套好上衣，紧了紧身上的包裹：“好像有官兵冲进来了。你的脸型太嘲讽，我们行踪是不是给暴露了？”

自从“屠夫”归西之后，哥这张脸早已无所遁形，被举报也只在老百姓的一念之间。好在死的是个昏君，否则我们除了应付冯如善之外还得与众多官兵周旋，白白耗费体力。我心里想着嘴上却没接刀客的话，两个人默契地猫腰来到按摩馆的侧门，想看看正厅内的情况。

在我们的视线里，不可思议的一幕又出现了。只见，方才还在叫嚣的十多个青衣大汉，现在纷纷横七竖八地倒在按摩馆的庭院里，虽然看不出外伤，但明显没有了生命迹象。馆里的九个按摩师正面不改色心不跳且有条不紊地往馆内深处搬运着尸首。那个帮我按摩的老人则背对着我们，小声地和他那九个伙计说着什么。

“原来是一家黑店，川哥，我们上去把这些牛鬼蛇神弄死好了。”说罢，刀客开始卷袖子撸裤腿准备为民除害。

看着那个有些熟悉的背影，回想起他似曾相识的微笑。我突然间心中一颤，忙伸手拦住刀客，自己则几步迈向前去，站在离老头不远的地方停下来，大声喊出那个让我无法理解和释怀的名字。

“年云唤！”老人瘦削的肩头颤抖了一下，但他没有回头。

这是在意料之中的。

长久以来，我一直搞不清楚应该把这个杀人恶魔放在心中的哪一个位置，父亲？朋友？一个仰望的背影？抑或是一个擦肩的过客？

终于我有了一种感觉，那是一种温度。我的魂对我说，年云唤是温暖的，但我的社会性却在反对、抨击。于是，我只有僵立在原地，斟酌着接下来的用词。终于，我的魂说了出来：“还能在这个世界见到你，真好。”而后，我的社会性驱使我头也不回地离开。

21 世纪的年云唤已经死去，平行世界里的年云唤仍然活着。这个背影也许不是我认识的那个年云唤，但他一定对我刚才讲述的故事产生了共鸣。那些不堪回首的往事，那座午后的山丘，那些留在视网膜里的美妙星图，那个总是逃课、总是不想回家的孩子……这些景象一定曾在这个老人解释不清的梦境里反复出现过，这些说不清道不明的感觉一定也被他当作前世的记忆深深地留在了脑海之中。所以，这个老去的年云唤颤抖了。

我们背对着，怀揣着不同的心事，朝着不同的方向。

“三途川！”在我的身后，年云唤古井一般厚重的声音传了过来。

“我能给你的，是我毕生所学。方才我刺激你的每一个穴位，将你身体的筋络全部打开，最大限度地释放了你的潜能，这也许能助你达到一个更高的境界。”

他顿了顿又说：“但愿你方才所说的‘故事’并非秋梦一场。如果有下一世，我希望自己是一个好人或者是一个慈父。好走！”叔叔浑厚的声音回荡在苍翠的林间。

没有回头，但我的内心溢满感激的温度，叔叔给的已经太多，比他知道的还要浩瀚。

我最终还是离开了，这个世界里我遇到的第一个“儿时故人”。我以为我会忘记，但是，此后的无数个起风的夜晚，当我站在山坡上，我都能感觉到年云唤的温度。两个平行的世界相交了太多的记忆，我开始重新审视生与死，发现它们变轻了很多。我开始相信在无数个平行宇宙中，有无数个“我们”，我们生死覆灭，牵引纠缠，命运是一个轮，无始无终地滚动……

江湖
一盏灯

起风的山丘

六十六章 乘客

走在前往吹箫巷的路上，忽听红土路的尽头有人在唱不知名的山歌：

别人丈夫乖又乖，我家丈夫呆又呆，站起像个树墩墩，坐起像个火烧岩。

太阳落土四山阴，这号屋里难安身，但愿天火烧瓦屋，但愿猛虎咬男人。

斑鸠叫来要天晴，乌鸦叫来要死人，死人就死我丈夫，死了丈夫好出门。

这音调很奇特，很高亢，歌声回旋在混沌的天际，衬着这片红色的土地，显得愈发苍凉。

循声望去，远处山岗间有一家露天的酒铺。天阴微凉，我们走上前去坐定，询问歌手、掌柜兼小二有什么特色小吃。答曰，只有淡米酒和椒盐白饼。刀客饮着甘甜的米酒和我有一搭没一搭地聊着，他听我大致说了年云唤的生平之后，硬要讲一个他自己的故事：

“你知道，我因为老看见一些奇怪的人和事，所以没少往医院里跑。医院是个大熔炉，那里面我能见识到的不比社会上的少，可这种经历是不被主流所认可的。我的意思是，即使我说我在医院的这些年头已经学富五车才高八斗，那也要有人相信哪。事实上，我就是一个无学历无资历，时不时还会脱线的精神病患者。顺便说一句，那些热血漫画都是骗人的。”听刀客这样调侃自己，又看他满不在乎地啃了一口椒盐饼，我瞟了一眼他的肋下。

“我爸妈的想法很简单，拿多少工资不重要，重要的是我不能闲着。其实我自己也觉得不好意思，于是表哥托了关系把我安插到长途公交公司，当了个售票员兼学徒，那年我十八岁。”

他用椒盐饼蘸了一下甜酒，却没急着放进嘴里：“我非常喜欢这份工作，曾经有一度我觉得自己会把毕生的精力都奉献在这个岗位上。两点一线的生活在别人看来是单调的，但在我眼里却是简单惬意。我喜欢沿途的每一个风景，百看不厌。你知道吗？每一天的天气和透进玻璃窗的光线都是不一样的，不同的光线带来不同的乘客，在他们的眼睛里我能看到很多的东西。每当我给这些美的、丑的、麻木的、焦虑的、冷淡的、易怒的、心事重重的灵魂分发通向各个目的地的车票时，我就觉得很有成就感。”

刀客回想往事，面露骄傲的神色。我想问他，后来怎么不干了？但我发现这个问题很傻。

“有一天,”刀客继续说,“那一天下着雨,车上的人不太多,车厢里光线暗。这时，有个浑身湿漉漉的女人在采莲河站上车，她没买票，径自从我和司机老王身边走了过去，老王就像没看见似的继续开着他的车，于是我就上前找她补票。”

刀客继续玩弄着手上的椒盐饼说道：“直到现在，我都还能清楚地记得，当时她坐在最后一排，靠窗的位置，披肩且随意的卷发，殷红的唇彩，洁白如新的 OL 衬衫，黑色无褶皱的天鹅绒短裙……我走上前去，还没开口，这个女人就转过身来。我不敢看她，但觉得她在看我，用一种倔强而哀怨的眼神看着我。我想，她应该是车上所有男人目光的焦点，只不过他们看到的是她透明衬衣下撩人的曲线，而我发誓，我看到的只是两行流到脖颈处的，直直的眼泪。我对自己说，那是真正伤心的眼泪，因为只有从眼睛中间落下来的泪才会流得那么笔直。”

“然后呢？”我问。

刀客把玩得皱了的椒盐饼丢进头盔里：“然后我就自己掏腰包，替她补票。然后那整个雨季，她总是在人烟稀少的时段出现，总是坐在最后一排，而我总是自觉地帮她把票给补了。司机老王也知道这件事，起初他什么都没说，但有一天交班的时候，老王却语重心长地对我说，郑瑶，你可别让鬼迷了心窍！”

“原来你叫郑瑶，我一直以为你叫‘郑刀客’。然后呢？那女的真是个鬼吗？老王看见了不敢说，或者老王没看见女鬼，只是觉得你举止怪异眼神迷离吗？”

刀客朝我怪异地努嘴：“然后？然后我就被开除了，那是雨季结束后的第三个工作日。”我也吃了口椒盐饼，意犹未尽:“为的什么，因为你帮助女鬼？老王不能够告密吧。再说了，只要钱到账，谁补的票谁给的钱不重要吧。”

刀客的头盔里发出嘿嘿的笑声：“川哥，又天真了不是。世界上哪儿来那么多鬼？你真的以为我是个精神病患者吗？我说过的吧，医院是个熔炉，小爷我可是打熔炉里爬出来的。”

他给我和自己的碗里倒满甜酒，继续说：“不是每个人都能像你那么幸运，你的奇遇中大部分都是好人，所以你理所应当地认为我的奇遇也应该是友善的。但这个世界是残酷的，我遇到的是个婊子，比鬼还可怕。”刀客有时候就是这样，前一分钟懵懵懂懂嬉皮笑脸，后一分钟就变得深沉起来，让人摸不着头脑。

“求解。”我虚心请教。

“那个女人在雨季结束之后，跑到我单位去投诉我。罪名是，行为不端，调戏妇女，纵容逃票，玩忽职守，藐视乘客，以及伤害了她作为乘客应该买票的自尊。”我咋舌，一时间没回过味儿来。

“走后门得到的饭碗，打翻的也快。我走的那天风和日丽，路过公司门口，看见还没来得及撤下来的优秀员工光荣榜，上面有我的照片。抬头看见那个女的站在不远处，似乎是在对我微笑。我到现在还清楚地记得，她披肩且随意的卷发，殷红的唇彩，洁白如新的 OL 衬衫，黑色无褶皱的天鹅绒短裙。但我始终记不得这个女人的长相。之后，她走上前来说了声‘对不起’。然后说，她从雨季开始的第一天就爱上我了，她觉得我长得像一个她迷恋的韩国男明星。投诉我是因为不想让我再做那么辛苦的工作，说我作风有问题，纯属是为了吓跑我身边的女性……见我始终低着头，她就说她给我买了辆跑车，还说长途公交车没劲，以后开了她的敞篷车对得起我这张脸，以后也就没人敢瞧不起我了。”

“原来是个富婆，有点意思，然后呢？”

“后来我就一个人走了，走的时候我提醒她，说这跑车不吉利，让她别开了，她还啐了我一脸。”

“呵呵，你嘴也真够贱的。不过我不懂，如果你不是对她有意思，怎么会替她付长途车费呢？”

“没有人说她是富婆，我也从没说过对她有意思。”刀客把最后的米酒一饮而尽。

“我知道她是谁，干什么的。还记得我最开始说过，我喜欢看沿途的风景，百看不厌吧。她曾经出现在我沿途的风景里，也是出现在别人婚姻中的第三者。我见过她和那个有钱的老板，他们不止一次坐在那辆跑车里。老王也说过，他开长途线阅人无数，这个女的一定不正经，因为小三都喷她那款香水，都长她那个狐媚样。当然，我的风景里也有绝望的原配，她就站在离敞篷车不远的地方，卑微、隐忍、怨恨，又绝望。”

“不得不说你这个故事讲得很巧妙，但对听众不公平。”我有些不爽他刻意的保留和埋下的伏笔。

“人生本来就是罗生门，故事都是从不同的角度不同的人嘴里讲出来的。”刀客见我全都猜错，竟莫名地开朗起来。

“好吧我承认，但是你还没回答我的问题。”我不依不饶。

“我之所以替她出车费，没有别的任何意思，确实是出于怜悯。当然，还有一丝恐惧，我不愿与她有任何肢体接触，当然也包括接她的钞票。别误会，我也痛恨第三者，但奇怪的是，那一次我竟然能看到即将发生在她身上的一部分事情。虽然我无法说出具体发生的时间和地点，但我也不会再像以前那样跑到别人跟前说一些匪夷所思的事情了。唯一遗憾的是，我没能预见被她坑到的自己。不管怎么说，我想这也算是一种缘分，毕竟这样的事情目前只在我身上发生过三次，第一次是我的外婆，第二次是我和瞳灵，第三次就是这个女人。”

“初次遇见的雨天，女人因为打胎的事情而哭泣，之后的相遇着实和‘爱我’没有半毛钱关系，纯粹是因为他们把苟且的事定在少人的雨天。自从被原配发现后，男的就不再开跑车送她，出租一般不愿意走这条路，因此她只能乘坐公交车。”

“那她的身上到底发生了什么？跑车又是怎么回事？”

“忍无可忍的原配雇了人把她堵到巷口，本来想划花她的脸，没想到让她给跑了。于是她去找男人闹，威胁如果再不‘转正’，就把性爱视频放到网上，男人采用缓兵之计，先折了辆跑车，并保证年底就和老婆离婚，前提是这几个月暂时别联系。就在寂寞难耐的她开着跑车来找我的那天晚上，她就被人在车里面泼了硫酸，脸和手都毁了，喉咙里还灌了强碱……所以，最开始在车上遇到她，你知道，我都不敢看她的脸。”

至此，刀客沉默。

与此同时，天空掠过几只灰鸟，发出低沉的鸣叫。良久，我不知道该说些什么，只有再替他倒酒，刀客伸手阻拦，抬头示意我看远处。只见灰蒙蒙的天边传出闷雷滚动的声响，于是我们再没多言，结账，继续赶路。

我一直觉得刀客和红姑养的那些不下地的猫很像，它们慵懒地躺在阳光下，漫不经心地梳理着毛皮。生活，在我眼中是沉重且没有方向的，但对于刀客这样的人而言，诸多烦恼只是毛皮深处的跳蚤，只要花上时间，这些恼人的杂碎就会被舌头卷走，和着温暖的光一起被消化，最终成为身体的一部分。

但是，我也不会忘记，它们萌萌黑黑的瞳孔在刺眼的阳光下一定会变成一条窄窄的细缝，这是柔软之人应该具备的狡诈与防备之心。

江湖
一盏灯
梦回

六十七章 古刹

典型的过路雨盘旋在山林上空，雷雨前的大风已将满世界的浮土吹净，待到雨落时，就可以长驱直入。抬眼观瞧，竟然都是笔直的线。

雨珠敲击山路青石，滴答作响，我和刀客没有雨具，就撑起两扇巨大的魔芋叶子，两个人一前一后不紧不慢，全身湿透竟不觉寒意。继续向前走，转过雾气蒸腾的山脚，眼前豁然显现出一座荒废的寺院，只见破败的牌匾上写着苍劲有力的“岩泉”二字。

驻足，听着雨水撞击屋檐的声音，看见塌陷的寺门里露出纵深的门廊，瞥见残破楼梯上更加残破的黑色佛像，其间有一株铃兰，它长在夹缝却生机勃勃。

“下个雨都能把自己整伤感了？”刀客走上前和我并排站着。“我在冯如善的梦里见过这个寺庙。”我凝视着前方。刀客也开始认真端详起眼前这片庞大的废墟：“川哥，你有没有想过一个问题，关于你和冯如善。”

“想过很多，你指哪一方面？”我凝视幽深的寺院。“你害怕与他的对决吗？”刀客若有所思地看着我。“怕，开始很害怕。”我转头看着他，“但现在更多的，是期待！”电光划过，勾勒出棱角分明的屋檐，紧接着是远去的雷鸣，我坚定地向倒塌的寺门走去。

跨过高大的门槛，仿佛又回到了那夜的梦中。这岩泉寺不简单，到处散落着鬼斧神工的巨大黑色岩石佛像，它们虽然残破但神态如生，厚密的苔藓覆盖其上，静谧而庄严。寺庙结构庞大纵深交错，佛塔偏殿不下百座，但里面的陈设早已不知去向。站在高处放眼望去，一片错落的青砖在雨中忽明忽暗，残破的墙面被不知名的藤蔓纠结攀附。目测看来，这寺庙少说有千年的历史。

古寺的最高处有一座庞大的正殿，这正殿是围绕一棵更为古老的松柏建成的。走进大堂，就能看到正中立着一棵硕大蜿蜒的老松，在若干石佛的簇拥下，它灰白的躯干直冲云霄。这千年的时间里，殿顶的琉璃洞已经无法困住松柏日渐蔓延的身躯，它们被枝蔓顶开，散落在地上，透露出高深莫测的一线天。

岩泉寺虽然是梦里冯如善出现过的地方，却没有一丝妖气。唯一让人无法理解的是——这里的一切都十分巨大，我和刀客就像两个迷失在侏罗纪公园里的霍比特人。

雨过天晴遍寻无果，看向天边的火烧云，竟然已是黄昏。我的心跟着冷静下来。始终没有在寺院里找到与冯如善有关的蛛丝马迹。想想也是，这宿命的对决怎能潦草到就在一个破庙里进行？看来只有在这座荒寺里过夜了。于是两人来到正殿，刀客生火，我们坐在古松的膝下，围在大殿里唯一的光亮中。

刀客用魔芋的叶子包裹着在佛寺外捕获的灰鸟，他将它们放在火上翻烤，叶子的味道清香宜人，但我没有一点胃口。刀客把吃剩的烤鸟包起来，打算作为明天的干粮。接着他问我，身体锻炼得怎么样？我说自己一刻都没有松懈过，强是比以前更强了，但冯如善是个非主流，就怕到时候出什么幺蛾子，让我这等良民防不胜防。他问我有没有看过李连杰演的《精武门》，我表示看过，问他是不是想说，对待冯如善要像对待阶级敌人一样，上升到一种先天仇恨的高度，把他像牌匾一样踢得粉碎。刀客欲言又止，但最后他还是对我的说法表示同意，然后补充性地总结道："最强的进攻，就是最好的防守。"

入夜，我深切地感觉到了秋凉。磨刀，闲着没事我就会磨腰间那两把代号"壹"和"玖"的短刀。本以为刀客睡着了，没想到他却冷不丁地说了句："你知道漫画里的英雄都是不会死的吧？"我转头看着他，他翻了个身背对我："你肯定会赢，因为我们都是你做的一场梦，只有你是真实的。"

"什么意思？怎么突然变得那么有境界了？"我停下手中的动作。

"我去，真是猪一样的队友！"他不耐烦地吼着坐起来，"我能在未来遇到你，说明你根本就没死嘛同志，还敢再明显一点吗？拜托你动动脑行不行，竟然还说你害怕，怕个卵哟，真是太让小爷失望了！"说罢，这货的肚子就尴尬地叫起来。于是，刀客翻出剩下的鸟肉瞟了我一眼："你不吃，我可吃了。"说罢自顾自地啃了起来。

夜深，我抬头仰望松柏，火光映照着它灰白的躯干，感觉就像是在看一艘行星级的战舰。残破的琉璃顶透出清冷的月光，有流星划过。刀客刚才的一席话，在耳际回荡，令我久不能寐。其实，一个人在这里闯荡的日子我也考虑过这个问题，但刀客对未来的理解不一定正确，原因很简单，既然有无数的平行世界，那么就会有无数种可能，未来是会随着行动而改变的，是生是死，不到最后一刻还真的说不定。

但是刀客的一番话给了我莫大的鼓励，我宁愿相信他说的就是真理。不由得，我心中燃起了对刀客的无限感激，同时我的脑海放晴心境豁然开朗，竟然对今后的生活燃起了迫切的希望。

“谢谢你郑瑶。”不知道刀客睡了没有，我朝他躺的方向挪了挪继续说着，“我想得很清楚，不管结局怎么样，我都要全须全尾地回去，重新找个女朋友，好好地开始新生活。但在此之前，必须赶快找到冯如善那个该死的衰人，把他欠我的前世今生的债都给还清了！”我摸着怀里的匕首恶狠狠地说，“冯如善你要与人民为敌，就别怪哥哥我对你不客气！”

刀客一动不动，树根下阴晴不定的佛像也一动不动，它们闭着眼，但我知道它们能听到。好吧，就全当哥是在自言自语好了。我侧身背对着刀客躺下，紧握着我的短刀，在嗡嗡的耳鸣声中望着渐渐熄灭的篝火。

“嘿！”刀客在身后哼了一声，我没理睬，以为是他在说梦话。与此同时，篝火熄灭。

就在这一瞬间，有人从身后猛地掩住我的面门，并且用奇快的手速抽出我护在胸前的短刀，我的大脑还没开始思考，最原始的战斗本能就已经先一步做出了防御动作。我右手反扣面门，左手则护在喉结之上，冷亮的刀锋尾随而至，刀刃隔着紧握的手掌在我咽喉的位置划过，所到之处一片冰凉。我本想借势夺下匕首，无奈对方速度太快，借着月光我看见指缝间喷出道道血雾。一击不中，对方想要快速补刀，就在这一瞬间，我的右手已经成功扣死对方的脉门，背部瞬间发力，整个人翻坐起来，同时左手抽出另一把短刀，向上一挑，正好挑在对方二次袭来的手腕处，我听到经脉断裂的声音，而后短刀落地。

身后的人左手已废，右手脉门被扣住，他就用膝盖猛顶我的后背，借助后顶的力道向侧边翻转，并让右手手腕脱臼，以此解开被封住的脉门。他成功地跃到了我的正前方，随即闪电般一个实实的头槌招呼在我的胸口上，我被撞出去好远，直到靠在了一尊佛像上。

至此，我的大脑终于开始运转，方才意识到——这个要置我于死地的人不是别人，正是刀客。

行走的不动明王
江湖一盏灯

六十八章 还有未来

“哼，哼，哼。”刀客发出一阵含混不明的冷笑，隐藏在黑暗中的身体剧烈地起伏着，继而咳出一摊污秽的血。右手脱臼使不上力，他就用左手背擦拭嘴角的血迹，丝毫不顾及被挑断的手筋。

我的手掌也几乎被锋利的短刀劈成两半，疼得青筋暴突，冷汗直流。“说话！为什么不说话？”我怒吼，“哑巴了？”没有应答。

不能给他任何机会，我将匕首奋力掷出，就在刀客拖着两只摇晃的手臂躲闪之际，我的旋转侧踢已经直逼他的面门，这货躲闪不及，头盔上的强化玻璃面罩应声而碎。这些碎片连同凹陷的头盔飞离了他的头部，正好反射出头顶清冷的月光，划出一道道闪亮的抛物线。刀客也被惯性带离了地面，而后实实地砸在地上。很快地，他又用手背撑地，勉强站起来，而后快速隐入黑暗，站在离我不远也不近的地方。

在他起身的一瞬间，有一抹月光划过他惨白的脸，我看到刀客那张俊美的脸上弥散出一层层黑色的雾气。一切归于寂静，虽然还能听到他胸腔中发出的阴阳怪气的呻吟，但还是静，死一样的沉静。我让自己的心跳变慢，走过去捡起他掉在地上的匕首，闻了闻，有股硫黄的气味。收刀，然后我开口说话。

“你知道我这辈子最恨的是哪种人吗？”没有应答。我揪下整只衣袖，从破口处撕扯，一圈一圈地，小心翼翼地，系在血流不止的手掌间，一边系一边狠狠地盯着他道：“我最恨的就是你这种，不除败气，除了又脏手，总觉得天下人都欠你的，猥琐下作，心理阴暗的小人！”裹好手掌，我把剩下的藏青色布头卷成一个团，扔到了刀客那张惨白的脸上。布头滚远，我看见他没有眼白的瞳孔，他听见我不高不低的声音：“冯如善，你这个孬货，给老子从刀客的身体里滚出来。”

对不起，骂脏话的我让大家失望了。但是哥怒了，怒到不想再发出任何友善的声音。冯如善应该感觉得到，老子很生气，后果很严重。“你要还是个男人，就变成你的鸟，光明正大地和爷爷打一场，你要是被捏碎了，爷爷再把你放回你的裆部，好让你彻彻底底地入土为安。”

冯如善慢条斯理地接上脱臼的手腕，口气依旧嚣张：“多日的潜伏还是功亏一篑，吃货的身体果然不中用。要不是那片魔芋坏了我的好事，如今在裆底下的人就会是你！做个了结吧，我的宿敌！”说罢，冯如善飞快地结了个手印，下一秒就扯断了刀客被挑坏的左手腕，血流如注的伤口里“噌”地长出一把锈迹斑斑的铁刀，又在一瞬间，他抡起右手，压住刀柄，疯狂地反拧。

我听见自己的喉咙深处发出一声怒吼，也不知哪里来的力气，直接弹到冯如善的面前，用右手钳住他的脖子，左臂拼命去挡冯如善加害刀客的手。结果还是迟了一步，刀客的整只左臂被生生地撕了下来，紧接着那把连着整个左臂的血肉模糊的锈铁黑刀朝我直直地劈刺过来。我闪身，落空的铁刀在青砖上留下了一道触目惊心的凿痕。

黑刀深插地面。与此同时，冯如善又结了一个手印，随即右手拇指直戳自己的咽喉，紧接着从刀客的喉咙深处喷出一股杵天杵地的黑色火焰，这些怨念裹挟着不知名的金色梵文，焚毁了远处的佛像群，贯穿了巨大松柏的根部，在几丈外的墙壁上留下了一团触目惊心的焦灼黑洞。

身体的本能再一次助我躲过了致命的一击。但当我后空翻躲避并下落的同时，心口上就挨了重重一脚。如果踢的是普通人，这一脚下来，足以断送九条性命。我被踢出十多米开外，后腰顶在被焚毁的树干上，“咔嚓”一声巨响，整个大殿都在颤动。饶是大盗神功护体也实难招架，我心口一甜，嘴里喷出鲜血。

“哼，看看这回谁是鸟。”冯如善消耗性命释放的一招刚才走空，他气愤难当，因此咳得更加厉害。托着刀，他站在我的面前，我挥手朝他的膝盖刺去，不料偷袭失败，火星四溅，匕首被黑刀弹开，插在了不远处的佛像脸上。琉璃瓦顶剥落，光线斑斑驳驳，他的皮肤暴露在月光之下，又挥发出无数黑气，冯如善正在蒸发，显然是要在气数用尽之前与朕鱼死网破。

“尿货，滚出来。用你自己的身体打，这样爷爷才会服！”刚刚那挂弹打确实漂亮，我的虎口被震得发麻，喉头又一紧，索性将血痰尽数吐在冯如善的脸上。但他这两下子还不足以伤到我的根本，现在我唯一忌惮的是刀客的身体，要是失血过多的话，要是被我打坏了，瞳灵该怎么办？

“我的身体？”冯如善愣了一下，“我的身体不是被你的上辈子给打坏了吗？你小子装什么蒜？我要是还有身体，你龟儿子早就死千百回了！”冯如善一边阴阳怪气地说话，一边狠狠地挥刀。我猛地撑起身子，一个侧闪，抽出插在佛像面部的短刀，两手凝气奋力抵抗重击。冯如善每砍一下，身体就挥发得愈加厉害。整个庙堂都在震动，老树发出吱吱呀呀的哀号，我无暇顾及这些，且战且退，直到我的手摸到了一样东西。

黑刀再次丧心病狂地砍下，又一道火星四溅：“只要杀了我，一切都可以结束，回去，好好地过你的生活。还手啊！捅我啊！将我撕碎！让我看看你究竟是一条好汉还是一个只会自保的贱种！”这个人渣在激我，他料定我不敢还手，但是他错了。我直盯卷刃的刀口，心里默数，一刀，两刀，三刀，四刀……直到第二十一下，这把经过寨民千锤百炼，编号“壹”的神器，终于一刀两断。

与此同时我瞬间发力，将刚才摸到的包烧留下的魔芋叶子捅进了冯如善大张的嘴里，这货还没来得及反应，面部就腾起了黑色的火焰。

也就是在这个时候，斩断匕首但速度不减的黑刀也砍进了我的左肩，我疼得邪火直冒，一嗓子吼起来：“郑瑶，我相信你说的话，你要真是来自未来，你就不会完蛋！”说罢全身涌出一团热流，左肩胛窜出股怪力，硬生生将嵌入膀子里的黑刀顶离冯如善的掌控，黑刀带着我的热血飞出十米开外。紧接着我的整个右手连同断了的刀柄，以及我的呐喊声一起插进了冯如善和刀客的左胸。一股黑色的暗流喷涌而出，随之而来的是一刹那的寂静。

紧接着就是耳鸣，强烈的耳鸣。我抬头，看见正在崩塌的殿顶，那些坠落的青蓝色老旧琉璃和灰白的老槐躯干，它们生生死死都纠缠在一起，散发出久远而凝重的声响。我侧目，看见脱离根须的黑色佛像，它们六神无主地望着我，与那些东倒西歪的红色巨柱一起投胎转世去了。我低头，看见因吞食魔芋叶而正在现形并扭曲溃烂的冯如善，他正苦痛地抓挠着自己的喉头。

我听见自己对他说：“你知道我们跟你的最大区别是什么吗？”他黑黑的嘴里流出更多金色的梵文，发出不明不白的咒骂。

我告诉他：“我们还有未来，而你，没有。”

六十九章 坠落

闭眼，满目的金光，那光束来自刀客的左胸口，我曾经看见他把音叉放在那里，这柄金色的音叉，救了我和刀客的命，也正因为我那猛力的一击而散发出跨越时空的瑰丽光芒。

我在慢慢地下坠，下坠。光芒化作流星，擦出一道一道的轨迹，它们陨落在发际，陨落在额头，陨落在耳边，陨落在破碎的星空里……

不知过了多久，可能是八万四千年，我开始慢慢苏醒。四周是一片黑暗，这是一条扭曲的时空隧道吗？抑或是一条蜿蜒的冥河？

我能看到从左肩处拔出汩汩的红色血雾，它们向上升腾，一直延伸到空间的尽头。感觉不到周围空气的流动，我仿佛浸泡在某种阻力很小的液体里，听不到任何声音。刀客和他的头盔飘在离我不太远的地方，他一动不动，从他身上流淌出很多的红线。

迷离中我看到白色的亮光，亮光中有老庄焦急的脸，他向我们大喊。我用尽浑身的力气用脚把刀客推往老庄的方向，自己也想挣扎着游过去。左肩伤得很重，我移动得很慢，若不是先前燃起了对生活的希望，此刻我疼得真想就此死去。但我还是突然想起了一些事情，冯如善如此阴险狡诈，大盗三途川何等厉害都着了道，我也得加倍小心。

于是拼了命地对老庄喊：“小心！先拿武器，冯如善可能还没死。”见老庄一副没有听明白的样子，我又用最后一丝力气指了指刀客说，“先救郑瑶，他失血太多。”

老庄竹板一样的身躯在捞起刀客和头盔后已经累得抖如筛糠，但他还是紧接着对我伸出手，脸上写满期待与焦急。这举动让我宽慰，也暂时打消了揍他的念头。

此时白色的光线开始变得忽明忽暗，我身上的血雾因为空间的不稳定而变得紊乱起来，与老庄的位置时远时近，我心底涌出一丝不安，于是本能地加快了速度。昨晚岩泉寺里发生的一切在脑际快速回闪，但终究因为太过疲惫而放弃思考，一心只想快点回到我熟悉的世界。光线明显又暗了许多，老庄仿佛站在一盏只有十瓦的白炽灯泡里。

快抓到他枯柴一般的手时，我看见他的脸色瞬间变得像烧透了的纸灰。他在大喊，我听不见，他用手指着我的身后，我没回头也能看到他厚厚镜片里反射出的景象——冯如善破布一样的半拉残魂攀上了我的后背，黑铠掉落，露出絮烂的黑色长袍，就像一缕缕阴魂不散的帆。我感到有一股逆行的“气”将我往相反的方向卷去，与此同时我脑海中传出一种吹蜡烛的声音，紧接着老庄和他的光线在一瞬间消失不见，我陷入比黑暗更黑暗的地方……

坠落，坠落。

全身无力的我，坠入了另外一个奇怪的空间。在这个时间的夹层里，我看到了年幼的自己，我看见自己不停地敲击着厚厚的玻璃墙面，在玻璃盒子里有我的家和我的父母。母亲在老旧的炉灶前煮面，那是一碗热腾腾的荷包蛋挂面，充斥着母爱的光。母亲听不见我的哭喊，父亲抬起年画一样的脸，他看见我，脸上挂起一抹冰冷的笑，继而低下头，再没多看我一眼。

坠落，坠落。

我看见年云唤叔叔和漂亮的阿姨，他把她们困在雪白的床上，他用他深邃的目光久久地凝视她们，于是床单上开满了殷红的梅花，于是就有了更多好吃的肉干。

坠落，坠落。

直接坠入深深的冥河。在水花渐起的一瞬间，我看见和尚拥着狐狸的灵魂行走在无边无际的河川上，静静的河流上面没有何川的倒影，跟我一样。

坠落，坠落。

一群人走在长长的路上，路只有一条，纵深到不知名的远方。深蓝色的天际划过一颗流星。不远处有一家小店，有一盏亮度二十瓦的灯，有三个女人，最老的那个手里端着一碗汤。

坠落，坠落。

在天旋地转中，老庄对我大喊。

坠落，坠落。

眼前掠过那焦灼缠绵的八万四千年，我看见三途川，看见小桃，小桃吻着我，将那枚视若珍宝的玉佩，刺进了我的心脏。

坠落，坠落。

冯如善爬上了我的胸口，扼住我的咽喉，他凄厉地惨叫，像一部狰狞的默片。我看见他嘴里流淌出黑色的黏液，脑袋边还伴有金色的对话框。此刻，我终于能看懂那些梵文的意思——杀了我！杀了我！杀了我！

坠落，坠落。

一小块闪光由远而近，我伸手接住。那柄刻有“玖”字的匕首，再次失而复得，它被我紧紧地握在掌心。没有犹豫，我挥刀，冷亮的刀尖插进了冯如善的天灵盖，他的脑壳上喷涌出赤红的光，紧接着整个人由内而外爆裂开来。我被拉扯进一股杵天杵地的怒焰之中，这些红黑的火蛇拼命地旋转起来，就像喷发中的超新星，暴虐得妄图摧毁一切。

六感瞬间归位，一阵撕裂的剧痛随之而来。坠落，我终于坠落。实实地砸进了一堆冷硬的杂物里。恍惚间，有一个声音传来，她让我不要淘气。门打开，有光透进来，天空降下雪丝，我再生为人。

踏晓

江湖一盏灯
森林近品

七十章 熟悉的陌生人

长久以来，阮桃一直做着这样一个梦：

她梦见自己是一只白色的狐狸，身处一座异乡的城市，那里有一条奇怪的街道，她怎么走也走不出去。其实，她也不是太在意被困住的自己，因为这个地方终年都沐浴在一种柔和的光线里，也只有在这里，她才能在楼与楼之间奔跑，跳跃，从未有过的自由，一切都再完美不过。她终于寻找到一个港湾，一个躲避家暴的角落。

有好几次，她停在一处开满粉白色、金色、淡紫色花朵的高台上，没有干透的衣裙抚过她的发际眉梢，她闻到了一股淡淡的檀香味道，这股香气与某处遥远的歌声交织在一起，像是催眠的呓语，又似浓浓的离愁。

每当她站在这个温暖的天台上，回望被微风拂起的白色床单之际，她总会看见一个高高的好看的男人站在远处，他会用一种温柔且忧伤的眼神，同样地回望着她。其实，阮桃看不清他的长相，之所以觉得这个人好看，那是因为在梦的最后，他总是会走过来温柔而紧紧地拥着她。这个时候，宜人的檀香会再一次沁入心脾，让她迷醉其中，久久不能自拔，这是在冷漠的家中无法得到的温暖，因此这个人肯定是美好的。

每当男人拥着她，轻声地一遍又一遍地问“你还记不记得我？”时，阮桃总会在梦中哭醒，继而整夜流泪。她很想告诉他，我记得，我记得。你是这老街的魂灵，你是记忆深处的温暖，你是我的一方守护，你是散落在清晨的一道光。虽然我不知道你的名字，但我们一定认识，在未来，在前世，在永永远远的岁月中，在周而复始的轮回里……但是每次，她都没机会说出来，一开口就只剩哀哀怨怨的啜泣。

有时，阮桃在午夜时分对镜，就会看到镜中有一条长长的河流蜿蜒远去。河心有一个穿青色长衫的男人和一只卧坐的狐狸。这一人一兽的对望，会持续很久很久，直到八万四千年已过，直到阮桃沉沉睡去。

阮桃参不透这些苦涩而又美丽的梦，但她无时无刻不在寻找，寻找这个谜一样的男人，寻找那个让她魂牵梦萦的地方。直到多年后的一天，她离家来到这个城市，直到她无意间走过吹箫巷，她终于看到了那个阳台，和她梦里的一模一样。

这一日，阮桃再次哭醒，有些耳鸣，她花了很长时间来平复这种莫名其妙的忧伤。抬眼望去，天色已经微亮，她惊奇地发现窗外下起了雪。阮桃再无睡意，打开窗来，她欣赏着这个城市里难得一见的奇景。突然，阳台的杂物间传出一声巨响，她想，可能是红姑的猫咪又在调皮，于是忙拿了一袋猫粮跑了出去。

"乖乖，别淘气。"都听人说下雪天不冷，但阮桃还是不由得将身上的衣裳紧了紧。

当她穿过还未来得及收下的飘摆床单，伸手拉开虚掩的木门时，有一只手猛地将她扯进屋里去，随即另一只手捂住了她的嘴。屋门被掩上，有血腥的味道，她的惊叫淹没在男人低沉的声音里："别怕，我不会伤害你，这是哪里？什么时间？什么地点？"阮桃僵住了，她的心猛地一震。这是多么熟悉的声音，他曾经回荡在那无数个伤心的夜里。还有这熟悉的檀香味道，和着冷风沁人心脾。

终于，她再也控制不住，多年来的寻觅与等待让眼泪大滴大滴地滚落，她整个身体也随着五味杂陈的心不停地颤动，她将这个男人的手拉得更靠近自己，紧紧地贴在自己的鼻尖。

原来这一切都不是幻觉不是梦，她没有疯！她想尖叫，她想笑，她想告诉身后的这个男人，我不害怕，我记得你，你是这老街的魂灵，你是记忆深处的温暖，你是我的一方守护，你是散落在清晨的一道光。虽然我不知道你的名字，但我们一定认识，在未来，在前世，在永永远远的岁月中，在周而复始的轮回里。

七十一章 大雪

从周围的布局和陈设来看，这是一个现代的杂物室。来人虽然是个女性，但也不能掉以轻心。我已经有自觉，自己可能会再次跌入某个平行世界。万一不止她一个人在家，那我就摊上大事了。所以，我将她拉进黑暗的屋里，快速地用背抵住屋门，不能让她发出任何声音。怎料想，在我说出一番安慰的话的同时，这姑娘反而激动地哭了起来，我的脑袋一下子慌了，左肩剧痛，手心冒汗。

是我的错，我不应该问她，什么时间？什么地点？稍微正常点的人都不会这样问问题，她八成误会我是精神错乱的痴汉，所以我没再说话，决定让我们彼此都冷静冷静。姑娘穿着不厚的睡裙和一件单衣，她手里的猫粮撒了一地。天很冷，气氛有些尴尬，两个人都不自觉地发起抖来。我减轻手上的力道，将她拉得靠里面一些。

在我怀里的人有一头漂亮的栗色长发，长发在微光中透出酒红色的光芒，我继而闻到了她身上散发出的水果一样的幽香，大脑抵御着混乱的思绪，嘴中呼出深深浅浅的雾气。就这样，刻意等了很久，她从最开始的抽泣，变成了默默流泪。我的耳朵一直都没有放松警惕，直到我确定这家里只有她一个人，至少目前只有她一个人。直到我再也承受不住左肩传来的剧痛，直到我移开自己的背让天光透进来……

杂物间的墙面上投射出我们的影子，但光线的到来并没有让几平方米的小屋温暖一些。“别慌，我不是坏人。如果我要杀你或者非礼你，早就动手了。”她在我怀里一动不动。

“我现在放开你，问几个问题就离开，你不要喊也别转过身来。在我走之后你可以选择报警，好吗？”又有一滴泪落到我的手心，很久之后她才勉强地点点头。我放开她，退出门去，冷风袭来，全身灼烧一样的疼，我赶紧按住左肩，这才发现整个身体已经到了极限。想简单地解释一下，并问她现在是哪一年，是不是她一个人住，我受伤了，可不可以提供一些帮助……

但我万万没想到，她会在我还没开口之前就猛地转过身来，并且在盯了我两秒之后，猛地给了我一个耳光。蒙了，在看清她的脸的时候我彻底地蒙了。

这一定又是另一个平行世界吧，我想。因为我看见了狐狸，她活生生地站在我面前，用倔强又哀怨的眸子望着我。她为何总在哭泣，有我的地方就会哭泣吗？我一点也不想这样，但这是事实，这事实让我很受伤。为什么心里会有一丝惆怅之感？因为眼前的人只是另一个世界的倒影吗？抑或，是再次相见的喜悦？喉头涌出一阵酸涩，我想上前抱她，想用手摸摸她的脸。我对自己说，不管是不是美丽的镜花水月，都要将她拥在怀。

“何川，你不要欺人太甚！”狐狸推开我，又狠狠地给了我一巴掌，她紧紧地咬着下唇，倔强地忍住眼泪。

我脸上火辣辣的，早已忘了自己原来的名字，委屈不解地说：“我是三途川啊。”她还在生气？气我没有及时去救她吗？“你还记不记得我？”终于，在要失去意识的时候我又抱住了狐狸，这一次她没有反抗，只是怔怔地凝视着我的眼睛。

狐狸崩溃了，眼泪再次决堤，惊天动地的哭喊被埋进了我的胸口。她紧抓不放的双手嵌入我的脊背，扎进我的灵魂，让我的心更加疼痛。但这些痛，终究还是值得的，平行世界里的小桃已经死去，21 世纪的狐狸仍然活着。

这个身体也许不是之前的那个小桃，但她一定对我产生了某种似曾相识的情愫。那些第三个太阳纪的往事，那条悠长的河流，那千山万水的寻觅，那些孤寂的夜，一个个焦灼的吻，还有斩不断的离愁……这些景象一定曾在这个女人解释不清的梦境中反复出现过，这些说不清道不明的感觉一定也被她当作前世或者来生的记忆，深深地留在了脑海之中。所以，这个狐狸哭了。庆幸的泪也从我的眼中淌出，这是为苦守承诺的三途川而流，也是为那逝去的八万四千年而流。

良久，我想告诉狐狸，我并不是三途川，我只是一个混迹在市井的Loser正在经历着不属于我的一切。其实我承受不起如此刻骨铭心的爱和等待。但最终讲出来的却是：“我要的不只是相忘于江湖。”

不知何时，天空的雪丝变成了大片的鹅毛，天台上的风让它们变得紊乱，不飘也不落。抬眼眺望，我竟又站立在阔别已久的吹箫巷，它还是老样子，和过往的千年一样。我们始终还是走不出这江河湖海的旋涡吧，我这样想。

远处传来了爆竹声。
节庆的烟火在茫茫大雪中降临……
江湖
一盏灯
雪之谣

七十二章 消失的轨迹

阮桃曾几度认为自己疯了，直到她遇到了这个自称“三途川”的男子。她告诉自己，这人不是对街那个终日闲游浪荡，神出鬼没的宅男何川，虽然他们长得很像。

阮桃从没见过南方有如此大的雪，大朵大朵白茫茫连成一片，它们和他银色的头发纠缠在一起，那发丝又攀附到自己的颈项之上。这个自称“三途川”的男人，在昏迷后还是紧紧地抱着自己，那味道，那触感，是真真实实的存在。不知哪来的力气，阮桃拖着人事不省的陌生男人艰难地往屋子挪去，两人行进中划出的轨迹瞬间被大雪覆盖，看上去好像他们从没来过，从未在这个世界存在过一样。她看着这些消失的轨迹，突然间气氛变得好伤感……

南方城市居民家中少有空调，这罕见的大雪让阮桃手足无措。她将所有的棉被盖在三途川的身上，然后不停地拨打急救电话，占线，还是占线，再打，却被告知因为这百年一遇的罕见大雪，急救车无法出动，即使能正常行驶也无法开进蜿蜒的吹箫巷。网线断了，她无法上网求救，又找来马老倌和一枝花家的电话号码，没人应答。

三途川的身体已经越来越冰凉，阮桃放下手中的绷带，跑出门去顺着敲打邻居的门，她的哭喊哀求得到的只有沉寂和冷漠。好不容易，房东的男人把门打开了一条缝，在得知有人需要急救时又把门给掩上了。“对不起了姑娘，要是我老婆打麻将回来，知道我多管你的闲事，会打死我的，你还是叫急救车吧。”

阮桃又跑回房间，回想所有学过的急救知识，她找到了男人左肩的伤口，撒上白药，一圈一圈地替三途川包扎好。面前的身体已经越来越冰冷，阮桃用完所有的绷带，血还是触目惊心地渗了出来。她又打来热水灌了葡萄糖，用勺子喂不进去，她就用嘴，咸湿的泪和暖暖的希望还是没能让眼前的男人有任何反应。她再一次拨打电话，还是占线。于是她开始不停地喊，用手摇晃三途川。

阮桃从来没有这样害怕过，害怕失去一个人，这令她浑身颤抖、语无伦次："我没有疯，我知道你是真实的，你是反复出现在我梦里的人对不对？我们之间到底发生了什么？你可不可以先睁开眼睛和我说说话，告诉我一切，我真的很害怕……"没有回答。

过了一会儿，阮桃又振作起来，打来热水，替三途川反复地擦额头，擦双脚，擦手背。接着她又开始自顾自地和昏迷中的三途川说话："我叫作阮桃，喜欢紫色，你呢？这里的冬天其实没有那么可怕。对了，你喜欢小动物吗？我以前有一只叫作珍珠的猫猫，她是我最好的朋友，有一天放学回家就不见了，我知道是我爸妈……"

阮桃不明白自己为什么要说这些，她的理智让自己停下来，但嘴巴还在继续："我在垃圾堆里找到了珍珠，我用我的裙子给她做了一件最漂亮的衣裳。我把她埋在缅桂树下时，有一个蒙面的老道士走过来和我说话，他说，我是不该出生之人，罕见的断错之命，上辈子欠的债太多，生生世世都还不清……"阮桃的泪滴滚落到三途川苍白的脸颊上，她用手擦拭，"我说我不怕，命运只不过是无能之人的托词，你还记得这句话吗？在我还是只狐狸的时候，你在江面上对我说的。"还是没有任何回应。

就在这个时候，阮桃看见一抹清冷的光，这光线来自三途川的胸口。他胸前的长衫内袋里拴着一块玉佩，她曾经也有这样一块玉，老道送给她的。之前一直小心翼翼地收藏着，但有一天家里来了贼，玉就被偷了。为此，她伤心难过了很久。现如今这玉怎么会挂在三途川的胸前？

不，这不是她的玉，阮桃在反复端详之后得出了结论。她的玉温润通透，散发着纯良的气息。而这块，颜色有些不真实，伴有冷冷的光，这光让阮桃感到莫名的害怕，心生不祥之感。她想把这个透着邪气的东西扯下来，手举了半天却始终落不下去。心里突然变得好烦躁，她感应到一个令人战栗的声音，这声音仿佛来自无间地狱，由远至近，一声比一声尖锐："为什么？为什么？为什么会这样？为什么要这样？为什么总要坏我的好事！"

这是在警告我吗？就是这个声音在侵害三途川吗？阮桃想着但她不怕，因为恐惧的尽头是爆发与反抗，因为想守护某个人的信念让她坚强。此刻阮桃倔强的灵魂占据了上风，犹如她过往的生生世世——柔而不娇。她义无反顾地扯下了挂在三途川胸前的威胁，并做好准备去迎接那无法预料，且无边无际的黑暗……

七十三章 医院与走廊

我做了一个梦，一个不长不短的梦。

回到初中时代的我，全身酸痛地躺在吱吱呀呀响的床上。一天大早我爸冲进来，毫无征兆地就朝我头上招呼一拳，然后歇斯底里地喊：“你个鬼东西，要是不好好学习，老子就弄死你！”身体痛得厉害，又莫名其妙地被教训真是让人火大，于是我摇晃着身体爬起来，走到客厅，坐在沙发上，用我爸的打火机给自己点了根烟。

老家伙正在喝着他最爱的稀豆粉，看见我这般举动后口中的美味瞬间变质，成了骇人的“米田共”，他的脸不自觉地抽动起来。在老汉还没来得及爆发之前，我开口了：“我一直都很好奇，你怎么每天早上都想弄死我？那你打算怎么弄死我？”是的，我知道自己在做梦，外表还是初中的少年内里却藏着一个成年人的灵魂。借由这次“醒梦”，我得以问出那个曾经日日夜夜都在困扰我的问题。老汉手里的早点因为权威受到质疑而愤怒抖动，他勉强把碗递到嘴边喝了一口，眼睛盯着我，一字一句地说：“老子当兵的时候用枪打死过，用脚踢死过，用手掐死过，用砖拍死过，你可以随便选一样！”我仰头，双手分开撑在沙发椅背上。而后，吐出一口烟，妥协道：“那就用手吧。”

老汉终于没能体会到我话里的诚恳和善意，他“啪”地将碗拍碎在茶几上，拧起年画一般的老脸，抡圆了胳膊就是一套标准军体拳起手式——“老当益壮左勾拳”。我端端正正地坐着，没有躲闪，因为这一拳是每天早上我都欠他的。

当老汉的拳头实实地捶到我脸上，当我年幼的身体飞离沙发之际，梦里的场景开始转换……

成年的我倒在医院的走廊。地面冷硬，那里有怀旧的马牙石拼接图案和来苏水的味道。爬起身，我追逐狐狸消失在走廊转角的身影。光线很暗，每次梦见医院都是这般阴冷压抑，分明是救死扶伤的所在，却透不出丝毫希望之感。这是一栋呈 T 字形结构，六七十年代的老旧卫生所。身后是紧闭的手术室大门，身前是长长的走廊。

这里病人不多，男男女女都剃着光头，好似都得了要命的不治之症。我站在 T 字形的末端，跨步走过一间间病房，在这些大大小小的方形空间里，有着截然不同的景象，它们就像陈列室的橱窗，向我展示着不知道是我自己还是某个人的精神世界。

有人在镜子前梳理着并不存在的“头发”；有的人什么都不做，只是站着，伫立在永远的黑暗里；有的房间里没有人，只有一头悬挂在老式电扇上的被肢解的猪；有间房子里镶满蓝白色马赛克瓷砖，很多男女在莲蓬头下淋浴，他们一丝不挂；有摆满婴儿床的房间，床上睡的不是婴儿，而是一袋袋的血浆；还有一个房间，护士正在追杀奔跑的病人，在房间的对面，医生正在用锋利的手术刀逐个地给熟睡的病人割喉……

值班室的门口，蹲着一个胡子雪白的老头，他半裸的上身里抱着一只雪白的小兔，老人用他粗糙干枯的手爱怜地抚弄着兔子那柔软细腻的毛皮。见我走过来，他忙站起身，似笑非笑地端详我。整个走廊只有他一个人站在外面，显得尤为突兀。我刚想问他，为什么不待在自己的房间里。突然，从走廊的尽头传出一声尖锐的哭喊，白胡子老头吓得转身就跑，我也生怕狐狸出什么状况，忙跑向前去。

剩下的房间里有什么，始终没来得及看，但我能感受从里面透出不同颜色的斑驳微光，它们折射在我的瞳孔里，伴着若隐若现的哭泣声，在脑海中反馈出强大的能量，让人有种恍若隔世的迷离。白胡子老头又出现在走廊的不远处，他怀中的白兔已经被裹满咖喱酱，被塞进了他大张的嘴里，有一丝鲜血从他的嘴角渗出，老头鼓胀着双眼，嘴里“咿咿呀呀”地哼叫。我撇过头，不再去看。

奔跑在幽暗的走廊，脚下的马牙石拼接图案仿佛永远都没有尽头。心中莫名地悲伤，不知不觉竟也在梦中呼喊起来，要自己跑快些，不回头地向前，我借由惯性的驱使，一步踏出！就在将要转向的一瞬间耳边的哭泣声戛然而止。与此同时一股排山倒海的能量横穿过我的身体，就在我要被这股洪流吸进去的刹那，有一个人从身后拉住我，我这才得以看清眼前的情形：

这里不再是 T 字形建筑的“一”字部位，而是一条断裂的从深渊中漫出的冥河。无数扭曲的灵魂汇聚在其中，被汹涌向前的河水裹挟着，身不由己地横冲直撞。这些失去颜色的魂魄涨满了整个走廊的空间，它们狂浪地流淌着，不声不响，却惊天动地。我被眼前的景象震撼，过了良久才回过神来。

记忆的落寞·局部

转头，想看看那个救我一命的人。

我看到了冯如青——那个只在幻梦中有过一面之缘的忧郁少年。此时的他大张着嘴，发不出完整的句子，只有尖锐的哀号。我怜悯地看着他，原来他的灵魂被囚禁于此处，在冯如善的噩梦里。

我正在想，用什么方法才能将他救出去，就在这时他突然狠狠地捏住我的手，继而一个突兀的金色对话框冒了出来：“快醒过来！快醒过来！”

江湖
一盏灯

消失的轨迹

七十四章 “烂人”的方式

梦已醒，睁开眼，身边不见小桃。

我看到冯如善阴魂不散的黑色长袍和摇摇欲坠的腐烂躯体。他竟然又能恢复实体并拖着我的一只脚，把我拖向老楼的边缘。这家伙显然已是强弩之末，施展不出任何招数。也许他不想用法术杀死我，也不再想吃我，可能也觉得用刀太便宜了我吧。或者他想让我从高处坠落，摔得万朵桃花开，这才符合他“居高临下”的人生定义。

我在心里苦笑了起来。古代人的执着真是叫人无法想象，他的这些莫须有的爱和恨，究竟是以一种什么样的精神状态在支撑着？

我已彻底清醒，身上也不再觉得痛，没有动，我要等待那一招定胜负的时刻。我看着天空飘落的大雪，它们是生的召唤；听着冯如善死狗般的喘息，这是他自己导演的送葬；我回望着身后盖都盖不住的殷红血迹，心里想，这白茫茫的天地之间一抹红与黑，多奇妙的景象……

半晌，冯如善终于把我拖向死亡的边缘，我也终于等到了那一招定胜负的时刻。

猛地发力，我从没感受过如此大的力量，也从未预料到自己竟有如此快的速度，在翻起身来的同时冯如善就已经被扑倒，我听到他骨头断裂的声音和自己的灵魂深处发出的野兽般的咆哮。我已经控制不住心里的那只怪物，冯如善的脖子被粉碎在它深扣的双手中，脚下的这栋老楼发出伤筋动骨的巨响，并在大风中左摇右晃，冯如善身后的水泥砖碎成了巨大的圆形，不规则的裂痕凸翻出来。

有那么几秒，冯如善妄图用一种漠然的态度来掩盖绝望的情绪；有那么几秒，他试图再做些反抗，但当他发现那只是一种徒劳时就决定接受现实了。接着，他眼都不眨一下，承受着我挥向他的愤怒。我让心中的野兽彻底脱缰，将所有的压抑与愤怒释放，每打一拳，地板就又粉碎一遍，一圈又一圈的龟裂图案疯狂地肆虐；每打一拳，老楼和周遭大地就要震动一遍，一声又一声，好似送葬的奏鸣，每打一拳，我的心就歇斯底里地喊叫一遍，不，那不是我的心。那个声音混迹在白茫茫的情绪之中，听起来好遥远……

终于，直到他那张本来就没法看的脸变得更加没有了形状，直到他身上的黑色体液浸透了整个世界，直到我发现自己扎着碎骨的拳头正在变得透明，继而快要消失的时候，我们谁都没发一言。这场宿命的对决在无声地进行着，以一种“烂人”的方式。

我已经觉察到自己正在消失，冯如善也在生命的最后一刻觉察到了，于是他回光返照一般地发出了狂浪的大笑：“其实，我不知道自己为何如此执着于对你的恨，这种恨似乎持续了百亿年不曾消退，我想我是规律外的失控者，失去了爱和原谅的能力。也许我是生了某种病，但不管你承不承认，我的存在让你变得有了意义。”

他不再笑了，用仅剩的一只眼珠望着我，然后用很小但却能刺进我胸膛的声音说道：“但是，你知道吗？其实我们没有区别。”

远处的城市又传来鞭炮的声响，有一曲哀伤的调子从冥冥之中飘来：

雷鸣骤起雨珠帘，打湿心头一片。
灯花摇曳，红烛浅。
四顾相盼，忽闻前世香。
幽深传经颂，化作一缕香灰。
美人犹抱，琵琶无弦，琴声远。
雷鸣骤起雨珠帘，离人无限想……

风雪中显现一个女子的身影，她是那个曾经徘徊在吹箫巷的孤寂灵魂，能唱出动听旋律的秦香兰。她目送冯如善的躯体被这百年一遇的大雪稀释，落入茫茫的无间地狱。冯如善死的时候，冯如青淡淡的灵魂也飘向了天际。他终于能与嫂子的灵魂结伴而行，飘往天堂的方向。

而我，也看到了远处的另一个自己，他伫立在遥远的巷口，仿佛感应到什么似的茫然而不安地张望。就这样，我与我的现实轨迹重合在一起，这种不被时间与空间法则认同的命运，结局是以我的消失作为收场。

我走回狐狸的屋子，那房门大开着，冷风吹起紫色的纱帘。我看见我的镜花水月，她的双手被反绑，斜靠在仿古的木椅上，那枚雕花碧玉坠落在脚边，而她，则早已失去了生命的迹象。冯如善为了恢复实体折磨虐杀了狐狸，他吸取了她的生命，整个过程是如此痛苦和漫长，她在香消玉殒的时候是否呼唤过我的名字，而当时的我又在什么地方？

我听到世界崩塌的声音，那是一种无法承受的力量，一个我不得不接受的宿命，一个我无法改变的真相。

走过去，用我还未完全消失的手，拭去她眼角的泪和唇边的血迹。在为她梳理头发的时候，有一丝纯良的魂魄飘进了我的掌心，这是一朵温暖的小花，带有秋天水果的芬芳。我拥抱着我的镜花水月折返到飘雪的露台，双脚划过地面却没留下任何痕迹，就像我们从没来过这个世界一样。

我看着远处的那枚碧玉，它也化成了无数的冰凌凝固在那个充满回忆的地方。

长久以来我一直在想，如果我们从未相遇，现在的我们会是怎样？在另一个纪元或者平行的时空里经历着平淡，抑或是不平凡？是不是我一闭眼，这个世界和老街就都不存在？不管是风吹云，还是云自己在动，你们都是我做的一场梦。我永远都无法醒过来，因为我有个名字叫作三途川，三途川其实又叫作“忘川”，在我身边流淌过的人，于我于他都将是要忘却的。

我已经消失，我将会去向何方？前面有一束光，那里会是最后的终极与最初交汇的地方。

江湖
一盏灯

七十五章 49号

至此，我消失了的那五年记忆，在一个夕阳西下的黄昏被找回。

我醒转在一开始寻找记忆的老子的飞船里，在一个没有边际的白色空间中，再没有第二个人。我就像一粒被遗忘在天空中的尘埃，透过有我倒影的巨大落地窗，望着不远处的海与地平线，那里有一轮正在下沉的太阳，它绽放出的金色光辉折射在静静的海面上，又与我周围透明洁白的介质融合在了一起。

有一抹永远静止在落日余晖中的苦涩，有一腔欲罢不能而又于事无补的惆怅，有一段恍若隔世的离愁……就好像，就好像你在黄昏觉中凝视身旁睡着的，你最爱的女人。你抚摸着她的肌肤，吻着她的秀发，但你的脑海中还拥抱着另一段往事，那里面有一个少女的背影，她的一颦一笑都能令你心神荡漾，她一个无意的回眸都能令你灵魂震颤。而此刻，你却醒了，眼睁睁地看着她被另一个现实冲淡，身边那个你承诺用一生一世去爱的人和自己的社会性一直在耳畔尖叫，他们告诉你，你是一个不知廉耻，不懂珍惜的混账！

是的，我知道。我把脸埋进自己的手掌，一切皆是虚妄。我在这充满暖意和遗憾的金色长梦里放声大哭，嘴里喊出的不是那八万四千年的苦痛，而是——既得无妄，既得无妄。

三途川与小桃死于那一年罕见的大雪中。这百年不遇的冰霜里没有我的痕迹，那么这个出现在飞船里的我又是谁？老子在太阳消失，黑夜翘首的那一瞬间出现在不远处，他手里拿着那枚狐狸雕花碧玉。“你足足沉睡了四十天，我还以为你再也不会醒过来。”

“我是谁？”我在黑暗的星空旦问道。

“你是 49 号。”老子挪动他绿绿胖胖的五短身体。

“老庄抢救并修复刀客的手臂之后，就赶去找你，但那时已经太晚了。于是他用了两年多的时间，收集你当时还未来得及消失的记忆粒子将你复制出来。相较三途川这个本体来说，你虽然有部分记忆力和能力上的缺失，但你是老庄的毕生心血，是唯一一个成功存活的克隆体，49 号。”

“你一早就知道？”我听见自己的心底泛起沉闷的巨响，那是名不正言不顺的空虚之感。“不，我真的不知道。”老子矮胖的身体在靠近我的时候慢慢变化成一个很有质感的优雅男人，这是他的假身还是真正实体？

“事实上，在你进入时间间隙找寻记忆的那段时间，我经常帮你翻动身体。就在那时我在你身上找到了这块玉佩，从中解读了一切。”他转头，不再与我对视，“想不到老庄苦苦找寻的数据会留在你这块玉里面。”这个优雅的男人面朝大海，海面上缀满了钻石般的星光，我也看过去，满眼却都是模糊的光晕。

“我真的很抱歉，如果你愿意，我可以再次帮你抹掉记忆，就像那天你哭着求我时一样。”见我没有说话，他闭起双眼，“你知道吗何川，你是独一无二的，因为我们已经没有再复制你的任何能力与条件了，你是我们的朋友，是加木倾尽一生所学的期望。”

很久很久，谁都没有再说话，直到我鼓起了勇气。“最近我的脑子有点不好使了。”我静静地对他说，眼睛看着远处的海面。

“嗯？”他回过头来不解地看着我。

“别再用罗盘照我了好吗，不然我害怕连现在都会失去。”我讲出心里所想

老子显得有些惊喜与不可思议，也许还是担心我对未来失去信念，他又讲：“其实克隆这个概念要看你怎么理解，从某种意义上来说，克隆人也将拥有独一无二的人生，你也可以理解为‘复活’，更何况这个世界上就只有你一个何川了。”

“你不用感到抱歉，也没必要安慰我，真的。谢谢你们，你们给的已经够多，比你们知道的还要浩瀚。”我从椅子里站了起来，和这个外星人肩并肩地站在一起。

“接下来去哪里旅行？”他问我。

“看你的。”

此刻，双眼里的星星比刚刚扩散的还要巨大，说不在乎，是假的。但我已经接受，毕竟我成了所有平行世界里最闪耀的那一个，别问我为什么这么想，因为我就是知道。

终章 起点

这个城市里有一条老街，老街里有一条吹箫巷，没有人知道它的来历，它就屹立在那里，不卑不亢。当你站在远处眺望，青石板就会散发出久远的霉味，让你的灵魂出不去也进不来。

午夜，巷子里就会挂起一盏红灯，即使是在大雾天，这抹光亮也能穿透任何阻挡，引领每一个想到吹箫巷的人。

如果你问我吹箫巷到底是个什么地方，我可以简单地告诉你，它是江河，是湖海，它是我生命中的一部分，它是我梦里的摇篮，它是所有故事的起点。我终将生活在这里，生活在这城市的江湖里，我希望它就这样一直沉睡着，永永远远都不必醒过来。

我又回到了吹箫巷，又听到了一枝花的吟唱：

五里平川百里山，三千世界酒一坛；
前面走后面唱，有人去无人还；
闻听莫问铃声处，十里长亭九道弯……

老子用了一些治疗方法，让我的情绪得到了最大限度的平复。当然，自从被克隆之后，我也没能保住大盗三途川曾经赋予我的逆天能力。

再一次坐在我经常坐的位置上，和大家一起遵循着喝酒不吃肉，吃肉不喝酒的规矩。刀客也在，我们互相对望，会心地笑了起来。什么是江湖？这句话终究还是没有问出口。

大佬的豪车又停在了巷口，瞎子开始给好事之徒们讲述大佬伙同稳重的大叔一起脱狱的惊险桥段。

红灯摇晃，一枝花嘴里的旱烟让整个老街变得更加迷幻，马老倌麻利地手起刀落，“咚咚咚”地把怨恨敲击在砧板上。瞳灵没说话，只是看着我们傻傻地笑。老子用他富有质感的真面目，展开了对一枝花的强力攻势。没有老庄的消息，不过我相信，我们总有重逢的一天。

谁也没提我找回记忆的事情，大家的注意力似乎都放在吹箫巷的经典美食之上。浓香的肉汤终年起伏在铜质的大锅里，只要来上一碗就能让你学会遗忘；薄而多汁的小牛肉在欢喜雀跃，它们与炭火碰撞，美拉德反应撩拨出朴实的青烟和最原始的进食欲望；脆爽的蔬菜双拼配着秘制的酱料，让人得以解去世间的一切乏腻；而上好的泡酒和酸甜的杨梅汁，又让你在魅惑的红晕中迷醉得欲罢不能，蛊惑你不停地找寻，往返，不断往返，永永远远生生世世。

我在这一抹迷醉的红色里抬起双眼，在吹箫巷与现实交汇的路口，我看到了一个熟悉的身影，那是一朵美丽的雏菊，她曾经是我前世的一段记忆，一个惊艳的过客，一个在深夜安慰过我的人，她叫作小婉。

梆子声响，三长两短，我站起来跑过去。因为江湖一盏灯告诉自己，他想要放下。因为何川告诉自己，他要抓住现在。

因为，我们还有无数个未来。

· End ·

江湖
相忘

外传·序言

它们散落在时间之外，又在故事之中。

你将看到的是“冥音录”的遗珠。

夜晚的斯德哥尔摩

我也不是每天都去吹箫巷。你知道，人总是有惰性的，当我们躺在床上无意义地侧身，扭动，想做点什么，想说点什么的时候，突然间，脑海中会触到一个莫须有的点。于是，之前的动力一扫而空，剩下的就是无穷尽的青感空洞。紧接着你开始抵触，抱怨，甚至可怜起自己来，斯德哥尔摩情结在胸中澎湃，愁绪漫到了世界的尽头。

每当这个时候，巷子里传出的犬吠，对街阁楼里的打骂声，它们就会伴随着红姑的蒲扇一起在老街里摇动。只要听到这些，我的思绪就有了支点，空虚消失不见，竟又开始积极地直面人生了。

我想起了很久以前，我刚搬到吹箫巷不久，第一次遇到的灵异事件：

清晨五点，有雾，巷子里点起一排排的红灯，我站在其中一盏灯下，等我要等的那个“人”。约莫一盏茶的工夫，突然间听到有人问我：“大爷，要掏耳朵吗？”紧接着我看见一个身穿按摩袍子的家伙，他带着一股腐败的气味，从角落里踱了出来，哥心中暗叫，来得早不如来得巧！

“要不是因为你，我不会起得那么早，我和瞎子都被你坑苦了，赶紧跟我走一趟吧。”我故意提高声调，不过底气明显不足。男人发笑，他一改之前的谄媚表情：“你是个什么东西，敢跟我这样说话？”说罢就卷着一股屋风朝我扑过来。亏得有雾，我一闪身，站在灯下，这回看得清楚，别说，这妖怪与瞎子还真有几分相似。

假瞎子似乎畏惧烛火，没敢上前，说了一声：“叫马老倌自己来跟我讲，派你这坨青头就想请动你爷爷吗？”我继续向后退，有些不耐烦地看了看手机，看到马老倌发来的短信，说他过几分钟就会过来接应。于是我自信心莫名爆棚，继续和假瞎子尬聊起来：“对付你，我一个人就够了，马老倌在打暴风英雄，没空！”

我本意是想激怒他，让他追着我跑，然后就可以直接跑到马老倌家门口。但是假瞎子不怒反笑，他靠近我，我头顶的烛火随之熄灭。哥不懂他的笑是面含有什么意思，心虚得紧，冷气袭来，有些害怕，随即说：“其实，我也就是个带信的。老马说了，你只要去局子门口转一圈施展点法术，让条子知道他们抓错人就行，反正你是鬼，他们也逮不到你。”

他还是笑，笑得很鬼，搞得我也想笑了：“瞎子只是个手无缚鸡之力的糟老头子，你这样一闹，吹箫巷他恐怕再也待不下去了。条子一定三天两头来找，老马和一枝花的黄表纸对警察没用，烧烤生意怕是也做不成了，没有小牛肉和木瓜水，街坊邻居和广大食客的生命就会有残缺的，你到底懂不懂？”哥试图动之以情晓之以理，但头顶的灯又灭了。他向我走过来，脸上还是带着笑，我终于也忍不住笑起来。我想问问他——你到底是在笑哪样？二十分钟过去，我连马老倌的毛都没见一撮，再退就抵到墙了。

我开始迅速组织语言：“有话好好说，我们可以谈谈心，真的，你别动，我先来！”

我笨拙地在原地跳了一下，成功转移了假瞎子的注意力，趁他没有反应过来，我闪到他的身后继续说：“现在生活节奏快，大家过得都不容易。你别看我年纪轻轻，其实我也很苦恼。我前年罹患 H7N9，去年检查出甲亢，今年摊上重度抑郁，常年处在亚健康状态，爱人结婚了新郎不是我，猿声啼不住白鹭上青天……你，你曾几何时也会有烦恼吧？你可曾会觉得空虚寂寞，觉得冷？每个月总有那么几天，等等，你别过来。”

在这危急关头，我摸到裤兜里有个硬邦邦的东西，马上掏出来，递到他面前：“给，我早上自己做的早点，本市最给力的小吃‘小锅过桥木瓜水炖变态辣烧饵块’，这是高级货，别的地方可是吃不到的！做鬼不容易，下面的伙食肯定赶不上我们这里，你别客气，来，趁热吃，消消气！”

妖怪觉得我在敷衍他，终于爆气，紧接着一个大嘴巴子就扇了过来，我头一缩，那坨还没来得及吃的高级货“啪”的一下糊到了墙上，卤腐酱甩了我一头一脸。我叫了声：“英雄饶命！”拔腿就想跑，腿还没伸直，有人就给我膝盖窝子来了一下，哥当时就跪在了地上。

我转头想看看妖怪用的是什么暗器，只见马老倌立在我和妖怪之间，放下他踹我的左脚，一个华丽丽的转身，抡圆膀子，把满满一塑料袋猪血旺拍到了妖怪的头上。我闻见血旺里有香菜和花椒的味道，也不知还掺了什么东西，竟然使得妖怪尖声惨叫，只见他浑身冒出青烟，直挺挺地栽倒在我背上。

时机刚好，就在他压到我身上的那一刻，巷子里起了大风，我看见一枝花在风里显现，她做了个奇怪的手印，随即浓雾退散，四周的高墙也消失不见。

朕恍然大悟，好家伙，原来是障眼法！等等，这是不是意味着，朕刚刚一路傻缺到极点的样子被这俩老货尽收眼底了？我下意识地抬头，看见前方二十米不到的地方，赫然站立着前来指认现场的瞎子老李、警察和众多媒体他们面面相觑，一时间都没缓过神来。

这天早上，前前后后百来号人都看到了我险些被假瞎子残害的一幕。最后派出所迫于舆论的压力把真瞎子给释放了，但谁也没提真凶在押送的路上离奇失踪这件事。本来吹箫巷里没有我这号人物，直到那次瞎子出了事，说是他在外面给人掏耳朵，把人给掏死了，死的还不少。

得知老李被扣了，马老倌召集街坊开了个会——抽生死签引蛇出洞。没错，我中了！是的，我现在想起来了，哥就是这么一战成名的，就在哥躺地的一瞬间，江湖里就有了哥的传说。

卤腐酱：方言，也就是腐乳酱的意思。

你不知道的事

自从老庄和老子在我生命中出现之后，我开始重新审视起自己的人生，觉得这二十多年算是白活了。

我每当想起旅行中的舷窗外，那连绵的金色荒漠，新月下闪闪发亮的戈壁，蓝色冰川里的古代飞船和坠落在红海深处的流星雨时，就觉着生活特别美好。身边鸡毛蒜皮的事情和苦恼，比起这无垠的宇宙和广袤的大地来说根本就不算个事。莫名地，自信心又回到了我的身边，哥也觉得自己是一个热爱科学的好青年了。

老子曾经试图拉我入伙，讲解尖端的前沿科技和基础宇宙知识，但是由于哥的阅历有限，每次都如听天书，老子索性也就放弃了。外星人太理性，吹箫巷太感性。老子可以利用古玉来实现复制，也可以利用因果律武器杀死强大的昴宿星蜥蜴人，但他们依旧摆脱不了死亡，依旧进入不了真正的精神层面。简单地用光子、希格斯玻色子或者源场能量的概念来解释吹箫巷，是行不通的。

我对这些艰深的宇宙学理论充满敬意，但不太感兴趣，毕竟每天在吹箫巷里见识的要比这些“数据”有趣也真实得多。我之所以愿意和老子同行，除了对找回记忆有帮助之外，还有一点是因为——他对源场能量的研究。源场能量是一种情愫，源于我儿时的一段难忘的经历。

再来，就是因为我觉得，吹箫巷里确实有一种古老的精神意识能量，现有的科技和认知与它是一条平行线，属于两个范畴。不过我相信，终有一天会有人架起它们之间的桥梁。

目前，我的记忆是支离破碎的，不过还是有些有趣的零星故事，在这里写下来与大家分享：

我会告诉你，秦始皇的天问，是老子的师傅“老胖子”送给他的十八岁生日礼物吗？

我会告诉你，中空的月亮其实名叫忒伊亚，是一个废弃的空间枢纽吗？

我会告诉你，太阳系边缘有一个广袤的古柏带，在那里有各星系文明通往地球的虫洞吗？

我会告诉你，女娲是来自昴宿星团的蜥蜴人吗？

我会告诉你，亚丁湾的“星门”与罗布泊是相连的吗？

我还会告诉你，通古斯大爆炸是因为罕见的，三个不稳定的平行世界的交错而产生的吗？

我还能告诉你，我们的基因为了适应突然而来的变化，已经开始慢慢解锁了吗？

希格斯玻色子：是粒子物理学标准模型预言的一种自旋为零的玻色子，也叫上帝粒子。

天问：是传说中秦始皇的一把神秘佩剑。

中国军队为何在亚丁湾护航？神秘的地中海和印度洋中是否真有时空之门？西伯利亚百年前的爆炸，是天意还是人为？感兴趣的朋友请自行搜索。

夏花

情人节的那天，瞎子终于有了生意，还是活人的生意。刀客没有出现瞳灵也没有来。瞎子身边围了好多人，询问的无非还是那些问题：

“我为什么不快乐？”

“我该不该上班？”

“我该不该辞职？”

“她到底爱不爱我？”

“我到底爱不爱他？”

“我们该不该在一起？”

“我们该不该离婚？”

“小三是谁？”

“孩子是不是我的？”

“下期三色球的中奖号码是多少？”

“你是不是真的瞎？”

“有没有外星人？”

这时，远处过来两个人，一个军官模样的男子背着一个小女孩，两个人坐在一枝花的摊前休息。当兵的对酒和肉没兴趣，他点燃一支烟，一边喂小女孩喝杨梅汤，一边听着瞎子侃大山。

马老倌觉得小女孩很可爱，用摊前的狗头不断逗弄她，女孩不仅没被吓到反而向马老倌投去厌恶的目光，这下马老倌更是欢喜了，殷勤的老脸一片潮红，他连忙拿起好多小牛肉串想请女孩吃。

见此情景，我心中一阵恶寒，连忙走过去挡在祖国的花朵面前，并示意马老倌自重。他刚想抬手对我发难，抬眼撞见一枝花饱含深意的冰冷目光，就立马将手缩了回去，顾左右而言他。

临走之际，军官送给瞎子一个U盘，瞎子没玩过这种高级货，但也没有失礼。称谢之后就问他们，接下来的打算。“找回家的路。”当兵的坚定地回答。这句话有点意思，我品味了一下，意识到，我们这帮人自始至终都是迷茫的，能找对路的又有几个？

瞎子没有电脑又看不见，所以把U盘转送给了我。我回家打开一看，上面有一部叫作《夏花》的动画电影。这部电影将我带到了很久以前，那个时候的我也曾是个有梦想的少年，我幻想拍一部属于自己的片子。然而，时至今日，我的梦想就像“真爱”这个词一样，谁都听说过，但谁也没见过。

上文中“军官和小女孩”的原型来自森林数字艺术工作室2010年短片动画《夏花》（Summer Flowers），感兴趣的朋友可搜索相关视频。

江湖
盏灯

一页书

对街阁楼的小朋友成绩不好，他妈的打骂声每每会在夜间响起，继而贯彻整个通宵。这声音经常将我从不切实际的幻想中抽离，激励我直面自己的人生。

这天一早，小朋友就开始直面他的人生了，我瞧见他坐在石桌前奋笔疾书。长久以来，我一直很纳闷，马老倌的肉汤他没少喝，可成绩怎么就一直不见好？哦，是的，马老倌的肉汤叫“孟婆汤”，喝得越多忘记得就越多嘛。

我走上前想看看他到底在做什么作业，令得他笔速如此之行云流水，表情这般兴奋癫狂。近前一看，这哪里是在做作业——历史书和杜甫老师已经不能满足他的需求。只见，他的数学笔记本里涂满了十八层地狱的各种景象，我注意到某一页的右上角画有一个高大狰狞的黑衣人，黑衣人的脚下躺着一个满身是血的男子，他们立在一座高高的楼顶，大雪纷飞，气氛压抑而绝望。

每一页书里都有一个正在饱受酷刑的人，这个人长得都一个样，头上烫着大波浪，身材略微臃肿，一副很强势的样子。这人俨然是他的母亲，那个一天到晚只知道打骂，从来不明白儿子的想法，也不想去尊重儿子想法的女人。

眼前的这些涂鸦抛开内容不讲，表现得确实不错，且极具冲击力。只可惜，他搞错了方向。我想，绘画的意义绝不在于抒发报复的负面情绪，更多应该是感叹、缅怀与自省。

我走上前摸着他的头：“意淫可以，倘若将这些付诸行动，就说明你被现实打败了。”胖胖的男孩转头看见了我，惊恐的神情瞬间弥漫到了整个脸上，他触电般地跳起，飞也似的合上教科书，嘴里“咿咿呀呀”地哼着：“黑衣人，黑衣人！”继而逃进巷子深处去了。

我很懊恼，惊吓他并不是我的本意，我其实是想告诉他，我绝对不会向他的母亲告密。我想对他说，没关系，要坚强。没人理解自己，就自己理解自己；没人认同自己，就自己认同自己；要别人成全，就得先成全自己；要在 Hard 模式里活下去，就要比别人更耐得住孤独和寂寞。

今年的除夕夜比往年的热闹。各家熊孩子，都等着这一刻，火急火燎地将手里的烟花送上西天。大年初三的晚上，“江湖一盏灯”照常营业。我坐在老马的摊前，远远瞥见住在对街阁楼的小朋友。男孩一个人孤零零地坐在楼梯口，他正用手袖擦着脸上凝结成块的鼻涕，呆滞地凝视着远方。

听闻这是他在吹箫巷的最后一夜，因为他妈突发奇想，竟选择在大年初三举家搬迁。我看着他，有一刻我预感到我们将要四目相接，但是他妈敦实的背影却挡在了我们中间，我心里“啧”了一声。只见，他妈拎起他的后脖领，把他推搡了回去，女人一边推，一边碎碎念：“放鞭炮还能放出钞票来吗？你娘我供你吃穿不容易，一定要好好学习，将来争口气！”

这就是对街小朋友的离场，那一抹萧瑟的背影永远地定格在了我的脑海里，有一朵橙色的烟花升了起来，照亮了整个黑夜。我想告诉他，不要一直看脚下，希望他偶尔也能抬头看看，在头顶三尺的地方，那里还有一片广阔的蓝天……

过客

某天，麻园一枝花的摊前来了新面孔。怎么形容呢，来人是一朵水样的男子。怎么理解呢，因为这老兄原本该长头的地方没有长头，却粘着一只圆形玻璃鱼缸，里面自然是有水的，还有一条大头金鱼。见他这般左摇右晃，里面的水就是洒不出来，暂且就叫他鱼盆吧。

刀客对他很感兴趣，于是便问他：“什么是江湖？”小子毛病又犯了，好在他还从没问过马老倌这样的问题，否则这货该长头的地方现如今也只能顶个别的什么了。鱼盆的头上只是冒了几个泡，不出所料的，刀客没有得到答案。

除了刀客以外，没有人对鱼盆感兴趣，鱼盆自顾自地唱着彼岸花，他唱得很急，急得跟打仗似的。罗马并非一天建成的，可显而易见的道理在这些行色匆匆的人身上就显得没了章法。鱼盆对马老倌的肉不感兴趣，自然也不会死。买酒的不能吃肉，买肉的不能喝酒，这是规矩，吹箫巷的规矩。当然，你也可以今天吃老头的肉，明天再喝老太的酒，这样就不必死了。

大约一年之后，鱼盆再一次出现了，我拢共就只见过他三回，他第三回就是来辞行的。

鱼盆身边站着个女的，这女的穿着职业套装，身材前凸后翘，跟鱼盆一样，她脖子上也顶着个东西——花盆。男的小脑养鱼，女的大脑种花，也算是男才女貌相得益彰。鱼盆今天很高兴，他日以继夜的追求也算是有了回报，他看着身边的女朋友，继而又看向我们这些单身狗，浑身上下都散发出人上人的骄傲。在吹箫巷这个有缘的地方，他找到了他想要找的，就这一点来说他比秦香兰要幸运得多。

其实鱼盆是个很没有存在感的家伙，他来吹箫巷有几年了，我们大家却对他没什么很深的印象。有一次，街道办组织去西山猫猫箐农家乐聚餐，他也参加了，四桌人胡吃海塞有说有笑的，他也没少插话，但临走时大伙还是把他给忘记在桌面上。我们的车都要开到了城里面，他才打来电话。

总之，鱼盆是开心的。虽然他这个新女朋友真的就像个盆栽一样杵在原地，不讲话也不理睬大家，好像她就是全世界最高贵最冷艳的一朵娇花。鱼盆当然感到了女友的不合群，他有点小尴尬，为了表示歉意，他把满满一坛彼岸花直接往脑门里扣，倒完之后又说要请在场的每个人喝一杯。接着这个老兄掏出一支橡胶导管，接引在自己的头部，于是就有了“改良版”的彼岸花和着鱼缸里的“脑浆子”流了出来。

鱼盆平常就没有存在感，长得又很奇怪，见此形状众人大骇。这货显然早有预谋，他是想把在场的每个人都变得跟他一样吗？还是想报当初抛下他的一箭之仇？酒都斟满，大家推辞，只有看不见的瞎子喝了，饮罢连连称好。

老李摸着他稀疏的白胡须，执意要送鱼盆一卦：“你等的人马上就会出现了。”嗯，我们可都看见了，就在他旁边站着一言不发呢。

瞎子不知内情，临了又补了一句：“莫愁前路无知己，天下谁人不识君。”这时，鱼盆那个冷艳高贵的娇花瞥了瞎子一眼，终于还是发出一声轻蔑的冷笑。现场气氛本来就有点冷，最后被鱼盆尴尬的笑推向了寒冷的巅峰。

见此状况，我只有对瞎子说了一声：“老李，同样是湿（诗），马老倌淫（吟）得要比你好多了。”瞎子听罢表示不服，跟我辩论起来，还妄图用他的二胡抽打我，老头可爱极了，我好气又好笑。

就这样，气氛缓和了很多，于是大家都借机会各自散去。鱼盆的辞行晚会就这样草草地结束了。交了新女友之后，我怀疑他还会不会有正常的社会交际，但不管怎么样，我在心里祝福他过得好。

本来嘛，鱼盆这一群人本就不属于吹箫巷，和大部分“抄近路”的人一样，就只是个过客而已。

大佬

大佬路过吹箫巷，破天荒地光顾了麻园一枝花的摊子。不过，他依旧坚守阵地，没买酒，只拿了一杯酸梅汤，而后头都没偏，径自穿行远去。

我看到巷子深处有星点火光，是稳重的大叔，他脸上的刀疤在火光中闪烁着。

大叔点燃一支烟递给大佬，大佬深吸一口，把烟雾吐到了头顶上方。我看着他吐出心事，而后饮尽手中的酸甜，丢弃的杯子滚入了黑暗，那个我从来不敢去的地方……不知为什么，我突然心生失落，是看见他喝了酸梅汤的缘故吗？长久以来，在我的脑海中总有一个固执的观念——喝了酸梅汤就离死不远了。

没人知道大佬的过去，也没人了解“猪手”和“鸭舌”的秘密。只晓得大佬小的时候曾经住在这里，和他的外婆度过了一段艰难的岁月。往昔和他一起出去“闯世界”的小伙伴，有的没能回来，有的不愿意回来，现如今只有他还念旧情，还记得这个地方。

大佬的轿车因为背负了太多的东西而显得有一丝颠簸，跟随其后的车辆也装满了“心事”。当他们慢慢消失在老街的视线里，我领悟到，一个真正的汉子即将远走，他会到一个没有吹箫巷，没有烧烤，没有猪手和鸭舌，没有可以逃避过去的地方。

某天清晨，我收到了大佬寄来的快递，厚实精美的木盒子里有一副酷毙了的蛤镜和一只被砸坏的警灯。警灯上面还有一张纸条，写着：“有困难找大佬”。后来我听马老倌说起才知道，就在我与老子去B市之际，大佬化名“黑夜行者”，带领他的部下攻陷了第一、二、三城管大队，大队办公楼玻璃均被砸破，大门还被涂上了“办证”字样。这个“反人类的恐怖分子”显然低估了人民警察的能力，警察叔叔们不再表示最强烈的遗憾，而是将满腔愤慨付诸行动，仅用了七十二小时就断送了黑夜行者的“报复社会之路”。

那几天本地新闻里都在滚动播出一档警方节目《雷霆纪实》，那里面都是大佬棱角分明的脸。大佬，不对，现如今应该称呼他“黑夜行者”。他仰着头，没有蛤镜，表情依旧冷酷。

“你们这种恐怖行为破坏了社会和谐，严重危害社会的发展和人民的人身财产安全，你有什么想说的吗？”大佬站定，望着镜头，嘴角挂着意味深长的笑：“送你四个字——黑车难保养！”

我突然又不觉得失落了，感觉大佬还是会回来的。因为他背负得太多，要做的也太多，一个没有吹箫巷，没有烧烤，没有猪手和鸭舌，没有可以去逃避寂寞的地方，是一个多么荒凉的世界啊。

所以我相信他还会回来，不是有这么一句话吗——落叶终会归根。

江湖
盏灯
大漠

回光·序言

你将看到的是森林数字艺术工作室同名短片动画——《回光》（ANTRABHARA）的源头。本篇是对科幻文学的致敬，那里是一片广袤不羁的天空，我窥探它的心从未停止过。

《回光》（ANTRABHARA），2016年北京国际微电影节最佳动画短片。

Antrabhara

一章 Δ

故事该从哪里开始呢？她想着。

即使无法真正体会人类的情感，她的人造神经元仍在传输信号。即使无法真正了解所经历的一切，她也愿意收藏这些过往。只需一眨眼，记忆的雨丝就会坠落到视网膜上，往事的涟漪开始扩散，身体某处就有了痛感，神经元紧接着发出信号，于是就有眼泪流下来。

伸手，捕捉到一粒象牙白的记忆体，小巧如蒲公英一般。她决定就从这里说起，这当然不是一切的开始，这只是一段插曲，无关爱恨，只有自由和重生，再好不过的开场……

二章 迷失在异乡

悬浮推进器满载着旧时代的零件缓缓驶来，拖斗发出漫不经心的声响，它们与遥远天际外的低沉轰鸣交织在一起，安德鲁抬头望向远方，透过全息反射膜隐约可见星海之中有一颗恒星正在死亡。

残破的行星带外有绵延数千光年的尘埃云，那里透出收割者舰队与远古泰坦在几十万光年外厮杀的景象。这是一场超恒星级的战争，早在新人类诞生之前就已经在银河系亚古柏带的三八线之外持续了上百万年。

安德鲁无时无刻不在怀念被抛弃的地球母星。“盲点计划”的历史遗留问题加剧了内乱，太阳系坐标的突然暴露更是让人类的前途雪上加霜，四处逃窜的收割者妄图躲避泰坦的追击，正在尝试向太阳系发动大规模的空间折跃，人类最终还是无可避免地卷入了“神”的战场。

安德鲁驾驶飞行机车继续向前。灰色地平线上闪过几抹黑暗的影子，那是焦躁不安的本地异兽。他不知道头顶这块蜂窝状的全息反射膜能坚持多久，也许在它被光速袭来的弹片击毁之前，也许在他们被收割者的斥候发现并撕碎之前，他们就已经死在了这片异乡的土地上。

迫降的运载飞船“曼陀罗号”看似近在眼前，嶙峋的页岩地面却让安德鲁走了近十一个小时。不过，他倒是希望自己和机车滑行得再慢些，最好永远都到不了终点，因为不远处的“曼陀罗号”怎么看都是个不祥之物，一个诅咒。盲点计划就像一团腐臭的瘤，它把崩坏的基因瘟疫扩散到整个太阳系还不算够，还要把这恶毒的种子扩散到整个宇宙。

“曼陀罗号”左翼的反重力装置还在冒烟，地上隆起了十数座新坟隐约可见。安德鲁下意识地看了后视镜一眼，躁动的异兽还在远处蛰伏。他心里不免又在想，走三八线是个错误的决定，但是应该为此负责的人也一并躺在了这片废土之中。生还的五个人中，“实验体”身在牢笼与世隔绝，除了自己，剩下的都是手无缚鸡之力的前 IIB 科学家，外加一台服役超过八十年的老旧 AI。

越靠近飞船，安德鲁就越确信自己被诅咒了，虽然 IIB 这个臭名昭著的，曾经发动盲点计划的机构早已瓦解多年，但它的腐败气息还是蔓延到了所有人的脸上。惶恐的三个科学家从安德鲁离开到现在什么都没做，维修工程师死于飞船迫降的重压，他们蹲坐在残垣断壁之下，迷茫地望向远方。

看到少校平安归来，三人如见救星一般，他们开始振奋精神一边涌向拖斗翻找能用的零件，一边向安德鲁报告，说他们看到反射膜外有成片黑色的影子出现。曼陀罗号在战争的耀光中岿然不动，安德鲁也神态自若，他们见少校没发话，谁也没再多言，自顾自地忙活起来。

谁都不想在这颗只有稀薄大气的灰星多加逗留，头顶这块直径四十五千米的希格斯玻色子反射膜虽然可以长时间反射周围环境进行伪装拟态，但它的脆弱是他们再清楚不过的。

不远处就有一座超恒星级的战场，陨石、空间折叠脉冲、被推进加速到光速的碎片，都能要了反射膜脆弱的小命。而且，每失去一片反射膜，玻色子脉冲都会以亚光速扩散并发出致命的可捕捉信号，过不了多久，这颗曾经被人类遗弃的星球将再次引起外星异族的浓厚兴趣。

AI 保育员“老王”，自从迫降之后就一直在尖叫，并绕着“曼陀罗号”跑来跑去。科学家们无法找出老王失控的原因，但是安德鲁知道，老王爱慕着一台有人工智能的红色咖啡机，他叫她“玫瑰”。飞船迫降的时候，玫瑰被压成了一张直径五十八厘米的金属片，玫瑰再也不能制作咖啡，老王也不再是以前的老王，他们都被诅咒了。

老王撞进安德鲁的胸口后被坚硬的盔甲弹开，于是老王改换另外的方向开始新一轮的“失控”。安德鲁摸摸被老王碰撞的口袋，不觉地望向舱内。

在“曼陀罗号”的核心有他们此行的任务，一颗载有人类最后希望的“种子”，一个誓死都要守卫，但究其目的，却似是而非的逃亡计划。在“曼陀罗号”的球形保育室里，有一个实验体——Δ，她是个“怪物”，他们这样叫她。

盲点计划：新人类育成计划。

IIB：星际协作生物化学研究所（Interstellar Institute of Biochemistry）。

回声
Antrabhara

三章 七十二小时

时间回到七十二小时之前。

不明方位的爆炸让“曼陀罗号”偏离三八线航道，飞船在低温低压中急速下降。这是防御系统最薄弱的时候，也是黑暗计划执行的最佳时机。

安德鲁远远尾随亚伯，他知道，亚伯就是这场爆炸的元凶，他凝视着这个充满兽性的背影，从他混进安保队伍的第一天，他就知道亚伯一准儿会这么干。亚伯的心早被黑暗吞噬，因此他藏在阴影里的身躯显得更加暗淡。虽然他们现在各为其主，但亚伯曾经是他军校的长官，想起从前的种种，安德鲁不禁感叹，亚伯确实是一个值得尊敬的对手。

走在忽明忽暗的通道，安德鲁脚步变得沉重，内心矛盾非常。他曾邪恶地盼望亚伯能结果掉保育室里的“怪物”，不仅这一只，最好连其他叛逃飞船上的也杀光。但理智又让自己清醒，继而想起肩负的“保卫”使命。比起残酷的杀戮，安德鲁更加担忧人类终将去向何方，虽然拥有源生基因的人大多已经摒弃了这样的偏见，但事实上安德鲁并不认为这些被基因改造扭曲过的生物能代表人类或者能称之为“人类”，这是他一直以来最矛盾的地方。

在瘫痪中央AI，并杀死四名领航员和六个守卫之后，亚伯来到核心保育室，他疯子一样地撞击舱门，如脱缰的野兽一般。亚伯每撞一下，安德鲁的心就被紧扭一寸。

实事求是地讲，人类并没有他们想的那样幸运，不管有没有盲点计划，母星沦陷也是迟早的事，“种子”虽不能被称为“人”，却有很重要的研究和人类复兴价值。他问自己，IIB不惜一切代价，就算冒着被神和全人类抛弃的危险都要追求的“进化之路”是否是目前唯一的办法？但是他们要去向何方，该走多远？其他二百艘载着“种子”的飞船是否已经平安脱离古柏带？

安德鲁没法再想下去，亚伯已经撕开了最后一道门，他滑进保育室，吐着猩红的芯子，在黑暗中搜寻种子的下落。亚伯本能地加快动作，他必须快点结束这一切，在实验体的生物约束器失效之前。也就在此时，复眼侦测仪捕捉到了细微的生物晃动，亚伯猛地向前突进，在黑暗中，他抓住怪物的头部，将它砸进海绵体墙壁里，紧接着利落地开枪，每一枪都朝着头的方向。就在这时，安德鲁看见秒速二百千米的空气脉冲炮被一层薄如蝉翼的透明防护罩阻挡在外，金色的耀斑喷涌而出，照亮了“怪物”的脸。安德鲁脑中过电一般，他第一次见到人类长相的“种子”，这是一个有着白金色头发的姑娘。

亚伯也看见了，眼前的实验体和之前杀过的外观都不一样，但这只是假象，这些狗娘养的无论披着什么样的美丽皮囊，内里都一样，亚伯对自己这样说。太多人为此次计划献出了生命，怪物身上的约束器随时都会失效，他要在它撕碎他之前了结这一切。

产生防护罩似乎是这个白发怪物的能力，亚伯切换更大功率的连发模式，新一轮的疯狂扫射开始了。怪物一声不吭，双手抱头蜷缩在角落，防护罩开始出现裂痕，能量的过度消耗使得更多的血从她的耳朵和鼻子里流出来。

“曼陀罗号”还在急速下降，枪声被失控的气流卷走，舱外金属撕裂的巨响被扩放到无限大，忽明忽暗的光影把时间切割成一段一段的，安德鲁在这走马灯一般的回闪中看到怪物凝望他的双眼，那里面有空洞的呼喊，还有亚伯单面反射头盔上映出的无数跳动的怒焰，这些鲜红的焰芯挑拨着安德鲁摇摆不定的立场。

就在亚伯打光了所有的集束压缩弹，在要拔出腰际的中微子手枪准备点射时，安德鲁用更快的速度扣下了扳机，第一枪打断亚伯的右手，第二枪直接爆开了他的头。本能在思考之前做出了判断，安德鲁感觉自己在不停地下坠，坠入深渊中的黑暗……

在摇摇晃晃之中，在半梦半醒之间，安德鲁凝视怪物的脸，曾经无数个夜里他在梦中惊醒，曾经无数次他都有冲进来杀死她的冲动。唯有这样才能停止彼此的苦痛。她的痛苦，源于这世界上所有死去和活着的人的恨，IIB为了创造像它们这样的怪物，葬送了整个太阳系。而他的痛苦则源于自责和悔恨，他无时无刻不在悼念为了这条“进化之路”而牺牲的家人和战友。

无数个日与夜，安德鲁终于得偿所愿地站在敌人面前，但他什么都没有做，只是静静地站着。他们看着彼此，斑驳的暗影划过安德鲁的身体，将他切成一片又一片，放下手里的枪，安德鲁苦笑起来，只有他自己听得见。

再见，地球·局部

四章 牢笼

远古泰坦吹响末日号角，几万光年外的震动被脚下的大地反馈上来，顶部的玻色子反射膜因此而缺了一块。安德鲁收回思绪，他掏出上衣口袋里一本叫作《山丘》的旧书，这是古人遗留下来的老物件，是他在几百公里外的旧仓库中找到的。

少校直奔保育室，不顾突然回魂的老王给予的肢体阻挠，将《山丘》从焊死的门缝硬塞了进去。他不清楚 Δ 会不会看，看不看得懂，但他知道，这本书要比投射在舱壁上那些虚情假意的“黑白美景”来得实在。

安德鲁在老王发出的含混不清的电子抗议声中走远，他走向舷窗，转头凝视舱外——宇宙中有两个太阳的世界，一颗正在死亡，另一颗将它抱拥入怀，散落的卫星变得老无所依，多么令人敬畏而又心碎的浩瀚，他希望在象牙塔里的公主 Δ 能到外面去，见识一下这真实而又残酷的世界。

又一片反射膜被击落，那里露出遥远星空的一角，点点红光使得在机翼上作业的三个人惊慌失措，但看见少校叼着香烟，抬枪站在不远处一动不动时，科学家们也不再惊慌，继续埋头苦干。他们看见安德鲁的侧脸在夕照的余晖中发出淡淡的蓝光，却看不到他内心深处早已崩塌的希望。

一丝略带伤感的恶意在安德鲁的嘴角弥漫开，他想：如果他们知道这次迫降的真相，如果他们知道亚伯不仅破坏了左翼的反重力装置，还释放了所有的备用能源，会作何感想？这些缺心眼的弗兰肯斯坦，因为害怕见到核心区的“怪物女孩”，而被自己蒙在鼓里。这也许不是件坏事，毕竟一台失控的 AI 已经够让人恼恨了，他不希望场面变得更加混乱。少校吐出烟圈，让自己在蓝色余晖中消散，从而淡忘他们将要死在这里的事实。

老王还在满世界地横冲直撞。虽然不是专业的维修工程师，但科学家们依旧在争执并捍卫自己的“高见”。Δ 的“温室”里传出舒缓的音乐声，这次投影在墙面上的依旧是伴有马赛克的黑白的《美丽的地球风光》。而安德鲁则继续选择沉默，反正都是死，不如让大家晚一点知道真相。

安德鲁和他的飞行机车依旧在四十五千米范围内的遗迹里打发时间。他在旧车库找到了一台长得很像玫瑰的老式饮水机，和他想的一样，老王在收到“新女友”之后，情绪有所好转，这台AI不再向他投射敌意的目光，当然，除了他靠近Δ的时候。

在搜寻零件的同时，安德鲁也没忘记给Δ带礼物，一盆风化的野花、一只蝶形发卡、锈迹斑斑的铜戒指……Δ拥有发声器官，但她从不讲话，她痴迷少校带来的“小礼物”，总报以一抹感恩的微笑。

Δ最引以为傲的宝贝是一面镜子，这镜子的表面已经碎裂斑驳，但她还是爱不释手。她经常用它窥探舱外的一切，端详安德鲁沉静的脸庞和老王失控的模样。她喜欢用镜子反射舱外的“阳光”，虽然她不知道那阳光可能是一抹苟延残喘的走廊灯，也可能是一首正在死亡的恒星交响，两颗相爱相杀垂死挣扎的美丽球体，控诉着战争给它们带来的创伤。

Δ摆弄着镜子，她用它创造出美丽的金色“蝴蝶”，她让它们躺在自己的发梢，让它们落到安德鲁银色的肩章上，指使它们爬到老王的头上造次一番，或者刺到那三个不敢靠近她的白衣怪人的眼睛里。Δ可以一整天都看着这些光，想象这些金色的碎片有朝一日真的化茧成蝶，飞出这座“牢笼”，飞向外面的世界。

五章 蝴蝶

安德鲁依旧早出晚归。

“曼陀罗号”因为一颗流星而遭到二次破坏，修复工作进展得更加缓慢。上帝的粒子也救不了它自己，反射膜持续脱落，飞船周围的空间出现无数破洞，那里面充满了邪恶的窥探。

直到某天清晨，几只巨大的黑色异兽钻进破洞，袭击并拖走一名科学家，直到安德鲁打死剩下的入侵者之后，绝望的情绪无可避免地朝着每个人的心头奔涌而来。

剩下的两个科学家计划拆掉飞行机车上的推进器，这是安德鲁最后一次出行。Δ 用镜子向安德鲁打招呼，他朝她微微偏头，尽量表现得和往常一样。傍晚时分，安德鲁空手而归，没有人知道发生了什么。他只是静静地躺在“曼陀罗号”上仰望着星空。宇宙中的恒星太多太多，少校左顾右盼迷失了方向，哪里才是他的家乡？

这天晚上，安德鲁做了一个梦，他梦见从“曼陀罗号”核心深处飘出星星点点的光，它们变成了无数美丽的金色蝴蝶，缓缓飞向远方……

快到清晨时，安德鲁被枪声惊醒，紧接着又是另一枪。在遭遇异兽袭击的第三天，一个科学家枪杀了他的另一个同伴后饮弹而亡。异乡大地的猛兽吓破了他们的胆，而备用燃料的离奇消失则彻底绷断了他们生命的弦。玻色子反射膜所剩不多，老王头低低地站在一边，安静异常。

安德鲁在埋葬两俱冰冷的躯体时记起了他做的那个梦，他的心底涌出一股异样的情愫，少校转头看向“曼陀罗号”深处，突然觉得自己好残忍。那里面还有一个孩子，一个比他要鲜活的生命。她的“人生”还从未开始过，她有权利选择自己的路，不靠 IIB，不靠老王，更加不用他来主宰。如果此行是一条不归路，如果他们的结局注定是死亡，那么也许会有一个“例外”，他这样想。

天边有耀眼的红光，空气中传来隆隆的振动，收割者的斥候舰队完成了第一波空间折跃，死亡的黑色莲花出现在大气层之外，犹如鬼魅一般。空间折叠脉冲削去舰体上方二十米外所有剩余的玻色子反射膜，“曼陀罗号”刹那间被晶莹透明的雪花覆盖。

安德鲁戴好头盔，重新填弹，转身跑向“曼陀罗号”。

忘却的喧嚣
Antrabhara
ANTRABHARA

六章 老王

老王想从飞船左翼爬下来，最后却蠢笨地摔在了地上，他看见奔跑而来的安德鲁，与此同时反重力装置已经恢复运作。安德鲁看见老王的腰际挂着那台饮水机，肚子上却破了一个洞。少校停下脚步，等待这个狡猾的AI“招供”。

除了没料到收割者的斥候舰来得如此迅速之外，老王觉得一切都还在自己的掌控中。他的液晶头颅上出现了一个奇怪的表情，随即抛给安德鲁一个用来解锁生物约束器的基因识别卡。事实上，老王的内心并没有外表那样陈旧，他其实什么都“懂”。玫瑰的死让他心痛，离奇的迫降更让他心惊胆战。他想，不如来一场小小的“失控”，将自身的威胁程度降到最低，这样能更好地保护Δ，也可以借此观察活下来的四个人当中有没有幕后黑手。老王恨IIB，恨安德鲁，更恨飞船上那些唯利是图的败类。

只有上帝知道，两个科学败类在修好反重力装置，在发现备用生态能源不足的情况下，计划“报废老王”并杀死Δ和安德鲁的时候，保育员老王做了什么。他用高能静电脉冲朝他们的眼睛射击，持续一分多钟后，再打爆他们的头做成自杀的假象；只有上帝知道，从母星逃离的那一天起，老王就计划杀光飞船上的所有人，他要带着玫瑰和Δ远走高飞；只有上帝才知道，老王的另一个身份——他是前IIB首席终端生物工程师。

没有人知道，他参与并创造了Δ，他是她的“父亲”，而她是他永远的“女儿”。虽然Δ看上去没有战斗力，目前也不清楚她除了会对自身展开力场护盾之外还有什么“特异功能”，但她是他的毕生心血，精心培育的希望之花，和那两百艘叛逃飞船上的“垃圾”不同，她是独一无二的。同样地，也没有人知道老王自身就是一块备用的高效能源。他才是Δ的翅膀，他要带她飞翔，逃离人类的控制，远离这延绵数亿公里的战争迷雾，飞到一个有真、善、美的地方。

又一次空间折叠脉冲，希格斯玻色子伪装在大地的颤动中完全失效。遥远的山峦处，另一朵黑色莲花迫不及待地完成了空间折叠。它斜插在灰冷的花岗岩中，不等站稳就已经开始酝酿战争死线。远古泰坦的白日号角接踵而至，预示着青铜巨人也注意到了这个地方。不远处，几波本地异兽受到战争气氛的蛊惑，开始朝“曼陀罗号”疯狂地扑来。

老王看着这地狱般的景象，他不怕死，也不怕安德鲁夺人的目光，他想告诉少校，他本来可以杀了他，但那台新的饮水机和他送给 Δ 的小礼物救了他的命。老王从不知道 Δ 可以这样开心，他甚至以为 Δ 不会分泌多巴胺，但是少校来了，一切变得有些不同。在目前的情况下，老王只有选择相信安德鲁会是忠诚的，勇敢的。如果他变成了电池，如果只有一个“人”能陪女儿走到最后，他希望那个人是安德鲁。

但是，为什么要把 Δ 设计成“人”的样子呢？老王问自己，他的思绪在这紧要的关头竟然出现了短暂的迷失，他老旧的身子歪向一边，记忆体中溢出了更为久远的往事……

是的，是一个叫“冯如善”的中国人让他拥有了自我意识，教导他，并使得他从一台卑微的扫地机器人“进化”为IIB的首席终端生物工程师。那么，他对人类的敌视，是否正源于他的自卑而产生的强烈妒忌感呢？

是的，老王从未真正地成为人类，因此他希望 Δ 是一个人类，最起码看起来像一个人类。

七章 现实世界

安德鲁看见老王古旧的玻璃瞳孔中反射出复杂的情绪。实际上老王什么都没有讲出来，甚至没来得及朝 Δ 所在的方向看上一眼，收割者发出的四道战争死线就在千分之一秒划过了大地，老王正处于黑色轨迹中，霎时魂飞魄散。

安德鲁被瞬间暴起的气浪震飞，实实地砸在“曼陀罗号”上，继而又被弹回到地面。收割者的斥候舰第一次攻击呈扇形，其中有一道紧贴着飞船左翼掠过，黑色死线所到之处的地面皆腾起白炽的火焰，前一秒还在路面上奔跑的高大异兽，下一秒就被完全蒸发，空气中的尘埃物被引燃升腾，遭遇冷空气之后又变成火雨猛砸下来。

攻击舰因为倾斜而没能命中“曼陀罗号”，十字形的重力发射口在做出几微秒的校正之后开始散热，四个重力口缓慢地合并为一个，为第二次的超重力定位发射做准备。剩下的异兽在火海中嘶叫翻滚，它们变得更加疯狂，并且本能地认为是“曼陀罗号”给它们带来了灾难，于是这些身背烈焰的“死士”更加不顾一切地扑向“曼陀罗号”。

安德鲁要赶在收割者的重力发射口完全冷却之前启动逃生飞船，他拔出中微子阵列钢刀，挣扎着爬起，将空气脉冲炮调至最大连发功率，猛地转身，在不到一秒的时间里击碎了两只扑向他的异兽，紧接着是第三只，第四只，第五只……战甲以最大功率输出，脊背的散热涡轮与旋转的中微子阵列钢刀一起发出低沉的奏鸣。

恒星的光辉被战争迷雾吞噬，大地陷入一片黑暗。收割者的第一艘斥候攻击舰已经降落，第三艘“黑暗之莲”也完成了时空传送。安德鲁的钢刀留在了一只领头异兽身上，而他也永远地失去了左臂。余下的异兽见状踌躇不前，它们占据“曼陀罗号”的外壁，身体燃烧并向着安德鲁咆哮。仿生脊椎和强化机械手臂已经严重过载，抑制状态解除，安德鲁感知到从左臂传来的撕裂剧痛，耳鸣袭来，天旋地转。

就在他要支撑不住的时候，他仿佛看见船舱内部飞出了几只发着光的蝴蝶，紧接着他被一道漆黑的光线吞没……就在这一瞬间安德鲁想的是：人这个东西真是奇怪，本来都是要死的，却怎么还在反抗？本就没有希望，却又在做一切的努力，妄图苟延残喘，这究竟是动物的“本能”还是人性的“希望”？

整个世界像得了帕金森似的抖动着，Δ 从睡梦中惊醒，她听到类似号角的轰鸣，继而感到一股强力的电磁脉冲刮过，舱室里瞬间成了黑夜。尖锐的低压警报响起，老王没有来，安德鲁也不在，在黑白光线交替快闪的舱室里，生物约束器发出了对她的强制镇定攻击警告，Δ 无处可逃，只有拼命地朝舱外张望。

刹那的死寂过后，末日般的红色和山崩地裂的雷鸣声倒灌进保育室，这球形的空间瞬间沦为一座地狱，Δ 浑身一颤，成了只假死的兔子，直直地立在当场。她从未有过这样的经历，比恐怖还要恐怖，这是一种深深的绝望。胸口慌得像是要裂开，她手足无措地哭起来，并第一次发出了呼喊，老王的在天之灵要是真能听到的话，定会为之欣喜若狂，尽管这只是一种神鬼难辨的错位频率，一种可能永远都校正不了的基因缺憾。

世界变成了静音的黑白片。不知过了多久，好像比永远还要漫长，Δ 的声带再发不出一丝声响，她像个被抛弃的木偶，四肢脱力，倒在地上。又不知过了多久，好像比刹那还要短暂，有双温暖的大手捧起了她的脸，她看见安德鲁拭去自己决堤的眼泪，继而拥她入怀。一缕黑光闪过，好似有人猛地拧开了收音机，天空中再次传来末日的呐喊，Δ 身上的约束器失效了，保育室和整个“世界”崩塌了，“曼陀罗号”外部的景象一览无余，就在安德鲁抱紧她的一瞬间，Δ 第一次看到了外面的世界。

八章 再见，安德鲁！

火雨，白色的火雨，它们划过漆黑的天际，砸向这片灰白的大地。

天空中降下座座巨大的黑色方碑，比起之前的收割者，这是一次更大规模的空间折跃，方碑外包裹的中微子离场还没有完全消散，隐约能看到篆刻其上的古老符文。Δ 从没见过远古泰坦，她不知道方碑就是它们赤裸的黑色身躯，它们就像一个个杵天杵地的巨型神兵，通过次声波奏出末日共鸣。Δ 终于能理解《山丘》里关于“浩瀚”和“不朽”的描写了，她拼命睁着她美丽的蓝眸子，一眨不眨地凝望着远方。又有眼泪流下来，这不是胆怯的泪，而是源自对“神”的敬畏。

另一波电磁脉冲袭来，残破的曼陀罗号只是摇晃了一下，而那三艘收割者的“黑色之莲”却如汪洋中摇摇欲坠的泥胎，从核心处瞬间坍缩瓦解。Δ 那个黑白的球形小世界里哪里容得下如此多的绚丽色彩和不朽的光年，她处理不了这样浩瀚的信息，一时间处于昏昏欲睡的状态。安德鲁的面孔让她看不真切，他牵着她的大手也变得有些冰凉，他们走过一条条忽明忽暗的通道，他步履蹒跚却不发一言。

最后，安德鲁或拖或拽地把 Δ 带到了停有一架小型逃生舱的平台。少校转身，低头凝视着眼前的女孩，像是过了几百个世纪后又多加一千年的某一天，安德鲁突然俯下身，给了 Δ 一个吻。这是一个成年的吻，以一种成年人的方式，焦灼又不顾一切……

时至今日，Δ 还会想起那一天，那个不明地点的异域黄昏。她多希望安德鲁的吻是真实的，她多希望那触感能切切实实地燃烧在她的唇上，烙印进她的心间。但逻辑神经元反复地“告诫”她，少校的肉身已随老王一起先后死在了那道不知名的黑色光线之中，她所看到的一切只不过是应激反应下的癔症和假想。

时至今日，Δ 仍然坚信安德鲁的灵魂在某种极端条件下转变成量子态，正是他的灵魂在身躯死亡之后将她从那颗垂死的灰星中拯救出来。

时至今日，Δ 依然清晰地记得安德鲁凝视着她的深绿色眸子。当她看到他渐渐淡去的身影时，有一个小女孩永远地消失在她的生命里，身体中留下的是一个女人，这个女人从此学会了坚强。

如蚕茧一般的白色逃生舱开始以全功率上升，它的反重力涡轮推进器腾着红炙的光，那里面有老王跳动的“心脏”，与此同时以白茧为圆心展开了一个直径约十千米的透明防护罩，它划过泰坦们漆黑的身躯，抵御了所有的冲击，也隔绝了与外界的一切联系。

洁白舱体的正中，有一个女人的新生，她化茧成蝶，金色的双翼直冲云端。

Δ 告别了这块冰冷的异乡大地，带着她的还没来得及萌芽的爱，带着她的自由飞向未知的远方。从此，人类基因的参天大树上长出了新的枝蔓，它将在宇宙的某处扎下属于自己的根，不再卑躬屈膝地活，而要昂首挺胸地生。

“再见，我的过去。再见，安德鲁！”

终章 以后

整装，上膛。

“安德鲁”站在高高的山冈上，她胸前挂着老王的“心脏”，手里有一杆只有男人才会使用的旧地球时代制造的老枪。正前方就是延绵的数亿公里的密集交火带，安德鲁和她那些幸存下来的“新人类”伙伴将要穿越这里，回到地球，拯救他们的家乡。

没有人知道她曾经的名字，那时的她是一个无忧无虑的小孩，一个叫作“Δ”的姑娘。

· End ·

吻别
Antrabhara